산티아고에 가면
누구나 행복해진다

부부가 함께 산티아고 순례길을
걸으며 시작(詩作)하다

산티아고에 가면
누구나 행복해진다

글·사진 **이장화**

좋은땅

목차

D-1일 4월 24일 수요일

———

새로운 시작을 위해서

언젠가 우연히 라디오에서 나오는 음악을 듣고
가사가 너무 좋아 인터넷으로 검색해서
노래와 가수를 찾아냈던 노래가 있습니다.
바로 가수 김동률의 〈출발〉이란 노래입니다.

때로는 넘어져도,
가끔은 길을 잃어도,
서두르지 않는 법을 배우고,
새로운 풍경에 가슴 뛰는 것을 느끼며,
내가 자라고 살아온 익숙한 이 거리를 떠나서
더 넓은 세상을 만나 보라고 노래합니다.

이제 새로운 길을 가기 위해
숨을 길게 들이마시고
가슴을 활짝 펴고
자신감을 가지고
산티아고 순례길로 새롭게 출발합니다.

인생 2막의 새로운 출발이지만
살아가는 데 있어서의 게임 규칙은
예전과 크게 다르지 않습니다.

긍정적인 생각과 적극적인 태도,
그리고 현실적인 목표를 정하고
조금 더 좋은 사람이 되기 위해 노력하며
한 걸음 한 걸음 앞으로 나아가는 것이 새로운 출발입니다.

새롭게 시작한다는 것은
늦었다고 안 된다고 포기하는 것이 아니라
된다고 생각하는 것을 믿고 시작하는 것입니다.

그것이 이루어질 확률이 아무리 낮아도
진정 그것이 하고 싶은 일이라면
그 낮은 확률에도 희망을 가지고 본인의 길로 만들어 가는 것이
진정 새로운 출발입니다.

그래서 산티아고 순례길을 걸어 보려고 합니다.
그곳에서 어떤 사람들을 만나게 될지는 모릅니다.
그래서 기대가 됩니다.

아주 넓은 밀밭 지평선을 보고 싶습니다.
그곳에 가면 얼마나 더 넓은 초원을 만날 수 있을지 궁금합니다.

아주 푸른 하늘을 보고 싶습니다.
그곳의 하늘이 얼마나 파란 창공인 줄 알고 싶습니다.

신발 끈 단단히 동여매고,
다정하게 손에 손잡고,
발걸음 닿는 대로
끝없이 이어진 길을 천천히 걸어가렵니다.

조가비 이정표를 찾아가면서
바(bar)가 나오면 시원한 생맥주 한 잔에 목을 축이며
같은 길을 가는 사람들을 만나면
'부엔카미노' 인사를 하면서
언젠가는 그곳에 도착하겠지 즐겁게 노래 부르며
산티아고로 가는 길을 걸어가렵니다.

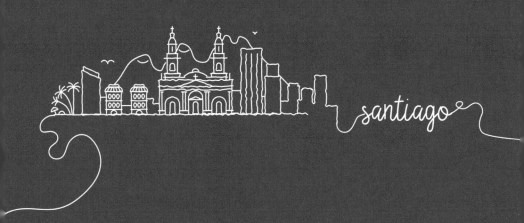

제1일 4월 25일 목요일

"행복이란 내가 갖지 못한 것을 바라는 것이 아니라 내가 가진 것을 즐기는 것이다."

~ 툴루즈 블라냑 공항에 도착하다

6시에 출발하는 공항버스를 타기 위해 집에서 5시 40분에 나와 정류장에서 기다리고 있었다. 공항 밴의 택시기사가 오더니 공항버스 비용으로 터미널까지 갈 수 있다며 권유해서 버스를 기다리던 다른 팀과 같이 4명이 밴 택시를 탔다.

인천국제공항 제1터미널 도착하여 오늘 우리가 이용할 비행기인 독일 루프트한자 셀프 체크인을 찾았으나 없었다. 카트를 찾아 짐을 싣고 데스크 앞에 줄을 서서 체크인을 하고 배낭을 화물로 보냈다.

독일 루프트한자 비행기

비행기는 10시 15분 출발이다. 아직 시간이 넉넉하여 아워홈이라는 레스토랑에서 아침 식사를 간단하게 했다. 식사 후 공항 내부를 둘러보는데 그전처럼 사람들이 많지 않았다. 제2여객터미널이 오픈하면서 여행객이 분산된 것으로 생각된다. 공항 실내에서 여기저기 돌아다니며 시간을 때우다 9시 30분에 GATE 30번으로 갔다. 우리와 같이 산티아고 순례길을 떠나는 등산복 차림의 많은 여행객이 눈에 보인다. 한참을 기다리다 체크인하고 탑승하려고 출입구로 들어가기 시작했다. 산티아고 대장정의 비행이 시작된 것이다.

루프트한자 독일 비행기 같은 외국 비행기를 오랜만에 타니까 매번

인천공항 제2여객터미널 실내

이용하던 대한항공이나 아시아나 항공처럼 무료 영화 프로그램에 익숙하지 않았다. 처음에는 화면 조작이 헷갈렸으나, 이내 한국어로 나오는 영화를 찾아 10시간의 비행기 내 시간을 따분하지 않게 보냈다.

중간에 독일 뮌헨공항에서 프랑스 툴루즈공항으로 가는 비행기로 30분 내 갈아타야 하는데, 신발과 허리띠를 벗기는 등 검색대 통과를 까다롭게 해서 시간 내에 맞추기가 쉽지 않았다. 다행히 환승 비행기가 30분 지연 출발해서 여유가 있었다.

툴루즈 블라냑 국제공항에 내려서 대기하고 있던 버스로 10분 정도 이동하니 우리가 숙박할 홀리데이인 호텔에 도착했다. 툴루즈는 프랑스에서 네 번째로 큰 도시다. 우주항공산업센터가 있으며 에어버스 공장과 설립된 지 800년이 넘은 오래된 대학도 있다. 인구는 약 130만 명 정도가 살고 있다.

이번 산티아고 여행은 H투어 트레킹 팀를 통해서 왕복 비행기와 호텔, 차량 이동을 총괄해서 안내받는다. 순례길 여정의 시작부터 전체 35구간을 각자 걸으면서 먹는 것과 자는 것 등은 개별 행동하며, 개별 비용으로 정산하고 해결하는 프로그램으로 진행되어 편리하다. 이번 산티아고 순례길에는 대략 20명 정도가 된다. 참가 인원을 대충 보니 초보 트레킹 수준으로 보이는 사람들이 많아 보인다. 나이도 좀 들어 보이는 분도 있고, 비만 체형을 가진 여성분도 있어 고생길이 될 것 같다는 생각이 들었다.

가이드는 47세의 남성으로서 여행사 전문 가이드 생활을 10년 이상 하다가 지금은 농촌에서 초보 농사꾼으로 생업에 종사하고 있는데, 이번 순례길에 부름을 받아 동참하였다고 한다. 자세한 소개는 천천히 알게 될 것이라며 자기소개를 간단하게 마쳤다.

지금 현지 시간으로 오후 7시다. 서울 시각으로는 새벽 4시. 한참 숙면을 취하고 있을 시간인데, 장시간 비행기를 타서 몸도 피곤하다는 핑계 거리가 있어서 대충 샤워만 하고 일찍 쉬었다.

• 산티아고 순례자의 길이란?

"때가 되면 누구나 길을 떠난다. 그리고 그 길 위에 당신을 기다리는 사람이 있다." 작가 파울로 코엘료의 소설 순례자에 나오는 문장이다. 코엘료는 1986년에 산티아고 순례 후 영감을 얻고, 작가로서의 본격적인 삶을 시작했다. 산티아고 '순례자의 길(Camino de Santiago)'은 한국에서도 널리 알려졌다. 더구나 최근 방송에서 유명 연예인들이 단기 프로그램으로 걸어가는 내용이 방송되었고, 또 순례자 숙소인 알베르게에게 일어나는 에피소드 중심의 방송이 나가면서 최근 이 길을 찾는 사람이 점점 늘고 있다.

산티아고는 예수의 열두 제자 중 야고보의 스페인식 이름이다. 전설에 따르면 야고보는 이베리아반도에서 포교 활동을 했고, 죽은 후 그의 제자들에 의해 스페인 북서부에 묻혔다고 한다. 산티아고 순례길은 야고보의 무덤이 있는 것으로 추정

되는 '산티아고 데 콤포스텔라'까지 가는 길을 의미한다.

산티아고 순례는 10세기 중반부터 시작된 것으로 추정된다. 1215년 가톨릭교회가 고해를 의무화한 후, 속죄 수단으로 순례가 이루어지면서 순례자들이 크게 늘어났다. 12세기 초에는 교황청이 산티아고 순례 안내서를 편찬하기도 하는 등 중세 유럽 기독교 문명의 대표적인 순례지로 각광을 받는다. 지금도 산티아고 데 콤포스텔라는 예루살렘, 로마와 함께 유럽 가톨릭의 3대 순례지로 꼽힌다.

종교개혁 이후 산티아고 순례길을 찾는 순례자들의 방문은 주춤했으나 1960년대 이후 빠르게 늘어났다. 스페인에서 관광진흥산업의 하나로 산티아고 순례길을 널리 홍보하고 개발했기 때문이다. 일반 대중들도 즐겨 찾는 관광지로 떠오른 것은 이때부터다. 동부 카탈루냐와 남부 안달루시아, 지중해 섬들에 치중했던 스페인 관광이 다양성을 가지게 됐다.

산티아고 순례길은 여러 가지가 있는데 프랑스 남부 국경 마을인 생장에서 출발하는 코스가 가장 일반적이고 유명하다. 1993년 유네스코 세계문화유산에 등재된 이 길은 100개가 넘는 마을을 통과해 장장 약 800㎞가 넘게 이어진다.

순례길은 영적인 치유의 장소라는 이미지가 있다. 순례길에 대한 신념, 역사적으로 축적된 이야기, 눈으로 확인할 수 있는 많은 유적을 바탕으로 순례자들은 치유의 느낌을 받는다. 최근 산티아고 순례길을 걷는 많은 사람도 "바쁜 일상에서 벗어나 자신의 내면을 오랜 시간 마주할 수 있어서 좋았다"고 말한다.

또 산티아고 순례길에선 1,000년 동안 축적된 문화의 흔적들과 다양한 세대에 걸친 건축양식을 만날 수 있다. 유적의 보존 상태가 워낙 좋아 산티아고 순례길만 제대로 둘러봐도 유럽 예술의 발전사를 한눈에 살필 수 있다. 뜨거운 태양 아래 익어 가는 포도밭, 각각의 이야기가 숨어 있는 마을, 붉은 황톳길과 푸른 초원 등 동화처럼 아기자기한 풍경을 만날 수 있다.

산티아고로 떠나는 이유

'산티아고 순례길'을 왜 가느냐고 누군가 물어왔을 때
어떻게 대답해야 할까?

"그냥 아무 이유 없이"
"나를 알기 위해"
"시간이 많아서"
"이거 아니면 할 게 없잖아"

만약 이렇게 대답한다면
산티아고 순례길에 대한 진정한 가치를
너무 모르는 게 아닌가 생각한다

삼십여 년을 스트레스받으며
긴장 속에서 일하다가
이제는 얽매이는 것 없이 마음 편하게 떠나는 여행
정말로 마음이 홀가분하다

우선 과감하게 저질러야 한다

다람쥐 쳇바퀴 돌 듯
매일 반복되던 일상에서 벗어나

시도해 보는 일탈

저질러 보자

다른 누가 권하기 전에

'내가 먼저 떠나자!'라고 나에게 말해 보자

프랑스 루르드 대성당을 찾아온 몸이 불편한 신자들

산티아고 순례길

제2일 4월 26일 금요일

—

"같이 걸어 줄 누군가가 있다는 것, 그것처럼 우리 삶에 따스한 것은 없다."

- 이정하의 시 「동행」 중에서

~ 성모 발현지 루르드 성당에 들리다

오늘은 6, 7, 8이다. 6시에 일어나서 준비하고, 7시에 아침 식사를 하고, 8시에 호텔을 나오는 일정으로 진행된다. 어제 일찍 잠들어서 새벽 2시에 눈이 떠졌다. 화장실에 다녀오고 나서 침대에서 뒤척이며 시간을 보냈다. 6시에 호텔에서 간단하게 조식을 먹으려고 했는데 맛있게 보이는 음식이 너무 많아서 과식을 했다. 베이컨, 빵 종류도 다양하고 과일, 치즈 등 품질이 우수하며, 커피도 아주 맛이 있는 프리미엄급이다. 올해 1월에 J 여행사로 유럽 여행을 갔을 때와 비교해 보니 너무 차이가 났다. 그러니 J 사는 그 수준을 벗어나지 못하는 것 아닌가 하는 생각에 씁쓸했다. 룸으로 돌아와 배낭을 정리하여 본격적인 순례길 트레킹 차림으로 나섰다.

버스를 타려고 호텔 주차장으로 나오니 도로는 새벽에 내린 비로 젖어 있었다. 배낭 무게 때문에 우산을 준비해 오지 못한 게 살짝 마음에 걸렸다. 호텔 앞에 준비된 버스를 타고 8시에 출발했다. 약 2시간 정도 걸려 경유지인 성모 발현지 루르드에 도착했다. 루르드에 도착 무렵 많은 비가 내렸다. 배낭을 뒤져 우의를 꺼내 완전무장을 하고 버스에서 내렸다.

성모마리아와 관련된 기념품 가게가 줄지어 선 골목을 따라 내려가니 바로 성지가 보였다. 눈앞에 보이는 루르드 성당도 멋있지만, 성당 옆으로 흐르는 가브드포강과 내리는 빗방울에 부딪혀 흔들리는 플라타너스가 성지의 아름다움을 더했다.

성모 발현지 루르드 시내 모습

루르드는 가톨릭교회가 공식적으로 인정한 프랑스 남서부 북쪽 오토피레네주에 있는 성모 발현지다. 해발 400m 고도에 위치하며, 유유히 흐르는 가브르포강을 바라보는 경치가 아름다운 곳이다. 루르드 성모 발현은 1858년 2월 11일부터 이곳 마사비엘 동굴에 있는 14세 소녀 베르나데트가 18차례에 걸쳐 성모마리아를 보고 기도와 보속 행위, 생활의 회개를 촉구하는 메시지를 들었다고 전해져서 유명해졌다.

성지 내에는 1876년에 창건된 루르드 대성당이 있고, 루르드 박물관과 고해소, 경당, 성모 동굴과 기적의 샘물 등이 있어 해마다 신자 및 많은 병자들이 찾아와 성모님의 전구와 하나님의 은총으로 병이 치유되기를 바라며 찾고 있다. 그래서 오늘도 휠체어에 몸을 의지하고 찾아온 몸이 불편한 많은 병자들의 행렬이 줄을 이었다.

루르드 성당 내부 모습

산티아고에 가면 누구나 행복해진다

루르드 성모 발현지를 돌아보고 나와서 시간이 남아 시내 관광에 나섰다. 내일 피레네산(1,450m)을 넘는 순례길 첫 번째 트레킹 코스가 힘들다고 판단되어 짐을 택배로 보내려고 생각했다. 시내 쇼핑을 다니다가 대용량의 카고백이 보여서 12유로의 저렴한 가격으로 구입했다. 우연히 득템을 했다고 생각하니 기분이 좋았다. 카고백 하나에 두 사람의 짐을 분배해서 보내고, 배낭을 가볍게 꾸려서 첫 순례길에 나설 계획이다.

시내 관광 및 쇼핑을 마치고 성지 입구 근처에 있는 호텔 레스토랑에서 점심 식사를 했다. 같은 식사 테이블에 앉은 일행은 여성이었는데, 양산에서 왔다고 했다. 남편에게 비용 전부를 해 줄 테니 같이 가자고 했는데 싫다고 하여 혼자 오게 되었다며 같이 온 우리가 부럽다고 말했다. 메뉴는 샐러드와 치킨 덮밥이 나왔다. 맛이 있든 없든 간에 장기간 순례길을 걷기 위한 체력 보강을 위해 남김없이 식사를 했다. 우리는 점심 식사 후 바로 순례길 시작점인 생장으로 가기 위해 버스를 탔다.

버스로 약 2시간을 이동하면서 바라보는 프랑스의 전형적인 농촌 풍경이 평화로웠다. 차창 밖으로 눈이 하얗게 쌓인 산봉우리들이 보이더니, 이어서 끝없이 펼쳐진 푸른 초원과 그림 같은 집, 한가롭게 풀을 뜯고 있는 양 떼들, 노랗고 하얗게 핀 야생화 들판 등 너무나 이국적이고 아름다운 풍경이 연속됐다.

창밖의 경치가 아름답기는 하지만 다소 지루한 버스 이동이 끝나고 드디어 생장에 도착했다. 생장은 프랑스 서부 끝에 있는 조그만 마을인데, 산티아고 순례길로 유명해진 도시다. 생장 도착 후 바로 필그림(Pilgrim)이라는 사설 알베르게를 찾았다. 순례자 증명서인 크레덴시알을 발급

받는 순례자 등록 사무실과 가까운 거리의 알베르게다. 우리는 알베르게 체크인보다 먼저 증명서를 발급받기 위해 종합 사무실 앞에 줄을 서서 기다렸다. 우리말고도 다른 팀의 한국인들이 많이 보였다. 최근 TV에서 방영된 〈GOD와 같이 걸을까?〉, 〈스페인 하숙〉 등 산티아고 순례길 방송 프로그램 때문에 요즘 한국인이 더 많이 찾는다고 한다.

크레덴시알을 발급받기 위해 기다리는 중

~ 순례길의 시작은 크레덴시알 발급부터

산티아고 길을 걸으려면 순례자 증명서가 필요하다. 이 증명서가 있어야만 순례자를 위한 저렴한 숙소인 알베르게에 묵을 수 있기 때문이다. 일종의 여권이다. 아울러 산티아고에 도착하면 알베르게에 묵을 때마다 차곡차곡 찍어 준 스탬프를 통해 순례자의 길을 걸었다는 완주인증서를 발급받을 때에도 필요하다.

순례길 업무를 보는 사무실은 생각보다 아담했다. 수수한 목재 데스크가 길게 늘어서 있고, 남녀 5명의 자원봉사자 사무원들이 일하고 있다. 사무실 밖 도로에서 10여 명의 외국인과 한국인 순례자들과 같이 약 20분 정도 줄을 서서 기다렸다. 대구에서 비슷한 또래의 남자 순례자와 대화를 했다. 이들은 프랑스 드골공항에서 기차를 타고 도착했다고 한다. 20분 이상 지나서 기다리던 순서가 왔다. 우리는 순례자 증명서를 받기 위해 의자에 앉았다. 마음씨 좋아 보이는 아저씨가 해맑은 웃음으로 환영하면서 응대했다.

직원이 내준 접수증에는 국적과 나이, 이름, 여권번호 등을 적는 칸이 있고, 그 밑에 이곳에 온 목적을 표시하는 칸이 있다. 우리는 도보로 이 순례길을 완주하겠다고 서투른 영어로 말했다. 증명서의 발급 비용은 2유로다. 증명서를 발급하면서 첫 스탬프를 찍어 준다. 또 사무실 한쪽 벽면에는 조개껍데기인 가리비가 쌓여 있어 기부금을 내고 무료로 가

순례자 등록 사무실

져가서 배낭에 매달고 다닐 수 있다. 우리는 기부함에 1유로씩 기부하고 가리비를 가져갔다.

순례자들만을 위한 숙소인 알베르게는 운영 주체에 따라 공립, 종교단체 산하, 산티아고 협회, 사설 알베르게로 구분한다. 룸에는 보통 침대가 1~2층으로 구성되어 있으며, 4인, 6인, 10인, 20인 때로는 50인, 100인 등으로 구성되어 있다. 대부분 남녀 구분 없이 알베르게에 도착한 순서대로 자리 배정을 한다.

대부분의 알베르게는 사전 예약이 불가능(사설 알베르게 일부 제외)하며 체크인은 오후 1~4시 사이에 이루어진다. 체크인은 알베르게에 도착한 순서대로 이루어지므로 문밖에서 배낭으로 줄을 세워두고 대기해야 한다. 알베르게의 문은 밤 10시에 닫고 소등하며 그 이후엔 통행이 불가능하다.

우리는 알베르게 첫 숙박을 사립 알베르게에서 시작했다. 가이드가 한국에서 부킹닷컴을 통해 사전 예약을 했고 비용까지 지불했다. 알베르게는 1, 2층 약 50명을 수용할 수 있을 정도로 규모가 컸다. 생장은 순례길 출발점이라 스페인과 달리 알베르게 숙박료가 다소 비싸다. 하루 숙박료가 스페인은 보통 5~10유로 사이인데, 여기 생장은 부가세 포함 인당 26유로라고 한다. 우리 일행은 침대를 배정받고 대충 배낭 정리를 하고, 같이 온 순례객 일부와 함께 마을 구경을 나섰다.

우리처럼 트레킹 복장을 한 순례자들이 눈에 띈다. 알베르게에서 1㎞ 정도 거리에 있는 생장에서 가장 큰 마트에 들러 내일 먹을 간식과 생수를 구입했다. 또 오늘 저녁 식사도 해결해야 해서 알베르게 부근의 카페 뜨트피아(Ttipia)에 들어갔다. 파파고 통역 앱을 이용해서 종업원에게 메뉴를 추천받았다. 프랑스 생장이라는 낯선 도시의 식당에서 주문해 나온 요리에 와인을 곁들여 맛있는 저녁 식사를 했다. 종업원이 추천해 준 요리는 소시지와 치킨, 참치로 만든 요리에 바게트, 감자튀김이 같이 나왔다.

저녁 식사를 마치고 다시 알베르게로 돌아오니 아래 침대 이용객이 다른 사람으로 바뀌었다. 이분들은 1층의 외국인만 있는 룸에 침대를 배정받았는데 첫날부터 외국인들과 같이 있는 게 불편해서 한국인이 있는 룸으로 바꿔 달라고 했다. 어쩌면 외국인과 같이 생활해야 하는 이런 부분도 앞으로 우리가 적응해 나가야 할 환경이라고 생각했다.

하루를 마감하고 샤워를 했다. 모르는 사람들과 공동으로 사용하는 샤워장이라 불편하기는 했지만 뜨거운 물이 잘 나와서 그런대로 만족했다. 일정 정리와 내일 택배를 보낼 짐을 정리하고 생장에서의 일정을 마무리했다.

순례길을 시작하며

나 여기 생장피드포르에 왔다

모든 짐 벗어 버리고
흔들리는 마음의 안정을 위하여
순례길 걸으며
새로이 출발하겠다

나로부터 상처받은 사람
나 때문에 화가 난 사람들에게
용서받고 싶고
나에게 상처 준 사람들
모두 용서할 것이다

나 끝까지 걸어갈 수 있을까

내 몸이 견딜 수 있을지
내 마음 흔들릴지 모르지만
끝까지 걸어갈 것이다
산티아고 데 콤포스텔라가 그렇게 멀지 않다

주변의 관심에 마음 두지 않으며
조금 더 나에게 충실하겠다

고생한 두 발을 쓰다듬어 줄 것이며
같이한 동반자들에게
함께해 줘서 고맙다 할 것이다

아름다운 풍경을 보면 감탄하고
걷다가 힘들면 쉬며 놀며 걸을 것이다

비가 내려도 불평하지 않고
새로운 불편도 기꺼이 받아들이고
낯설고 시끄러운 잠자리도 감수할 것이다

하나하나 시비를 따지지 않고
내 생각과 다르다고
화내고 불평하지 않겠다

아름다운 자연과
깨끗한 공기를 느껴 보기 위해
온몸의 감각 기관을 활짝 열어 놓겠다

남 눈치 보며 살지 않고
나를 위해
나의 주도적 삶을 살기 위한
시간을 가질 것이다

온몸의 힘을 풀고
그저 그런대로 살아갈 것이다

• 스페인이라는 나라에 대한 소개

스페인의 공식 명칭은 '에스파냐 왕국'으로, 입헌군주제 국가이며 양원제를 채택하고 있다. 따라서 국가원수는 국왕이고, 정부 수반은 총리가 맡고 있다. NATO회원국이며 유럽의회, 유럽경제공동체(EEC)에 가입한 세계 10위의 경제 대국으로, 수도는 유명한 '레알 마드리드' 축구팀이 있는 마드리드(Madrid)다. 유럽의 남서쪽 끝에 있는 스페인의 면적은 50만 4,645평방킬로미터로 우리나라 남한보다 다섯 배 정도 더 크지만, 인구는 4,380만 명으로 우리보다 500만 명쯤 적다. 이베리아반도의 85%를 차지하고 있고, 반도의 대부분이 평균 고도 800m의 메세타 고원으로 이뤄져 있는데, 고원 북부가 남부보다 약간 높다.

카미노는 피레네산맥에서 서부 산악지대에 이르는 북부 지역을 통과한다. 넓은 땅을 가졌으니 당연히 유럽 최대의 농업국이다. 게다가 프랑스, 이탈리아와 함께 유럽 3대 포도주 생산국으로, 포도주에 관한 한 세계 어느 나라에 견주어도 품질이 우수하고 특히 가격 면에서 경쟁력이 뛰어나다. 기후는 북위 27도와 44도 사이에 걸쳐 있는 북반구 온대 지역으로 서부 지중해성기후에 속하지만 북대서양에서 연중 불어오는 바람과 사하라에서 불어오는 덥고 건조한 기후의 영향을 받는 탓에 우리나라 여름과 거의 비슷하다. 하지만 우리처럼 후덥지근한 게 아니라 햇빛은 강렬하지만 그늘에만 들어가면 상쾌하리만큼 시원하다. 해양성기후와 대륙성기후가 동시에 상존하는 나라다.

나 여기를 사랑하고 사랑할 것이다

santiago

제3일(1구간) 4월 27일 토요일

생장 피에드포르 → 운토 → 오르손 → 론세스바예스(27km)

"길을 가는 사람은 그 길이 어디든 끝까지 가야 한다. 도중에 머물러 있으면
그리워하기만 한다."

~ 세상에서 가장 아름다운 길, 피레네를 넘다

여기는 프랑스 생장피에드포르. 도시 이름에 '피레네산맥을 넘어 론
세스바예스로 가는 길 어귀'라는 뜻이 들어 있다고 한다. 바스크인들의
수도인 이곳은 중세 분위기를 그대로 간직하고 있다.

순례자의 길 걷기 첫날. 이른 시간인 새벽 6시에 기상했다. 6시 30분
에 알베르게에서 마련한 토스트와 커피로 간단한 식사를 하고, 카고백

을 택배로 다음 알베르게로 보내기 위해 접수했다. 비용은 8유로다. 그리고 곧바로 6시 45분에 알베르게를 나섰다. 밖으로 나오니 잔뜩 흐린 날씨 속에 푸른빛의 아침이 희미하게 밝아 온다.

산티아고로 가는 길, 이제 정말로 출발이다. 택배를 보내기도 하며 짐을 줄이고 줄였지만 생수 4개를 넣는 등 7kg가 조금 넘는 배낭을 둘러메고 걷기 시작했다. 흥분된 마음은 예절을 벗어나 큰 소리로 떠들게 되었다. 길가 주택가에 거주하던 현지인이 창문을 열고 조용히 하라고 주의를 주었다. 주민들이 아직 잠이 들어 있을 새벽이라는 상황을 의식하지 못한 우리들의 잘못이다.

순례길의 첫 발걸음이 묵직하다. 감격적인 순간이다. 내 생애 영원히 잊지 못할 순간인 것이다. 시골의 아담하고 예쁜 마을을 지나 니브강 다리를 건너고, 돌기둥의 스페인 문을 지나니 갈림길이 나왔다. 왼쪽의 나폴레옹길인 포장도로를 따라 걷는다. 코끝을 스치는 시원한 아침 공기가 상큼하게 느껴진다.

알베르게를 나와 출발하다

론세스바예스로 향하는 길은 두 가지다. 하나는 23㎞를 걷는 평지길이지만 별로 재미가 없는 길이라고 한다. 다른 하나는 1,500m 높이의 피레네산맥을 넘어가는 27㎞의 긴 코스지만 경치가 매우 아름답다. 대부분의 순례객들은 이 길을 많이 걷는다. 조금 힘들어도 이왕이면 멋진 경치를 감상할 수 있는 정통 순례길 코스인 이 나폴레옹길을 선택해서 걷기로 했다. 그런데 우리보다 한국에서 2일 먼저 출발한 팀은 기상악화로 이 길을 통제해서 아름다운 이 코스를 지나가지 못했다고 했다. 여기서 우회하는 코스는 경치도 별로인데 흙길을 오르락내리락 걸어야 해서 걷는 게 끝나고 나면 온몸이 녹초가 된다고 한다.

마을을 벗어나니 카미노를 안내하는 노란색 나무판에 가리비 껍데기가 그려진 이정표가 나무 기둥에 붙어 있다. 론세스바에스까지 24.5㎞, 6시간 30분이 걸리는 것으로 표시되어 있다. 조금 더 걸으니 운토 4.6㎞, 오리손 7㎞ 거리 표시가 된 이정표가 또 나왔다.

마을을 벗어나니 언덕을 오르는 포장길이 이어진다. 그다지 가파른 길은 아니지만 기쁜 마음에 걸음 속도가 빨라져 숨이 차오른다. 아스팔트 포장길이지만 양옆에 숲이 펼쳐져 싱그러운 풍경이다. 소나무 향과 상쾌한 숲 향기가 우리를 반겨 준다. 구불구불 오르는 길가엔 이름 모를 야생화들이 아름답게 피어 멋진 풍경을 보여 준다.

브라질의 작가 파울로 코엘료는 순례길을 가는데 3가지가 필요하다고 말한다. 우리는 필요한 2가지를 이미 완료했다. 첫째는 '목표를 정하라'다. 도보로 카미노 전체 800㎞ 걷겠다는 나의 목표는 이미 정해졌다. 둘째는 '주저하지 말고 떠나라'다. 이것도 우리는 이미 실천하여 한국을 떠나 여기 프랑스 생장에 도착했으므로, 나머지 세 번째만 잘 실

푸른 초원과 그림 같은 집

천하면 되었다. 세 번째 미션은 '같이 카미노를 걷는 사람과 교감하라'
는 것이다. 즉 순례길을 걷는 같은 팀원들과 또는 세계 각국에서 온 사
람들과 교감하며 걸으라는 것이다. 길에서나 식당에서 서로 마주치면
"부엔 카미노!" 또는 "올라!" 하고 인사하며 서로의 공감대를 느끼라는
것이다.

그래서 우리를 뒤따라서 올라오는 순례객에게 밝은 목소리로 '부엔
카미노' 하고 인사를 건넸다. 한국 사람이다. 어디서 왔냐고 물어보니
'제주도'에서 왔다고 한다. 다시 '학생?'이냐고 물어보니 내년에 나이가

'오십'이라고 한다. "동안이다."라고 말했더니 "날씨가 쌀쌀해서 모자와 스카프를 둘러써서 얼굴이 가려 그렇게 보였다."라고 말하며 앞질러 걸어갔다.

도로를 따라 계속 걸었다. 길 양쪽으로 푸른 초원과 그림 같은 집들이 보였다. 소와 양떼들이 한가롭게 풀을 뜯는 풍경이 한폭의 그림처럼 아름답다.

알베르게를 떠나 도로를 걷기 시작한 지 약 1시간 10분이 지나니 '운토(HUNTTO)'에 도착했다. '운토'는 조망이 좋은 쉼터 역할을 하는 곳이다. 외국인 일행이 알베르게에서 나와 출발 준비를 하고 있었다.

길을 걸으면서 헤매는 일은 없을 것 같다. 조가비나 이정표, 노란색 화살 표시가 계속 나왔다. '운토'에서 20분 정도 걸어가면 갈림길이 나온다. 왼쪽 길은 흙길이고, 오른쪽 길은 계속 이어지는 포장도로인데 조금 걸어가면 위에서 만나게 된다. 우리는 여기서 흙길로 접어들었다.

숙소에서 출발해서 약 7㎞쯤 걸으니 물을 먹을 수 있는 수도가 나왔다. 이곳에서 수통에 시원한 물을 채워 넣을 수 있는데, 우리는 어제 생장의 대형마트에서 생수를 구입했다. 아무래도 이곳의 샘물은 석회질이 침전되어 몸에 좋지 않을 것이라 생각했기 때문이다. 여기서 약 1㎞쯤 더 걸어가니 조망이 좋은 산허리에 순례길 중 첫 번째 알베르게인 '오리슨(Orisson)'이 나왔다. 시계를 들여다보니 출출할 때가 됐다. 알베르게 쉼터에 도착하니 순례자들이 외부 테이블에 앉아 차를 마시거나 간단한 식사를 하고 있었다. 우리도 이곳에서 가지고 온 빵과 바나나로 간단하게 요기를 했다. 그리고 순례길 도중에는 화장실 해결이 어려우니 이곳에서 해결하고 다시 길을 떠났다.

오리손 알베르게를 지나면서 오르막길이 나왔다. 하지만 경사가 완만하다. 뜨거운 태양 아래 이 길을 걷는다면 굉장히 힘들겠지만, 오늘은 비 예보가 있어서 날씨가 흐렸다. 오히려 오르막인 이 길을 걷기에는 최적의 날씨다. 부드러운 산세가 넓게 펼쳐진 초원의 모습이 시원하다. 산티아고로 가는 길 중에서 가장 아름답다는 명성답게 피레네산맥의 푸른 초원은 한 폭의 그림이다.

넓은 초원에는 어슬렁거리는 양 떼도 있고, 풀을 뜯고 있는 말들이 있다. 그 끝없는 길 위에 띄엄띄엄 걸어오는 여행자들의 모습도 한 폭의 그림 같다. 마음의 짐을 벗고 경계심을 풀어서일까. 모두가 가족이고 친구 같은 느낌이다. 서로 기념사진을 찍어 주고, 좋은 여행을 하라며 격려의 말도 잊지 않는다.

일기예보가 맞았다. 잠시 동안이지만 살살 비가 내리기 시작했다. 배낭 속에 있는 우의를 차려입고 다시 걷기 시작했다. 우의를 입으니 온기가 있어 오히려 쌀쌀한 날씨에 도움이 되었다. 멀리 도로 옆에 푸드트럭이 보였다. 비바람에 몸이 추웠고 배가 출출 했는데 오아시스를 만난 기분이다. 뜨거운 핫초코와 삶은 계란을 맛있게 먹었다.

비가 내리고 몹시 바람이 부는 길을 계속 걸었다. 어느 곳을 지날 때는 아직도 녹지 않은 눈이 많이 쌓여 있었다. 또 낙엽이 쌓여 있던 길이 눈에 녹아서 걷기 힘들 정도의 질척거리는 수렁을 지나기도 했다. 이러한 악조건의 길을 걸어 어두워질 무렵 '론세스바예스'의 알베르게에 도착했다. '론세스바예스'는 성당과 수도원을 중심으로 식당과 몇 채의 집만 있는 작은 마을이다.

론세스바예스의 알베르게 전경

산티아고에 가면 누구나 행복해진다

알베르게는 흰색 3층 건물에 1층은 로비, 키친, 도서실, 휴게실로 사용하고, 2, 3층은 4인실 칸막이를 하여 2층 침대가 만들어져 있다. 침대는 대략 200여 개 이상 될 것 같다. 침대는 여행객들로 거의 다 차 보였다. 이곳 알베르게 숙박료는 17유로라고 한다.

침대를 배정받고 짐을 풀었다. 그러고는 같은 층에 있는 샤워실로 갔다. 화장실과 같이 있는 샤워실은 현대식으로 만들어져 있고 뜨거운 물이 잘 나와서 만족했다. 더구나 지하의 세탁실은 3.5유로만 내면 2시간 후 잘 세탁되어 건조된 옷들을 받을 수 있었다.

저녁은 7시에 먹을 수 있다고 한다. 알베르게 앞에 있는 식당에서 순례자들이 다 같이 모여 식사를 했다. 나라도 다르고 서로 알지 못하는 사람들이지만 같은 길을 걷는다는 것 하나로 서로 인사를 하며 말을 걸고 친근감을 보인다. 식사는 순례자 메뉴를 크레덴시알 도장을 찍을 때 미리 10유로에 판매한다. 전채 요리로 빵, 수프와 파스타, 와인이 나오고, 메인 요리는 생선구이 또는 치킨과 감자튀김에서 선택한다. 그리고 후식으로 요플레가 나왔다.

식사를 마치고 알베르게에 들어오니 순례객들의 대화하는 소리가 시끄럽다. 하지만 그것도 잠시, 밤 10시가 되니 일제히 불이 꺼진다. 갑자기 사방이 쥐 죽은 듯 조용해진다. 작은 소리로 얘기해도 들린다. 몸을 뒤척일 때마다 침낭이 스치는 소리까지도 유난히 크게 들린다. 첫날 코스가 힘들었기 때문에 대부분이 곧바로 잠이 들었다. 잠시 뒤 어디선가 탱크가 굴러가는 소리, 타이어 바퀴에 바람 빠지는 소리 등 순례자들이 내는 다양한 소리들을 들으며 이렇게 순례길 첫날의 밤은 깊어만 갔다.

론세스바예스 순례자 식당 모습

산티아고에 가면 누구나 행복해진다

시작을 위한 떠남

복잡한 도시를 떠나
산과 들판이 있는 곳으로 갑니다

차량과 매연, 소음으로 뒤덮인
삭막한 도시에
아픈 기억을 남겨 두고
산티아고에 위로받으러 갑니다

곰삭은 예순 하나
하얗게 희어 버린 머리칼
항상 머릿속엔
자연인을 꿈꾸고 있습니다

쓸쓸할 때마다
둘러메고 떠나던 배낭 속엔
희망의 나라로 가는
여행 티켓이 담겨 있습니다

언제 돌아올지는 나도 모릅니다
긴 시간이라 추측되는데

얼굴이 검게 그을리고

턱수염이 숲처럼 무성하게 자라

누구도 몰라볼 즈음

돌아오겠습니다

하늘의 별들이 가장 반짝이는 날을 택하여

까만 밤하늘 도화지에

애잔한 추억의 그림을 그리겠습니다

어쩌면

이번 여정 중에는

많은 사람들의 눈물이 희석되어 있는

페라돈 언덕에서 실연에 빠진 누군가를 위로하며

오래 머물러 있을지도 모릅니다

그리고 땀에 전 건강한 발길로

그대 앞에 다시 서는 날이

새롭게 출발하는 축제의 날이 되겠습니다

이제는 새로운 길을 따라

멋진 사랑을 다시 시작하려 합니다

제4일(2구간) 4월 28일 일요일

—

론세스바예스 → 헤렌디아인 → 수비리(22km, 누계 49km)

"이 길에서 일어나는 매일의 일상이 곧 순례다. 모든 것을 비우고 그 길을 한 번 느긋하게 걸어가 보라."

~ 나는 누구에게 아름다운 화살표가 될 수 있을까?

저절로 눈이 떠졌다. 시계를 보니 새벽 2시다. 어제 첫날 27㎞의 강행 군이었지만 순례길의 기대감으로 몸은 가뿐하다. 어둠 속에서 스마트 폰을 켜서 어제의 일정을 정리했다. 이렇게 새벽에 일어나서 인터넷을 해야만 와이파이가 잘 터진다. 다시 눈을 감고 침대에서 뒤척이며 시간 을 보내니 알베르게에 형광등이 확 켜진다. 어느새 6시가 되었다. 모든 사람들이 일어나 배낭을 꾸리거나 세수하러 샤워실로 향한다. 서둘러 세면장으로 가니 화장실이건 세면대건 사람들로 북적인다. 내가 세면대에서 세수를 하고 있는데, 옆에는 어제 휴게실에서 봤던 일본인이 있었다. 자세히 보니 틀니를 칫솔로 닦고 있었다. 나이가 40대로 보였는데 벌써 틀니라니 아침부터 깜짝 놀랐다. 이분을 보고 난 후 건강하게 치아 관리를 해야겠다는 생각이 들었다.

오늘 날씨는 춥다. 인터넷을 검색해 보니 오늘 기온이 오전에는 3도, 오후에도 10도라 추울 것 같다. 옷차림을 다운으로 보강하고, 배낭 정리를 하고 알베르게를 나섰다. 어제는 배낭의 짐을 택배로 보냈지만, 오늘은 13㎏의 배낭을 메고 걸어야 하는 힘든 하루의 시작이다. 아침 식사는 어제저녁에 예약한 알베르게 밖에 있는 카페에서 토스트 하나와 커피 한 잔, 3.5유로 비용으로 간단하게 식사를 하고, 곧바로 7시 20분에 출발했다.

알베르게 앞 도로를 따라 100m 정도 걸어서 오른쪽 숲으로 난 오솔길로 접어들었다. 어제 지나온 숲과 마찬가지로 여명 속에서도 연두색 잎사귀들의 반짝임으로 눈이 부셨다. 오솔길 옆으로는 광활한 초록 들판과 둥근 능선이 아름다운 실루엣을 드러낸다. 우리는 천천히 길을 걸으면서 아직 완전히 밝지는 않았지만 눈앞의 아름다운 경치를 감상했다.

길을 조금 걷자마자 이곳에서 산티아고 데 컴포스텔라까지 790㎞ 남았다는 안내 표지가 세워져 있다. 외국인 순례객들이 지나가다가 기념사진을 찍고 있어서 우리도 이곳 표지에서 기념사진을 찍었다.

약 30분 정도 걸으면 카페가 있다. 카페 밖 테이블에 같은 알베르게에 묵었던 한국인이 담배를 피우며 대화를 하고 있었으며, 다른 일행은 카페 안에서 아침 식사를 하고 있었다. 어제 늦게 도착한 사람들은 알베르게에서 판매하는 식권을 구입하지 못해 오늘 일찍 출발해서 이곳에서 아침 식사를 하는 것이다.

다시 2㎞ 정도 걸으니 작은 마을이 나왔다. 집집마다 화사한 꽃들로 장식된 이 마을의 이름은 '부르구에테(burguete)'라고 했다. 빨간 지붕에 예쁜 집들이 목가적 풍경을 보여 준다.

이곳에는 순례자를 위해 7시에 문을

산티아고 데 콤포스델라까지 790㎞

여는 식당이 보였다. 몇몇 여행객들이 이곳 식당에서 식사를 하려고 식당으로 가는 모습도 보인다. 우리는 이곳을 지나면서 아침에 알베르게에서 북적거리며 먹는 것보다 이런 한적한 곳에서 여유 있는 식사를 하는 것이 좋겠다고 이야기하면서 지나갔다.

어제는 많이 피곤했는지 9시부터 깊은 잠이 들었다. 내 옆 룸의 한국인들이 너무 떠든다고 다른 룸의 외국인이 와서 조용히 하라고 주의를 주었다고 하는데, 이런 소란도 모른 채 깊이 잠에 취했다. 사실 이런 공용 시설에서는 서로가 예의를 지키는 것이 필요하다고 생각한다. 참고로 이 알베르게의 룸은 4인 형태로 구분되어 있지만, 개방된 공간에 100여 명이 같이 숙박한다.

마을 안쪽으로 들어오니 여러 갈래의 길이 나왔다. 자세히 둘러보니 길 표시가 되어 있다. 파란 바탕에 노란색의 조가비, 노란 화살표, 하얀색과 빨간색이 위아래 일자 모양으로 그려진 표시, 이런 것들이 순례자들의 이정표다. 산티아고로 가는 길 내내 이런 표시들이 건물 벽, 나무 기둥, 길바닥에 표시되어 있어서 카미노 길을 찾아가는 데 어려움이 없다.

여기서 도로를 따라 걸어가다 바닥에 있는 화살표를 보고 우측으로 들어갔다. 그러자 조그만 다리를 건너면 마을을 벗어나고 다시 넓은 들판이다.

길옆 풀밭 곳곳에서 소와

산티아고 길 찾는 안내 표시

양들이 한가하게 풀을 뜯고 있다. 푸른 초원과 숲길을 번갈아 걷다 보면 작은 시냇물도 만난다.

길을 걸어가다 보면 길가에 간이 묘지가 있다. 이 길을 걷다가 죽은 사람의 무덤이라고 한다. 많은 여행객들이 그들의 넋을 기리기 위해 십자가를 세워 돌을 쌓아 놓았다. 조화로 화려하게 장식하고, 고인의 사진을 놓아두며 추모한다. 이곳을 지나갈 때에는 잠시 모든 순례객들이 숙연해진다.

숲길을 걷다가 외국인을 만났다. 혼자 걷는 일본 여성은 골든위크를 맞아 10일간 카미노를 한다고 했다. 한국어를 잘해서 물어보니 한국의 연세학당에서 한국어를 제대로 배웠다고 한다. 캐나다 남성은 이번 카미노가 두 번째라고 했다. 한국의 떡볶이를 먹어 봤는데 자기가 먹어 본 한국 음식 중에서 최고의 음식이라고 엄지 척을 했다.

마을을 지나고 숲속으로 접어들자 넓고 푸른 초원에 노란 야생화가 피어 환상적인 아름다움을 보여 준다. 지나가던 한국인 여학생 2명이 있어서 사진을 부탁했다. 외모를 보고 학생으로 짐작하여 휴학생이냐고 물었더니 회사를 그만두고 카미노를 한다고 했다. 참으로 부러운 청춘이다.

길게 심어진 너도밤나무 숲길을 지나고, 흙길과 포장길을 번갈아 걸었으며, 징검다리 시냇물도 건넜다. 출발한 지 3시간 정도 지나니 다시 배가 출출해졌다. 얼마나 걸어야 카페가 있나 검색해 보니 조금만 더 걸으면 나온다고 한다. 눈앞에 카페가 보였다. 카페 안에는 현지인들이 와인을 마시며 식사를 하고 있어 혼잡했다. 그래서 우리는 카페 안으로 들어가지 않고 밖에 있는 테이블에서 준비해간 간식거리를 먹었다.

노천카페에서 쉬면서 간식을 먹음

카페에서 출발해서 잠시 길을 헷갈렸다. 이정표 표시도 없고 지나가는 순례객들도 갑자기 보이지 않았다. 우리는 길을 잘못 가는 건가 하는 생각이 들어서 당황했다. 곧 제대로 길을 찾았다. 돌기둥에 조가비가 그려진 카미노 방향표를 발견했다. 우리 인생길에도 갈 길을 몰라 잠시 헤맬 때 이런 이정표가 있으면 얼마나 좋을까 하는 생각이 들었다.

다시 길을 찾았을 때 어제 론세스바에스 카미노 길에서 몇 번이나 마주쳤던 외국인을 만났다. 나와 같은 Black Diamond 브랜드의 스틱을 사용해서 서로 인연이라는 표현으로 눈인사를 했던 외국인이다.

'헤렌디아인' 마을을 지나 울창한 숲길로 들어가면 '린소아인'으로 길은 이어진다. 체육관 비슷한 큰 건물 아래에서 잠시 휴식을 취했다. 이 마을을 지나면 바로 오르막길을 오른다. 뒤돌아보니 시골 마을의 정경이 한 폭의 그림이다.

'수비리' 마을이 거의 눈앞에 있다. 도로를 건너니 작은 컨테이너 간이판매대가 있었다. 여기서 콜라와 계란 두 개를 3.5유로에 샀다. 이런 곳에서의 판매가격은 우리나라와 비교하면 매우 저렴한 편이다. 여기서 크레덴시알에 순례길 인증 도장을 받았다. 순례길을 걷다 보면 이런 작은 간이매점과 마을의 카페에서도 인증 스탬프를 찍어 준다.

드디어 오늘의 목적지인 '수비리'에 도착했다. 아르가(Arga)강을 가로지르는 돌다리를 건너니 아담한 동네가 나왔다. 오늘 숙박할 알베르게를 찾아 들어갔다. 침대를 배정받고 짐을 풀었다. 3일 차 알베르게 숙박 중 오늘 시설이 그중에 좋았다. 그리고 바로 샤워를 하고 옷을 갈아입고 마을 구경을 나왔다.

수비리 마을 입구에 있는 간이매점

순례길 중 만나는 양떼 목장

슈퍼마켓이나 상점을 찾았는데 주민들이 낮잠을 자는 시에스타 시간이다. 가게 앞에는 5시에 문을 연다고 안내문이 붙어 있었다. 마을 구경을 해 보니 이곳 '수비리'에서는 제대로 된 식사를 하기 어려워 알베르게에서 식사할 수밖에 없었다. 다시 알베르게로 돌아와 쉬다가 저녁 식사로 순례자 메뉴를 먹었다. 메뉴는 돼지갈비와 토마토소스로 요리한 생선 두 가지가 준비되어 있다.

여기 저녁 식사시간에는 하우스 와인이 거의 무제한으로 제공된다. 와인은 적당히 마시면 숙면을 취할 수 있어 좋다. 종업원이 후식으로는 티라미수, 레몬, 초콜릿, 과일 중 어느 것을 시키겠냐고 물었다. 대부분의 사람들이 과일이 먹고 싶어 과일을 주문하니 바나나 한 개씩 접시에 나왔다. 우리들은 뒤집어질 듯이 웃었다. 그런데 그것도 덜 익어 파란색의 바나나가 나왔다. 우리가 순례자 메뉴에 너무 큰 기대를 했던 것이다.

여기 '수비리'에는 사설 알베르게가 여러 곳이 있다. 우리가 숙박한 알베르게는 아벨라노(avellano)라는 곳인데, 돌로 기초를 만들고 목조를 적절하게 조합하여 지었다. 오랜 세월의 흔적을 느낄 수 있는 고풍스러운 건축물이다. 1층에는 넓은 거실과 레스토랑이 있고, 2층에 침대가 있는 구조이다.

오늘 순례길은 무거운 배낭을 메고 힘들게 걸었는지 어깨가 욱신욱신했다. 요즘 시중에 유행하는 P통증완화크림을 바르고 휴식을 취했다. 내일 일어나면 아무 통증이 없기를 바랄 뿐이었다.

아름다운 아르가강과 수비리 마을

마음 닿는 대로 걷자

내 마음대로
내 방식대로 걸을 거야

에스 자로 걷던
사명대사 눈길 걷던 것처럼 똑바로 걷던
내 마음 닿는 대로 걸을 거야

여기까지 와서
남 눈치 볼 것 없잖아

하고 싶은 대로
아직 내게 남아 있는 열정을 활활 태워
내 마음 닿는 대로 걸을 거야

겉으로는 아닌 척
속으로는 박수 치며 좋아하던 사람들

남의 불행이 나의 행복으로 여기는 풍토는
이제 저 멀리 보내고
내 마음 닿는 대로 걸을 거야

열 번 찍어 안 넘어가는 나무가 어디 있겠는가
두드려서 안 열리는 문은 없다

'줄탁동시'라는 말

문고리 잡은 손을 내가 당기면
너는 밀어라
그래야 굳게 닫힌 문이 열리게 될 거야

산티아고 길을 휘적휘적 걸어가는 것처럼
남 눈치 보지 말고 여유롭게 살자

산티아고는 내게
사람의 마음과 생각은 늘 변하는 것이므로
너무 욕심부리지 말라고 하네

소확행
"작지만 일상의 성취하기 쉬운 소소한 행복을
추구하는 삶"

"작게 원하고 크게 행복해하자"

제5일(3구간) 4월 29일 월요일

—

"순례자여, 당신이 길을 걷는 것이 아니라 당신이 곧 길이다. 당신의 자신 있는 발걸음, 그것이 카미노의 시작이다."

~ 카미노엔 여러 부류의 사람들이 걷는다

오늘도 어제처럼 새벽에 눈이 떠졌다. 우리가 잤던 룸은 12명이 쓰는 다인실이다. 다른 사람들에게 방해되지 않아야 되기 때문에 조심스럽게 일어나 화장실로 나왔다. 핸드폰을 꺼내 시간을 보니 4시 30분이다. 어제 하루 식사로 빵과 간식 정도만 먹었다. 먹는 양이 적었고, 야채 등 섬유질이 없는 음식 섭취를 하다 보니 시원하게 배변하기가 힘들었다.

다시 어둠 속 침대에 누워 있다가 6시에 기상했다. 침낭부터 정리했다. 다음으로 오늘 메고 갈 배낭을 중간에 열어 보기 쉽게 정리했다. 알베르게에서 어제와 같은 간단한 조식을 마치고 출발했다. 어제와 달리 오늘은 쾌청한 날씨다. 패딩을 입지 않고 가벼운 옷차림으로 길을 나섰다.

오늘 출발 시간은 7시 30분이다. 날이 환하게 밝아 길을 찾기가 쉽고 걸을 만했다. 알베르게를 나와서 어제 건너왔던 다리를 다시 건너 오른쪽 도로를 따라 오솔길을 걸었다. 우리와 같은 생각을 하고 일찍 나서는 순례객들 몇 팀이 걸어가고 있었다.

주택 사이로 난 돌담길을 지나니 좁은 풀숲이 나타났다. 숲속 여기저기에서 청아한 새소리가 들리고, 싱그러운 풀냄새가 코끝을 적신다. 조금 걸으니 갈림길이 나오는데 한국인 부부가 안내 이정표 앞에서 어느 방향으로 가야 할지 고민하고 있었다. 어제 오후 마을을 구경하다가 만난 한국인 부부였다. '부엔 카미노' 하고 반갑게 인사를 했다.

수비리에 있는 시설이 큰 알베르게가 공사를 해서 알베르게가 부족했다. 그래서 이 부부는 어제 알베르게를 구하는 데 어려움을 겪었다고 했다. 여러 집을 돌아다니다가 알베르게를 겨우 구했는데, 알베르게라기보다는 마구간 같은 곳이라고 했다. 우리는 "당신네가 제대로 된 순례길을 하고 있어요."라는 덕담을 건넸다. 남자는 이번 시즌에 직장을 은퇴했다. 시간적 여유가 있어서 와이프 환갑 기념으로 산티아고 및 스페인을 60일 일정으로 여행을 왔다고 말했다. 좋은 여행길이 되라고 인사하고 이 팀을 앞질러 지나갔다.

여기 산티아고 순례길을 걷는 우리 일행에 대해서는 아직 잘 모르지만 독특한 사람들이 많이 있는 것 같다. 상황이나 사실을 제대로 알지

수비리를 출발하면서 나오는 숲길

도 못하면서 모든 사람들에게 간섭을 많이 하고 잘난 척하는 사람들이
너무 많다. 그러다 보니 나름대로 생각이 있어서 조용히 산티아고 순례
길을 찾은 사람들에게 불편함을 많이 주는 것 같다. 또 한 부류는 천주
교를 믿는 몇몇 여성분들인데, 과도한 종교 얘기와 행동, 끼리끼리 편
가르기 등 눈살을 찌푸리게 하는 행동을 한다.

　이번에는 부부가 아닌데 부부인 것 같은 행동을 하며 40일 동안 카미
노를 걷는 천주교 신자라고 하는 팀이다. 숙소에서는 항상 위아래 침대
를 이용하며 부부처럼 행동하여 다들 처음에는 부부로 알았다가 부부
가 아니라고 해서 놀랐던 사람들이다. 이외에도 여기저기 잘 끼어든다

고 해서 전천후, 나이가 조금 많다고 해서 대접을 받으려고만 하는 어떤 여성, 반말하고 마구 스킨십을 하는 어떤 남성 등 참 다양한 부류의 사람들이 있다. 아직까지는 겉으로 보이는 부분만을 언급했으니 그 사람들의 진면목은 알 수가 없다. 오히려 내가 가진 선입견보다 훨씬 훌륭한 인품을 가졌을 수도 있다. 순례길을 함께하면서 서로를 이해하며 그 사람들의 개성을 인정하는 것이 순례길의 의미라고 생각했다.

길을 따라 걷다 보니 오래된 스페인 전통적인 가옥들을 지나간다. 마당에 장작을 쌓아 놓은 모습을 보니 추운 겨울에 난롯가에 모여 정다운 얘기를 나누며, 커피를 마시는 단란한 가정의 모습이 떠오른다. 길가 밭에는 채소들이 재배되고 있는 게 우리의 시골 농가 모습과 비슷했다.

수비리에서 1시간 정도 걸으면 마을이 나온다. 이곳은 쉼터가 만들어져 있고, 수도 설치가 되어 있어 마실 물을 받아 갈 수 있다. 하지만 여기서부터 10㎞ 거리 내에는 산길과 숲길만 이어져 있어 간식거리를 사 먹을 곳이 없다. 이런 경우를 대비해서 이곳에서 물을 준비하는 것이 좋다. 또 이곳 쉼터에는 스페인어와 영어로 기본 인사말과 용어가 작성된 1장짜리 페이퍼가 의자에 놓여 있었다.

HOLA = HELLO, BUENOS DIAS = GOOD MORNING, GRACIAS = THANK YOU, PAN = BREAD 등의 용어가 정리되어 있다. 이런 소소한 부분에까지 신경 쓰는 스페인 사람들의 배려심을 느낄 수 있었다.

'라라소아나(Larrasoana)' 마을에 들어섰다. '수비리'에 들어설 때처럼 예쁜 돌다리가 놓여 있다. 다리를 건너면 왼쪽에 카페가 있다. 여기서 잠시 쉬면서 가져간 간식과 단백질 파우더를 섭취했다. 순례길을 걸을 때에는 부족한 단백질 보충을 위해 간이용 파우더를 가져가면 좋다.

라라소아나 마을 입구에 있는 카페

 카페를 돌아서 나오면 왼쪽은 노란 유채꽃이 예쁘게 피어 있는 들판이며, 우측은 차들이 다니는 도로다. 야생화가 피어 있는 들판을 배경으로 커플 사진도 찍고, 이국적인 풍경을 감상하며 걸었다.

 산티아고 순례길을 걸을 때 카미노 필그림(camino pilgrim)이란 앱이 매우 유용하다. 스마트폰의 플레이스토어에서 다운받으면 된다. 이 앱을 켜면 카미노 구간별 거리와 마을이 나오는 지점마다 구간 거리와 음식점, 화장실, 성당, 카페 등 정보가 안내되어 있다. 또 위치 설정을 하면 지도상에 본인이 어느 지점을 걷고 있는지 알 수 있으며, 지도를 확대해서 보면 갈림길 등에서 헤매지 않고 길을 찾을 수 있어 아주 유용하게 이용할 수 있다. 이밖에도 구글의 플레이스토어에 들어가 보면 산티아고 순례길에 관련된 유용한 많은 앱들이 있어 다운받아 사용하면

편리하다.

우리는 카페를 지나 계속 걸었다. 창가에 예쁜 꽃 화분이 장식된 '수리아인(Zuriain)' 마을을 지난다. 마을 안에 있는 응달진 시원한 장소를 찾아 잠시 쉬면서 더워진 날씨에 맞춰 고어재킷을 벗었다.

잠시 휴식 후 카미노 길을 가는데 갈림길이 나왔다. 표지를 보니 오른쪽이나 왼쪽 둘 다 '팜플로냐'를 갈 수 있다고 안내되어 있다. '팜플로냐'까지 거리가 8.3㎞ 남은 것으로 되어 있다. 왼쪽 길은 평지길이고, 오른쪽 길은 언덕을 올라간다. 우리는 잠시 망설이다가 왼쪽 길로 갔다.

집들 사이에 있는 오솔길을 따라 조금 내려가면 초록 보리밭을 지나고, 왼쪽으로 차들은 다니지 않는 멋진 가로수들이 있는 포장도로를 만난다. 다시 도로를 건너 산길로 접어 들어가야 한다. 산 중턱을 조금 걸으면 조금 전 왼쪽, 오른쪽 고민했던 갈림길의 우측에서 오는 길과 만나게 된다.

약 10분 정도 걸으면 그리 크지도 작지도 않은 마을을 만나게 된다. 마음씨 좋아 보이는 아저씨가 운영하는 길가 매점에서 계란과 주스로 간단하게 점심을 했다. 우리는 증명서에 카미노 인증 스탬프를 찍었다.

좁은 산길을 걷다가 수로를 지나서 우측으로 다시 도로를 끼고 산길로 올라가야 한다. 멀리 노란 유채꽃 초원을 배경으로 그림 같은 집들이 있는 마을이 보이는데 이곳은 오늘의 목적지가 아니다.

도로를 따라 왼쪽으로 조금 내려가면 조그만 강을 건너는 다리가 있다. 다리를 건너면 바로 교회가 있으며 여기

카미노 중간에 만나는 길가 매점

서도 인증 스탬프를 찍어 준다. 크레덴시알을 꺼내 인증 스탬프를 찍었다. 순례길 도중에 만나는 대부분의 교회, 성당과 카페에서 인증 스탬프를 찍을 수 있는데, 준비한 용지의 빈칸이 모자랄 수 있으니 스탬프의 수량을 잘 조절해야만 한다.

　오늘의 목적지인 '팜플로냐'는 여기서 4.8㎞ 더 가야 한다. 여기서부터는 도시를 관통하며 걸어야 한다. 이곳은 큰 도시지만 길을 걷고 있는 지금 시간이 시에스타 시간이라서 조용하다.

팜플로나 들어가기 전에 있는 강

　　산티아고에 가면 누구나 행복해진다

다시 큰 강을 건너고 마을을 지나면 도로를 따라 심겨 있는, 뒤틀려서 이상하게 생긴 포플러나무 사이를 지난다. 여기서 목적지까지는 1.7㎞가 남았다. 강물을 건너려면 지그재그로 만들어진 다리를 건너야 한다. 팜플로냐 시내에 들어섰다. 도로를 따라 걷다가 우측의 마을에 들어서면 성당을 중심으로 많은 알베르게들이 모여 있다.

'팜플로냐'는 소몰이 축제로 세계적으로 유명한 '산페르민 축제'가 펼쳐지는 곳이기도 하다. 이곳에서는 매년 7월 6일이면 도시 한가운데 소몰이축제가 시작된다. '산토도밍고'부터 '팜플로냐'의 투우장까지 성난 소 떼가 거친 본능으로 질주하면 도시 전체가 출렁이는 곳이다. 그래서인지 팜플로냐 입구에 접어드니 지금껏 보아 왔던 마을 풍경과는 다르게 도심 분위기가 물씬 더 풍긴다.

이곳은 또 헤밍웨이와 관계가 깊다. 그가 스페인 내전 참전 후 쓴 『누구를 위하여 종을 울리나』라는 소설이 이곳에서 탄생한 것은 너무나도 유명하다. 헤밍웨이와 관련된 이루나 카페(Iruna Cafe)가 팜플로냐 광장에 있다. 우리는 이곳 외부 노천카페에 앉아 헤밍웨이를 생각하며 오렌지주스를 마셨다. 카페의 내부를 들여다보니 외관과 다르게 시설이 잘된 고급 레스토랑으로 운영되고 있었다.

알베르게는 5층 건물인데 1, 2층을 숙소로 운영한다. 1층에는 요리를 할 수 있도록 주방 시설이 되어 있었다. 잠시 시내를 돌아다니다 알베르게에 들어와 보니 음식 냄새가 났다. 다른 팀원들이 슈퍼에서 라면을 사서 끓여 먹었다고도 한다. 어쩐지 한국에서 많이 익숙한 냄새가 풍긴다고 생각했다. 알베르게에서 침대를 배정받고 샤워까지 마쳤다. 세탁물은 큰 바구니에 담아 7유로에 맡겼다. 대충 정리를 마치고 경남 양산에

헤밍웨이와 관련된 이루나 카페가 있는 팜플로나 광장

서 참석한 여성분과 같이 저녁 식사를 하기 위해 시내에 유명 식당을 찾아 나섰다. 시에스타 시간이라 대부분의 음식점과 상점이 문을 닫았다.

시내를 배회하다가 시청 부근에 영업을 하는 레스토랑을 찾아 간단하게 맥주와 소시지빵, 새우튀김 등으로 식사를 했다. 스페인은 물가가 정말 싸다. 여러 가지 종류의 음식을 맛있게 먹었는데도 고작 20유로가 나왔다. 식료품 가게에 들러 생수, 맥주와 딸기를 구입했다. 여기서도 계산을 하면서 가격이 너무 싸서 다시 한번 놀랐다.

숙소로 돌아와서 휴식을 취했다. 알베르게에서 휴식만 취하기에는 너무 무료해서 시에시타 시간이 지난 다음 다시 시내 구경을 나갔다. 거리는 조금 전과 달리 모든 가게들이 문을 열었고, 사람들이 몰려나와 돌

산티아고에 가면 누구나 행복해진다

아다니는 모습이 활기차 보였다. 참으로 신기한 나라라는 생각이 들었다. 순례길의 새로운 경험으로 팜플로냐에서 의미 있는 하루를 보냈다.

산티아고에서 행복 찾기

산티아고를 걷기 전엔 미처 몰랐었네
걷는 것이 행복인 줄을

여명이 밝아 올 때부터
한낮의 햇볕이 기울어 갈 무렵까지
하루 종일 땀 흘리며 걸으면서

오늘 묵어갈 알베르게를 찾아
짐을 풀어 놓을 때

바로 여기 이 자리
이 순간이 행복인 것을 미처 몰랐었네

이곳 산티아고만 오면
어떤 해결책이 생길 것이라 생각하고
한두 가지 사연 들고 헤매는 길동무들

많이 갖든 적게 가지든
권력을 갖든 명예를 갈망하든
그런 세속적인 건 나와 상관없는 일

행복은 언제나
그런 것과는 거리가 멀다

지금 나 여기 있는 이 순간을
사랑하고
즐기고 있네

이런 것이 행복인 것을
이제야 알았네

하루 종일 길을 걷다가
해가 지면 쉴 수 있는 곳으로 돌아올 수 있다는

그런 작은 행복이
사소한 일상이 바로 행복인 줄

산티아고를 걷기 전엔 미처 몰랐었네

제6일(4구간) 4월 30일 화요일

—

팜플로냐 → 페르돈 고개 → 푸엔테 라 레이나(25km, 누계 95km)

"순례길 여정의 종착점은 산티아고 성지이지만, 정말 중요한 것은 우리가 어떤 마음 자세로 이 길을 걸어가느냐 하는 것이다."

~ 강물처럼 흘러가듯 카미노를 걷다

오늘이 '산티아고 순례길 걷기' 4일째 되는 날이다. 어제 배정받은 침대 위치가 출입구와 가깝다 보니 많은 사람들이 새벽녘에 화장실에 가느라 드나들어서 잠을 설쳐 피곤했다. 아직까지 발바닥이나 무릎이 아프거나 하지는 않다. 다행이라는 생각에 안심이 되었다. 그래도 자만하지 말자.

오늘의 목적지는 '푸엔테 라 레이나'다. 간편하게 걷고 싶어 택배 서비스를 이용하여 배낭을 보내기로 했다. 커다란 카고백에 넣어 이름과 다음 코스의 알베르게 주소를 쓰고 카운터에 맡겼다. 요금은 5유로다. 짐을 택배로 보내고 가볍게 배낭을 메고 걸으니 발걸음이 가뿐하다. 이런 기분이라면 오늘 두 코스도 거뜬히 갈 것 같다는 생각이다.

우선 팜플로냐 시내를 빠져나가 카미노가 시작되는 들머리를 잘 찾아야 한다. 기본적인 카미노 진행 방향은 동쪽에서 서쪽으로 가면 된다. 스페인의 동쪽 끝에서 서쪽 끝으로 순례길을 걷기 때문이다. 어제 헤밍웨이가 즐겨 들러서 쉬었다는 (카스티오 광장에 있는) 이레나 카페 앞을 지나간다. 밥 딜런이 지난 4월 25일 공연을 열었던 규모가 큰 공연장 앞도 지나간다. 각종 나무와 잔디로 조경이 잘된 쾌적한 공원을 지나가고, 우리나라와 비슷한 분위기의 아파트 단지도 지나갔다. 출근 시간대라서 도로에는 많은 차량이 지나다닌다.

이곳 스페인의 운전 매너를 칭찬해야 할 것 같다. 스페인은 사람 중심의 운전 습관이 잘 배여 있다. 도로에 사람이 접근하면 차량은 우선 멈춘다. 사람이 먼저 도로를 건널 수 있도록 모든 스페인 운전자들은 이 원칙을 철저하게 지켰다.

마을을 지나니 넓은 들판 사이로 철길을 깔아 놓은 듯 좁은 흙길이 길게 뻗어 있다. 가도 가도 끝없는 초록색 밀밭길이다. 이제 막 자라서 미세한 바람에도 초록색 물결을 일으키는 들판은 노란색 유채꽃과 조화를 이루면서 황홀한 풍경을 보여 준다. 그래서 가슴이 확 트인다. 피레네산맥을 넘어오는 길도 좋았지만, 오늘 걸어가는 이 길도 참 운치가 있어 좋다. 좌우로 끝이 안 보이는 들판을 가로지르며 걷는 오솔길은

제주도의 풍광과 비슷한 유채꽃밭

오름과 유채꽃의 향연이 어우러진 제주도의 풍광과 너무 비슷하다. 오늘도 역시 날씨가 맑고 깨끗해 길을 걷기에 좋았다.

알베르게에서 출발해서 약 1시간 30분 정도 걸으니, 드디어 포장도로를 벗어나는 '에레 카르데' 갈림길에 선다. 오늘 목적지인 '레이나'까지는 17.2㎞가 남았다는 이정표가 세워져 있다. 여기서 왼쪽의 비포장길에 접어들면 유채꽃과 밀밭 들판이 본격적으로 전개된다. 바람이 불어올 때마다 초록 물결이 너울너울 춤을 춘다. 걷다 보면 조그만 호수에서 낚시하는 모습도 볼 수 있다. 오리가 유유자적하게 헤엄치는 모습을 보면서 잠시 쉬어 간다. 이정표를 보니 이곳이 '젠덜라인(GENDULAIN)'이다.

바람이 불어올 때마다 초록 물결이 출렁이는 밀밭길

산티아고에 가면 누구나 행복해진다

오늘도 걸어가며 만나는 순례객들에게 열심히 '부엔 카미노'와 '올라' 인사를 하며 지나갔다. 어제 몇 차례 마주쳤던 젊은 한국인 남녀 커플을 만났다. 여자는 큰 배낭을 메었고, 남자는 택배로 짐을 보내고 아주 작은 배낭을 메고 걸었다. 배낭 크기가 서로 다른 것을 보아 짐작해 보니 여기 순례길에서 처음 만난 커플인 듯하다. 이들에게 물어보니 그렇다고 한다.

다시 밀밭 들판을 가로지르며 약 40분을 걸어가다 끝에서 약간의 오르막을 오르면 작고 아담한 '시수르 메노르'라는 마을이 나온다. 이곳 초입에 있는 교회에서 크레덴시알에 인증 스탬프를 찍었다. 이곳 카페테리아에서 계란, 바나나, 주스 등으로 간식을 먹으며 쉬었다. 다시 한 번 언급하지만 스페인의 음식점은 정말 가성비가 좋다. 여기서부터 12㎞ 떨어진 거리의 '우테르가'까지는 먹을 데가 없다. 좀 전에 보았던 한국인 남녀와 같은 테이블에 앉아서 휴식을 취했다.

다시 출발해서 40여 분 정도 언덕을 올라가면 무인 매점이 있고, 길바닥에 돌멩이를 모아서 'LOVE'라는 글씨를 써 놓은 곳을 지난다. 여기서 다시 5분 정도 걸으면 산티아고를 유명하게 만든 '자비의 고개' 또는 '용서의 고개'라고 부르는 페르돈 고개다.

언덕 위로 다가설수록 풍력기 돌아가는 소리가 엄청 시끄럽다. 위협을 느낄 정도다. 풍차 능선으로 이어진 언덕 정상인 '용서의 언덕'에는 여러 형태의 순례자들 조형물이 철재로 만들어져 있다. 나귀나 말을 타고 가는 사람, 긴 머리를 휘날리며 걸어가는 사람, 나귀에 짐을 싣고 끌고 가는 사람 등 철재물이 능선을 장식하고 있다. 우리는 조금 전에 같이 있던 한국인 여성에게 사진 찍어 주기를 부탁했다.

돌멩이로 LOVE를 표현하다

언덕을 넘어 카미노를 계속 진행했다. 여기서 내려가는 길은 주먹만한 자갈돌들이 널려 있다. 돌이 미끄러워 조심스럽게 내려가야 했다. 능선을 타고 불어오는 바람이 제법 차다. 길옆의 들판에는 한창 자라고 있는 밀이 물결치듯이 흔들리며 반짝거렸다.

간식을 먹으며 쉬었던 곳에서 대략 12㎞ 정도 걸으니 '우테르가' 마을이 나왔다. 군데군데 건물이 보인다. 시에스타 시간이라 사람들이 집안에만 있어서인지 마을은 인적이 없어 조용하다. 그래서 마을은 정체되어 있는 느낌이다. 마을 안의 수도에서는 시원한 물이 콸콸 쏟아져 나온다. 시원해 보이기는 하나 먹을 수 있는 물은 아닌 것으로 보였다. 보는 것으로 만족해야 했다.

용서의 고개라 부르는 페르돈 고개

　'우테르가' 마을 중간에 큰 카페가 있다. 우리 일행 몇 명이 앉아 있었다. 우리는 그냥 지나가기로 했다. 돌담으로 둘러싸인 높은 굴뚝이 있는 교회를 지나간다. 마을을 지나 다시 길을 나섰다. 작은 규모의 경작지이지만 순례길을 걸으면서 처음으로 포도밭이 보이기 시작했다. 스페인의 포도 재배 면적은 세계 1위라고 한다. 그래서인지 와인을 마실 수 있는 기회가 많고, 가격도 저렴하다. 순례자 메뉴에도 와인은 빠지지 않고 들어 있으며, 더 마시고 싶어 주문하면 비용 추가 없이 더 마실 수 있다.

　'오바노스' 마을에 들어섰다. 돌담을 둘러싸고 성당이 있다. 성당 앞에는 순례자 목각 인형이 세워져 있으며, 성당을 지나 돌문을 통과해서 지나갔다.

며칠째 순례길을 걸으면서 느낀 점이 있다. 이 나라는 순례객들이 카미노를 정확하게 걷기 위해서 도로와 마을 건물을 비롯하여 모든 길에 카미노 표시를 해 놓아 불편함이 없어 관광객이 많이 찾아온다. 정말 정확하게 카미노 길을 표시해 준다. 그것도 고급스러운 철 주물로 제작하여 견고하게 설치한 곳이 많다. 이런것이 이 나라의 국력이라고 생각했다.

오늘의 목적지인 '푸엔테 라 라이나' 마을에 들어서니 마을 규모가 제법 크다. 골목길을 따라 크고 작은 식당들이 눈에 많이 보였다. 아이스크림 가게, 식료품점, 기념품점이 보인다. 집집마다 꽃으로 장식한 모습이 화사하고 창틀에 널어놓은 빨래들조차 이 마을을 활기차게 보이게 한다.

오늘 숙박할 알베르게는 마을 끝에 있는 다리를 건너 야트막한 언덕에 있었다. 알베르게는 컴퓨터 시설, 수영장, 샤워실까지 갖춘 대규모의 최신식 건물이다. 숙박료는 12유로인데, 샤워실과 화장실에 남녀 구분이 되어 있고 깨끗했다. 저녁은 알베르게에서 운영하는 레스토랑에서 한국인 일행 모두가 한자리에 모여 먹었다. 누적된 걸음걸이로 지친 몸에 반주로 마신 와인이 들어가니 술기운 덕분에 기분이 좋아졌다. 저녁은 애피타이저로 야채샐러드가 나오고 10유로를 받았다. 조식도 3유로로 아주 저렴했다.

오늘 하루도 안전하고 즐거운 순례길을 걷게 된 것에 감사하고, 또 내일의 편안한 출발을 위해 휴식을 취할 수 있음에 감사한다.

산티아고에 가면 누구나 행복해진다

산티아고에서 중요한 것은

환갑이 되도록 살아온 나보다
이곳에 서 있는
보잘것없어 보이는 저 조개껍데기

훨씬 더 많은 순례자를 맞이하며
그들의 새로운 출발을
안내하면서
이 자리를 꿋꿋하게 지켜 왔다

길을 걷다 보면
잠시 헤매기도 하지만
이내 화살표를 보고
올바른 방향을 찾아가듯이

어느 날 내가 가야 할 길
모든 게 사라진대도
노란 화살표,
단정한 조개껍데기는
나 같은 사람들을 위해 있으리라

순례길 주인공은 내가 아니라,

이 하잘것없는 표시물임을

절절하게 느끼는 순간

발걸음도 가볍게

산티아고 데 콤포스델라에 가까워진다

페르돈 고개에서 휴식을 취하며

산티아고에 가면 누구나 행복해진다

제7일(5구간) 5월 1일 수요일

—

푸엔테 라 레이나 → 시라우키 → 아예기(25km, 누계 120km)

"우리 각자에게도 카미노, 곧 인생길이 있다. 우리는 이 길을 함께 가는 사람들과 공감을 나누며 같이 걸어가고 있다."

~ 작은 것에도 행복을 느끼며

오늘도 새벽 3시에 눈이 떠졌다. 하지만 기상 시간은 6시. 침대에서 뒤척이며 시간을 보내다가 6시에 일어났다. 다른 때보다 조금 피곤했다. 다른 사람들의 수면에 방해가 되지 않도록 조심스럽게 거실로 나왔

왕비의 다리라고 부르는 레이나 다리

다. 식사는 빵과 주스, 커피로 간단하게 먹은 후 7시 10분에 카미노 길을 떠났다. 동쪽 '레이나' 시내 위로 붉은 해가 떠오르고 있다.

알베르게에서 내려와 어제 지나온 레이나 다리(왕비의 다리)를 바라본다. 이 다리는 거친 물살의 아르가강을 건너는 순례자들의 안전을 위해 산초 3세 부인이 만든 로마네스크 양식의 아름다운 다리다.

도로를 따라 동쪽에서 서쪽으로 걷다가 뒤돌아보니 붉은 태양이 울창한 숲 위로 떠오르고 있다. 아름답고 축복받은 아침이다.

알베르게를 출발해서 한참을 걸었다. 길가에는 노란 유채꽃과 양귀비꽃이 아름답게 피어 순례객들을 유혹해 걸음을 멈추게 한다. 이 아름

산티아고에 가면 누구나 행복해진다

다운 풍경을 그냥 지나칠 수 없어 카메라에 담았다.

'레이나'에서 출발하여 약 5.2㎞, 1시간 20분 정도 걸려서 '마네루(Maneru)' 마을에 도착했다. 돌로 만들어진 성문처럼 '엘칸테로'라고 쓰인 카페에서 인증 스탬프를 찍었다.

넓은 밀밭길을 지나갔다. 초록색 벌판에 어느 외로운 양귀비꽃 하나가 불어오는 바람에 흔들거리며 순례객들의 눈길을 빼앗는다. 계속 걸어가는데 긴 벽돌담이 나왔다. 중간에 철문이 있고, 그 위에 십자가가 서 있다. 철문 안을 들여다보니 30여 개의 묘비석이 있었다. 여기는 이 마을의 공동묘지인 듯하다.

돌로 지어진 고풍스러운 카페

이곳을 지나면 에스테야가 16.1㎞, 시라우키가 2㎞ 남았다는 목재 이정표가 세워져 있다. 여기서 5분 정도 더 걸으면 걷는 방향으로 멀리 중세풍의 '시라우키' 마을이 엽서 속 그림처럼 아름답게 보인다.

이번 순례길을 걸으면서 한국에서 보기 힘든 아름다운 양귀비꽃을 질리도록 많이 봤다. 초록색 밀밭, 파란 하늘과 어울린 양귀비꽃은 아름다움 그 자체이다.

노란 유채꽃이 피어 있는 오솔길을 따라 걷는다. 밀밭 들판과 어울린 오솔길이 너무 아름답다. 외국 여성분이 다가오길래 사진을 부탁했다.

아름다운 밀밭길

중세풍의 시라우키 마을

'시라우키' 마을 꼭대기 '산로만 광장'에서 아치를 통과하여 마을을 벗어나면 내리막길인 로만 로드에 들어선다. 두 개가 나란히 놓인 농로의 우측이 로마 시대에 만들어진 길이라고 한다.

걷다 보니 보행자 도로가 나왔다. 도로에는 자전거나 수레를 끌고 가는 사람이 간혹 눈에 띈다. 보행자 도로와 만나는 지점에 마을이 나왔다. 여기가 포도로 유명한 고장이다.

'푸엔테 라 레이나'에서 '에스테야'로 가는 길목엔 포도밭이 줄줄이 펼쳐져 있다. 지금은 앙상한 나무만 심어져 있지만, 가을에 까맣게 익은 포도들이 주렁주렁 탐스럽게 달려 있는 모습을 상상하며 지나갔다. 포도밭을 지나가다 보니 다음에 산티아고 순례길을 다시 온다면 포도알이 주렁주렁 달리는 가을에 와야겠다는 생각을 했다.

넓게 펼쳐진 포도밭

에스테야 12.8㎞ 이정표를 보고 20분 정도 걸으면 올리브가든이 나온다. 진행 방향의 우측에 많은 올리브나무를 심어 놓고, 나무 주변에 의자와 테이블, 여러 가지 아기자기한 장식들로 꾸며 놓아 순례객들이 쉬어 갈 수 있도록 만들어 놓았다. 올리브 가든 앞에는 산티아고까지 676㎞ 남았다고 이정표를 세워 놓았다. 아직 갈 길이 멀었다.

바람 한 점 없는 날의 햇볕은 더 따갑다. 특히 오후가 되면 햇빛이 피부를 찌르는 듯 따갑기만 하다. 피부가 드러난 부분은 까맣게 탔다. 뜨거운 태양 아래 장시간 걷다 보니 배낭도 더욱 무겁게 느껴진다. 그렇다고 배낭을 버릴 수도 없다. 내 인생 내가 책임져야 하듯이 내 배낭 내가 짊어지고 걸어야 했다.

'로르카(Lorca)' 마을이 보였다. 마을 입구에서 15분 정도 걸으니 로르카 알베르게를 겸한 작은 바(bar)가 나왔다. 계란에 콜라나 마시고 가자는 생각으로 바에 들렸다.

카운터에서 한국인 여성이 응대하고 있었다. 한국 여성이 알베르게와 같이 운영한다고 했다. 일명 '호세의 집'이라고도 부른다. 샌드위치와 토르티야, 오렌지주스와 생맥주를 마셨다. 생맥주가 신선해서 아주 맛있다. 이런 작은 것에서 무한 행복을 느낀다.

'로르카'를 지나 다시 오솔길을 걷는다. 지하도를 지나 '비아투에르타' 마을을 지나는 오솔길은 포도밭과 경작지를 지나가기 때문에 운치도 있고 한적한 분위기를 즐기며 걸었다.

'에스테야'에서는 산 페드로 성당, 카스티요의 십자가, 박물관 등이 둘러볼 만하다고 한다. 오늘은 '에스테야'를 2㎞ 지나 '아예기(Ayegui)' 마을에 도착해서 무니시팔(Municipal)이라는 공용 알베르게에 숙박을 정했다. 오후 2시인데도 알베르게가 거의 다 찼다고 했다. 침대를 배정받고 침대 정리를 한 다음, 샤워를 했다. 그리고 밖으로 나와 동네 한 바퀴를 돌았다. 제법 큰 가게들과 기념품숍들이 줄지어 있다.

'아예기' 마을에는 레스토랑도 있고, 제법 큰 슈퍼도 있다. 알베르게 안에 주방도 잘 갖추어져 있어 재료를 사다 직접 해 먹는 것도 좋다. 알베르게에서 다른 한국인들이 라면을 끓여 먹는지 그 냄새가 알베르게 내에 퍼져 식욕을 자극했다. 그리고 이 알베르게에는 실내 미니축구장이 있다. 잠시 시간을 내어 골대 앞에서 일행들과 공을 차면서 놀았다.

레스토랑에서 6시에 식사를 제공한다고 했다. 우리는 배가 출출해서 미리 5시 30분에 가서 식당의 테이블에 앉아 있었다. 종업원이 다가와서 무엇을 먹겠느냐고 물어본다. 스파게티와 샐러드, 치킨과 돼지고기,

맥주와 와인 중에서 선택하면 되었다. 우리는 두 명이라서 각자 하나씩 주문해서 먹었는데 모든 음식이 맛이 좋았다. 와인도 병째 제공되어 모처럼 와인을 많이 마시게 된 저녁 만찬이었다.

우리 테이블에는 양산에서 초등학교 선생을 하다가 이번에 퇴직한 여성, 대구에서 양송이버섯을 20년 동안 재배하다가 그만두고 순례길에 온 남성과 같이 식사하게 되었다. 우리 부부가 같이 순례길 온 것에 대해 부럽다고 계속 얘기했다.

식사 후 로비에서 휴식을 취하는데 20대 후반으로 보이는 혼자 온 한국 여성이 있어서 대화를 했다. 나이가 많이 어려 보여서 휴학생이인지, 회사를 휴직한 것인지 물어보니 43세 솔로로 프리랜서라 자유롭게 산티아고 순례길을 왔다고 자기소개를 했다.

같이 온 일행 중에는 붙임성이 좋은 남성이 있다. 이 사람 저 사람 스스럼없이 많은 대화를 나눈다. 사는 곳도 물어보고 직업도 물어보고 하다가 일행 중에 초등학교 4년 후배도 있다는 것을 알게 되었다고 한다.

오늘은 좋은 알베르게에서 숙박하기 위해 계획보다 4km를 더 걷게 되었다. 대신 내일은 오늘 더 걸은 만큼 덜 걷게 된다. 점점 햇빛이 뜨거워지는 날씨가 되니 순례길을 걷는 게 점점 고행길이 되어 간다. 이제부터가 철저한 몸 관리와 정신력이 필요할 때다. 부디 좋은 순례길이 되도록 마음속으로 기도하며 하루를 마감한다.

마을로 들어가는 길

산티아고에 가면 누구나 행복해진다

너무나 행복합니다

늘 반복되는 소소하고 지루한 일상을 벗어나
마음과 생각이 통하는
작은 것에도 웃음을 나눌 수 있는
소중한 사람들을 곁에 두고 함께 걸을 수 있으니
너무나 행복합니다.

하루하루 긴 거리를 걷는 게
가끔 비바람 추운 날씨가 몸과 마음을 지치게 하지만
이런 힘든 상황도 믿음과 애정으로 이겨 내고
나를 지켜봐 주는 가족이 있으니
너무나 행복합니다.

항상 말도 안 되는 고집과 억지를 부려도
아무리 무뚝뚝하게 말을 건네도
살며시 미소 지으며 모든 얘기를 묵묵히 들어 주는
좋은 친구가 곁에 있으니
너무나 행복합니다.

이제 삼십 년 지나 몸과 마음이 지치고
많이 약해져 있을 때
영혼을 태워서 당신 앞에 나의 사랑을 심어

세상이 끝나도 후회 없도록 널 위해 살 수 있어서
너무나 행복합니다.

더 높은 직급과 명예를 갈망해
실패와 좌절로 상심하는 날들이 있었지만
누구보다 나를 아껴 주고 이해해 주는
사랑하는 그대가 있음에
너무나 행복합니다.

이렇게 많은 행복을 받기에는 부족함이 많지만
산티아고를 걸으면서 다짐해 봅니다.

언제나 사랑으로 당신 곁에 함께할 것을
마음속 깊이 새기고 다짐합니다.

소중한 그대가 곁에 있기에
너무나 행복합니다.

푸엔테 마을의 알베르게에서

제8일(6구간) 5월 2일 목요일

—

아예기 → 이라체 와인샘 → 로스 아르코스(20km, 누계 140km)

"인생과 여행에서 짐을 꾸리는 방법은 같다. 필요 없는 짐을 점점 버리고 나서, 마지막에 남은 것만이 그 사람 자신의 것이다."

~ 누가 나를 여기까지 오게 했는가?

지난밤엔 잠을 설쳤다. 와인을 많이 마신 탓이다. 이제는 몸이 익숙해졌다고 생각했는데 어제는 술을 많이 마신 탓으로 옆과 아래에 있는 사람뿐 아니라 나까지 코 고는 소리가 시끄러웠다고 한다. 어설프게 자다가 목이 마르고 소변이 마려워 새벽에 깨었는데 그 후 잠이 잘 오지 않았다. 대충 일어날 시각이라고 짐작하고 누워 있다가 시계를 보니 새벽 6시다. 룸에 환하게 불이 켜진다.

조식은 알베르게에서 먹었다. 빵과 우유, 커피 외에도 과일 한 바구니가 있었다. 매번 조식으로 3.5유로짜리 식사를 하다가 5.0유로 식사를 하니 과일이 추가로 나온 것 같다. 중간에 생수를 파는 곳이 없다고 하여 물 2병을 구입했다.

밖으로 나오니 날이 환하게 밝았다. 알베르게로부터 시작해 약 1㎞ 정도 걸어가니 이라체 수도원이 나왔다. 수도원에서 10m 전에 대장간이 있다. 대장장이가 화로에 불을 피우고 직접 쇠로 된 기념품을 만들어 팔고 있었다. 또 가게 안에서는 인증서에 스탬프를 찍어 주는 서비스도 해 주고 있었다.

아예기 마을에 있는 대장간

산티아고에 가면 누구나 행복해진다

여기 이라체 와인 공장 입구에 있는 와인 샘에는 2개의 수도꼭지가 있는데, 오른쪽 수도꼭지에서는 물이 나오고, 왼쪽 수도꼭지에서는 포도주가 나온다. 포도주는 무한정 무료로 제공한다. 대부분의 순례객들은 사전에 정보를 알고 이곳에 꼭 들러서 와인을 한 모금씩 마시거나 빈 생수통에 받아 간다. 이른 아침이라서 포도주를 맛보기 위해 조금 마셨다. 뜨거운 기운이 온몸의 혈관을 타고 흐른다. 기분 좋은 하루가 이어질 것 같은 예감이 들었다.

이라체 와인샘에서 와인을 받으려는 순례객들

이라체 와인샘을 지나면 왼쪽에 성당이 있고, 푸른 정원에 혼자 서 있는 독특한 나무 앞을 지나간다. 5분 정도 더 걸어가면 넓은 포도밭이 펼쳐진다. 곧바로 갈림길이 나오는데 이정표가 서 있다. 왼쪽의 로스 아르코스 16.8㎞는 산을 넘어가는 짧은 코스이고, 오른쪽의 17.9㎞는 넓고 편평한 밀밭길을 지나가는 코스다. 우리는 약 1㎞가 길더라도 오른쪽 편안한 길을 선택해서 걸었다.

눈앞에 길게 펼쳐진 기암절벽의 아름다운 풍경이 펼쳐졌다. 이 능선에는 어떤 이름이 있을 법한데 안내 책자를 찾아봐도 알 수가 없었다. 또다시 20여 분 더 걸으면 밀밭 벌판 너머로 뾰족한 봉우리가 보였다. 저건 또 무슨 봉우리인지 궁금해졌다.

이번 산티아고 순례길에 부부 동반 팀은 우리 포함해서 두 팀이다. 부부 팀을 만나 함께 걸었다. 남성분은 키가 크고 미남이어서 호감이 가는 인상이다. 직장을 그만두고 난 후 여행을 많이 다녔다고 한다.

멀리 보이는 능선과 어우러진 밀밭길

우리에게도 세계 각국, 특히 비행시간이 12시간 이상 걸리는 먼 나라부터 다녀 보라고 조언한다. 그리고 요즘 여행 트렌드가 한 도시를 정해서 한 달 살기 여행이라면서 이런 여행은 의미가 있으니 기회가 되면 한번 해 보는 것도 좋겠다고 말한다.

우리에게 배낭 뒷면에 붙어 있는 카미노 스티커는 어디서 구입했냐고 물었다. '팜플로냐'에서 머무를 때 알베르게 앞 기념품 가게에서 4유로 주고 구입했는데, 스티커를 다림질해서 붙여야 했지만 우리는 바느질해서 붙였다고 했다. 길을 걸어가면 배낭 뒷면에 붙어 있는 카미노 스티커에 대해서 물어보는 사람들이 많았다. 카미노 스티커를 '팜플로냐'에서 잘 구입한 것 같다.

이분은 본인이 칠레를 여행했던 경험담을 들려주었다. 은행에 다녔던 다른 한국인이 칠레를 여행하다가 칠레가 마음에 들었다고 한다. 그래서 이 여행객은 서울의 집 3채를 매각한 후, 아는 사람의 추천으로 칠레에 이민 와서 오징어포를 가공하는 진미채 공장에 동업 투자를 했다. 그러다가 다른 한국인 동업자에게 사기를 당해 쫄딱 망해서 소송 중이라는 가슴 아픈 얘기를 전해 주었다.

이분은 또 브라질 여행 때 직접 가이드에게 들었던 얘기라고 하며 다른 사례를 말했다. 외국에 나가면 먹고살기가 생각보다 쉽지 않다. 외국 여행 시 며칠이 지나면 현지 음식이 질리게 된다. 이때 가이드가 "한국 음식이 그립지요? 한식을 준비했어요."라고 하면 관광객들이 아주 좋아한다. 그러면서 관광객들은 한식을 먹으러 가자고 요구한다. 그러면 가이드의 아내는 집에서 김밥을 만들고, 딸은 김밥을 배달해 가져온다는 것이다. 이렇게 온 가족이 나서는 억척스러운 방식으로 현지에서 한국인들이 살아간다고 말했다.

이라체 마을에서 두 개의 작은 마을을 지나 오늘 목적지 마을인 '로스 아르코스'까지는 가도 가도 끝없는 벌판이다. 이렇게 넓고 풍요로운 땅에서 살아가는 이 나라의 국민이 부럽다고 걷는 사람마다 얘기한다. 하지만 외국에서 살려면 앞의 사례를 잘 새겨들어야 할 것이다.

가도 가도 밀밭만 보이는 먼지 날리는 흙길을 계속 걸었다. 강한 햇빛을 받으며 걷고 있는 발걸음이 무겁다. 뒤를 돌아보니 걸어온 길이 아득하게 보였다. 불어오는 바람은 강한 햇빛 속에서도 쌀쌀한 기운을 품고 있다. 바람막이 옷을 꺼내 입었다. 수백 년 전부터 많은 순례자들이 걸어간 길을 지금 내가 걷고 있는 것이다. 그다음에는 또 누군가 이 길을 걸어갈 것이다. 이렇게 순례의 역사는 세계 여러 나라의 누군가에 의해서 계속 이어질 것이다.

순례길 중 수없이 만나는 양귀비꽃과 밀밭

산티아고에 가면 누구나 행복해진다

알베르게를 출발해서 두 시간 정도 지났다. '아스케타' 마을을 지나간다. 차도 오른쪽으로 난 밀밭길로 다시 들어갔다. 여기서부터 '로스 아르코스'는 13.4㎞가 남았다. 노란 유채꽃 들판을 지나가서 10여 분 더 걸으면 아까 뾰족한 봉우리가 바로 눈앞에 나타난다. 너무 멋진 산이다. 다시 여기서 10여 분 걸으면 '무어인들의 샘(Fuente de los Moros)'을 지나 마을로 들어선다. 성당 첨탑과 함께 몬 하르딘 정상의 성(城)이 멋진 마을 풍경을 만들어 준다. 여기서 내려다보는 주변 경관이 멋지다.

무어인들의 샘

커다란 나무 그늘 아래에서 두 명의 거리 악사인 스페인 부부가 바이올린과 아코디언을 연주하고 있었다. 지나가던 순례객들과 우리는 적은 돈이지만 그냥 지나치지 않고 동전을 기부하고 지나갔다. 이 스페인

노부부의 길거리 연주는 오늘 일정의 압권이었고, 카미노를 걷는 순례
객들에게 더욱 의미 있는 시간이 되었다. 짧은 울림이 긴 여운으로 남
을 것 같다. 길거리에서 듣기에는 너무나 사치스러운 그런 음악을 들려
주신 것에 대해 여기 지면에라도 감사의 글을 올린다. 거리의 악사 부
부가 연주한 곡은 알파치노가 열연했던 〈여인의 향기〉 OST '포르우나
카베자'라고 한다.

순례길의 분위기를 더해 주는 거리의 악사

길을 걷다 보니 가이드와 같이 지나가게 되었다. 몇 마디 간단한 대
화를 나누었다. 가이드는 우리가 3월 말경 히말라야 트레킹 다녀온 것
을 알고 있었다. 카톡 프로필에서 우리의 사진을 보았다고 생각했다.
본인도 다른 여행사에서 ABC(안나푸르나 베이스캠프) 해외 트레킹도

산티아고에 가면 누구나 행복해진다

진행했다고 소개했다. 이런 내용을 알고 우리 부부가 기본적으로 순례길을 잘 소화해 낼 것으로 본다고 말했다.

걷다 보니 어느새 오늘 목적지인 '로스 아르코스'에 도착했다. 오늘은 구간이 짧아서 오후 1시 전에 걷기 일정이 끝났다. 알베르게에 들어서니 '환영합니다'라는 한글이 보였다. 이 알베르게에 그만큼 한국인들이 많이 오는 것 같다.

간단히 샤워를 하고 빨래를 맡겼다. 세탁과 건조까지 7유로를 받는다. 저녁 식사를 하려고 마을 구경을 나섰다. 산타마리아 성당 앞 광장에 조그만 레스토랑이 2개 있다. 여기서 간단하게 피자, 리조토와 맥주를 마셨다.

오늘도 이렇게 멋진 풍경과 함께 멋진 길을 좋은 사람들과 함께 걸었음에 감사한다.

산티아고를 걷는다, 나답게

산티아고 순례길을 걷는다는 것은
나를 알아 가는 과정

나의 생각을
나의 미래를
나의 열정을
나보다 더 나를 깊이 알아 가는 것

그래서 길을 걷는 동안은
철학자가 되고
시인이 된다

길은 성인들의 지침서다

체험하며
느끼며
나는 걷는다

지나온 길을 되돌아보며
나만의 속도로
나의 이야기를 써 내려간다

내가 보여 주려는 건
겉모습이 아니다
나의 살아 있는 진정성이다

나의 전부를
마음껏 소리쳐 나타내 본다

제9일(7구간) 5월 3일 금요일

—

로스 아르코스 → 토레스 델 리오 → 로그로뇨(29km, 누계 169km)

"무지개를 보려면 비가 내려야 한다. 지금 비가 내린다고 투정 부릴 이유가 없다. 왜냐하면 곧 무지개를 볼 수 있을 테니까."

~ 빨리 가려면 혼자 가고, 즐겁게 걸으려면 함께 가라

오늘도 변함없이 새벽 6시에 기상하여 택배 짐을 싸고, 6시 40분에 조식을 마쳤다. 다른 날보다 빠른 7시 정각에 알베르게를 나섰다. 문을 나서기 전에 안내판이 세워져 있었는데, 이곳에서 서울까지가 9,723㎞라고 쓰여 있었다. 산티아고 순례길 800㎞의 12배 거리다. 이런 방식으로 계산해 보니 그렇게 먼 거리는 아니라는 생각이 들었다. 그런데 출발하면서부터 이슬비가 내리기 시작했다. 알베르게를 나와서 어제저녁 식사를 하던 산타마리아 광장 앞을 지나는데, 새벽 미사를 마치고 나온 신도들이 모여서 둥글게 원을 만들어 경건하게 노래를 부른다.

성당 앞 광장에서 새벽 미사를 하는 신도들

오늘은 '로그로뇨'까지 29㎞의 허허벌판과 나무가 별로 없는 민둥산 길을 걷는다. 산티아고 관련 책을 봤는데, 보이는 건 아득한 길뿐이라고 한다. 항상 나오는 경작지와 오솔길, 비포장도로를 걷는 순례길의 연속인 것이다. 마을을 벗어나 산블라스 예배당과 변전소를 지나, 넓게 펼쳐진 밀밭과 포도밭 사이의 오솔길을 이슬비를 맞으면서 걷기 시작했다.

순례길을 걷기 시작해서 평상시와 다르게 빨리 걸어가는 일행이 있었다. 왜 이렇게 빠르게 걸어가느냐고 물어보니 동행하던 분들의 보조를 맞춰 걷다 보니 페이스가 안 맞아 더 힘들다고 했다. 그래서 원래 본인의 페이스대로 걷는다고 했다. 결과적으로 이분이 제일 먼저 알베르게에 도착했다.

알베르게를 출발해서 약 1시간 정도 걸으면 산 페드로 하천을 지나는 포장도로를 만난다. 약간 오르막인 이 포장도로를 따라 15분 정도 걸으면 나바라주 '산솔(Sansal)'이라고 적힌 마을 입구를 만난다. 만약 아침 식사를 안 했다면 마을 입구에 있는 카페에서 간단하게 식사하는 것도 좋다. 비가 점점 더 심하게 내려서 우리는 이 카페에서 화장실도 다녀오고, 우비를 입고 배낭을 다시 꾸려서 출발했다.

'산솔' 마을 안으로 10여 분 더 걸어가면 문을 연 미니식료품가게(TiENDA MiNi Market)가 있다. 여기에서 간식과 생수를 준비해도 된다. 이 가게를 지나면 곧 도로에 있는 버스 정류장을 만나고, 도로를 따라가다가 우측으로 들어가는 갈림길에 로그로뇨 20.7㎞ 이정표가 서 있다. 바로 눈앞에 '토레스 델 리오(Torres del Rio)' 마을이 보인다.

왼쪽 계곡으로 내려가서 리나레스(Rio Linares)강을 건너 '토레스 델 리오 마을'에 들어선다. 마을 안으로 들어가서 알베르게를 겸하고 있는 카사 마리엘라 카페에서 간식이나 커피 한 잔을 하며 휴식을 취해도 좋다고 하는데 우리는 그냥 지나갔다.

'델 리오' 마을 중간쯤에 마당이 있으

산솔 마을에 있는 미니 식료품 가게

며 돌로 잘 지어진 아담하고 예쁜 알베르게(LA PATA DE OCA)를 지나 간다. 어제 숙박했던 '로스 아르코스'의 낡은 알베르게에서 묵을 필요 없이 이곳 '델 리오'쯤에서 숙박한다면 오늘 30㎞의 긴 거리를 걷지 않 아도 될 것 같았다. 이 마을에서도 담으로 둘러쳐진 묘지를 지나게 된 다. 묘지를 지날 때 마침 묘지의 철문을 열고 이 마을 주민이 나오고 있 다. 조상에게 예를 마치고 나오는 것이라고 생각된다.

너른 들판에 보랏빛 꽃들이 군락을 이루며 피어 있고, 조금 더 걷다 보면 붉은색 양귀비, 노란 유채꽃, 이름 모를 흰색 꽃들이 이슬비에 젖 어 제 빛깔을 내며 바람에 흔들리고 있다. 다시 자갈이 많은 오솔길을 지난다. 누군가의 시작으로 길가 한쪽에 조그만 돌탑들이 쌓아지기 시 작했다. 우리도 마음속으로 작은 소망을 기도하며 돌을 하나씩 올려 두 고 지나갔다.

눈앞에 펼쳐진 '비아나'와 '로그로뇨'를 바라보며 차량이 다니는 도로 를 두 번 건너서 내리막길을 따라 내려가면 코르나바 하천에 도착한다. 다시 산기슭 도로가 끝날 즈음 흙길을 조금 걸으면 마음씨 좋은 털보 아저씨가 운영하는 간이매점을 만난다. 날씨도 춥고 부슬비가 계속 내 려서 뜨거운 핫초코를 시켰다. 핫초코 같지는 않았지만 비슷한 음료가 나왔다. 게다가 기대하지 않았는데 빵도 따뜻하게 데워져 나왔다. 매점 옆 차량 트렁크에 전기 설비가 있어 매점에서의 전기 사용으로 음식을 데웠다. 따뜻한 음식을 먹으니 언어는 통하지 않았지만, 아저씨와 따뜻 한 마음이 통하는 시간이었다.

'비아나(Viana)' 마을에 도착할 즈음 비가 그치고 하늘이 맑아졌다. '비아나' 마을은 입구에 우리나라의 저층 아파트 같은 건물이 2동 있었

산길 입구에 있는 간이매점

다. 마을 전체는 아담하고 평화롭게 보였다. 순례자의 길 마크를 따라 마을 안쪽으로 들어가니 비아나 산타마리아 성당이 보였다. 이 성당은 아름다운 외부 조각과 함께 성 야고보 상이 있는 내부 장식이 유명하다.

산타마리아 성당을 끼고 조금 더 가면 알베르게와 같이 있는 바(bar)가 있다. 시계를 보니 12시다. 문밖에 순례자 메뉴가 고지되어 있다. 여기에서 점심 식사를 하려고 들어갔는데 1시부터 오픈한다고 해서 그냥 나왔다. 성당 옆 광장에 조그만 임시 장터가 섰다. 옷가지며 과일, 채

소, 잡화, 화분 등을 팔고 있었다. 우리는 여기서 두꺼운 등산 양말을 3
켤레, 4.5유로에 샀다. 장기간 순례길을 걷기 때문에 양말을 신다가 버
려도 좋다는 생각으로 구입했다.

성당 옆 임시 장터

'비아나'를 나와 발데아라스 천을 건너 흙길을 걸으면 잘 조성된 공원
옆에 쿠에바스 예배당이 나온다. 다시 넓은 포도밭, 밀밭 들판, 꽃 천지
오솔길을 계속 걷다가 뒤돌아보면 지나온 '비아나' 마을이 그림처럼 아
름답게 펼쳐져 있다. 왼쪽 멀리 저수지가 보였다. 차도를 우회해 육교
를 통해 도로를 따라 나바라주와 리오하주의 경계선인 공업단지로 걸
어갔다. 기다란 건물의 벽에는 SAICA PACK이라고 크게 쓰여 있다.
　길을 걷다가 잠시 우측으로 시선을 돌리면 허허벌판 끝에 자리한 둥

그런 언덕에 풍력발전기가 돌아가고 있다. 우리가 지나왔던 곳은 아니지만 '페르돈' 고개를 넘어올 때 보았던 풍력발전기가 생각났다. 그만큼 이 지역에 바람이 많다는 것이다. 아직 오늘 목적지인 '로그로뇨'가 4㎞ 정도 남았다. 이곳은 포도를 수확할 무렵에 포도축제가 크게 열린다고 한다.

'로그로뇨'로 가기 위해 자동차 도로 밑 굴다리를 걸어가는데, 재미있는 그림들이 터널 벽에 가득 그려져 있었다. 먼 길을 걸어온 순례자들이 저마다의 심경 상태를 그림과 글로 표현해 놓은 것이다. 그중에는 한글로 표현한 '사랑해, 엄마 힘내!'와 같은 애교 있는 글도 보인다.

'로그로뇨'로 들어서기 전, 길가에는 아몬드나무가 줄지어 심겨 있다. 이 길을 걷다 보면 우측에는 스탬프를 찍는 작은 집이 나오는데, 탁자에 커피와 빵도 같이 놓고 팔고 있었다. 이곳을 지날 즈음 비가 다시 내리기 시작하고, 날씨도 춥고 해서 그냥 지나갔다. '로그로뇨'의 초입에는 조경에 많은 정성을 들인 공원이 있다. 이 공원을 지나서 '로그로뇨' 중심가로 들어가기 위해서는 다리를 건너야 한다. 여기서부터는 복잡한 시내를 통과하기 때문에 구글 맵을 켜고 알베르게를 찾아가야 했다.

오후 2시에 도착하여 침대를 배정받았다. 요금은 10유로를 받았다. 침대가 깨끗하고, 그림과 조각상이 있어 미술관 같은 기분이다. 1층에 로비와 주방 시설이 되어 있어 편리하다. 특히 알베르게 건너편 중국인이 운영하는 슈퍼마켓에서 라면이나 간편식을 사서 요리할 수 있어 좋다.

샤워를 마치고 식사도 할 겸 마을 구경을 나섰다. 알베르게 바로 앞에 고급스러워 보이는 카페테리아에서 비프스테이크, 치킨 샐러드를 시켜서 와인과 맥주를 같이 마셨다. 맛과 양, 서비스 모두 만족한 식사였다. 오늘 30㎞의 긴 거리지만 그렇게 피곤하지는 않았다. 적당하게 비가 내려서 오히려 걷기에 더 좋았던 것 같다.

인생의 길

어제는 어제고
내일은 내일이다

여기 있는 오늘이 매우 중요하다

사람 사는 이야기와
그들이 살아가는 정겨운 모습들
모두 여기에 있으니

케 세라 세라!
어떻게든 되겠지 잘될 거야 모두 잘 살자!

지나간 것들을 그리워하지 마라
오지 않은 것들로 근심 걱정하지 마라

산티아고에 가면 누구나 행복해진다

인생은 길고
후반전이 중요하다

이제는 속도보다는 방향이다

케 세라 세라!

어떤 결과가 아니라 어떻게 살아가느냐가
정말 중요한 시점이다

비아나 마을 전경

로그로뇨 시내 들어가기 전의 에브로 강

산티아고에 가면 누구나 행복해진다

제10일(8구간) 5월 4일 토요일

—

"진정한 여행이란 새로운 풍경을 보는 것이 아니라 새로운 눈을 가지는 데 있다."

~ 머물고 싶은 도시, 나헤라

오늘은 시작 전부터 한바탕 웃었다. 한 남성이 밖에 나갔다가 들어오면서, 날씨가 흐리고 비 예보가 있으니 우비를 준비하라고 했다. 1층 로비에서 출발 준비를 하고 있었는데 이 남자는 밖으로 나갔다 들어오더니 벌써 지금부터 비가 내리고 있다며 우비를 입고 배낭 커버를 씌우며 요란스러운 출발 준비를 하고 있었다. 그래서 다른 사람들도 우비를 입으며 부산을 떨었다.

이 남자는 출발한다고 인사하며 현관을 나갔다. 다시 또 들어오더니 살수차가 지나가면서 거리 청소한 것을 비가 온 것으로 잘못 보고 알려 준 것이란다. 그 이야기를 듣고 모두 박장대소하며 웃었다.

오늘도 어김없이 해가 뜨기 전 알베르게를 나섰다. 어제 건너왔던 다리에 도착할 즈음 해가 막 떠오르기 시작한다. 황금빛 여명으로 빛나는 호수 같은 강가의 모습이 너무나 아름답다. 뒤에서 부르는 소리에 돌아보니 우리가 카미노 길을 잘못 가고 있다고 다른 일행이 알려 주는 것이었다.

신선한 아침 공기를 마시며 기분 좋게 출발했는데 다시 되돌아가서 길을 찾으려고 이리저리 살폈다. 화살표가 없어 지나가던 현지 남성에게 산티아고 가는 길을 물어보았다. 우측으로 가라고 손으로 가리킨다. 가리킨 방향의 마을 안쪽으로 걸어 들어가니 성당이 나온다. 모든 순례 길은 성당을 지나가게 되어 있다. 그걸 놓친 것이다. 이 성당 옆에는 좌우 수도꼭지가 있는 우물터가 있다.

도로를 따라 10여 분 걸으면 길을 알려 주는 노란색 화살표 표시가 나왔다. 순례길을 제대로 만났다는 확인을 했다. 도로 중앙에는 남녀 순례자의 모습을 하고 있는 동상도 만

로그로뇨시 입구에 있는 다리

산티아고에 가면 누구나 행복해진다

들어 놓았다. 동상의 모습과 비슷한 포즈를 취하며 사진을 찍었다.

로그로뇨 시내를 지나는데 룸가라오케 상점 간판이 몇 개 있는 게 눈에 보였다. 이곳 순례길에 와서도 기분을 내려고 이런 곳에 가는 걸까? 아니면 현지인이 가는 걸까? 아니면 출장 나왔던 사업가들이 가는 걸까 궁금해하면서 지나갔다.

로그로뇨 시내를 거의 벗어날 즈음 철길을 건너가는 교량 구조물이 있다. 여기에 교량을 건너가라는 진한 노란색 화살표를 따라 다리를 건너갔다.

순례자 동상

산티아고에서 길을 걷다 보면 만나는 조가비 표시, 노란 화살표 등 수많은 이정표가 있다. 지금 이 순간에도 많은 순례자가 이 화살표를 보면서 길을 걸을 것이다. 밤하늘의 별처럼 이 화살표가 순례자들의 나침반이 되고 있다. 이 표시를 따라가기만 하면 산티아고에 도착한다는 절대적 믿음으로 순례자들은 묵묵히 걸어간다. 그리고 그 길 끝에 정말로 산티아고가 있다.

이런 조가비 역할을 하는 이정표로는 또 북극성이 있다. 우리 인생에도 산티아고 조가비나 북극성 같은 이런 강력한 이정표가 있다면 얼마나 좋겠는가.

주철환 작가의 「더 좋은 날은 지금부터다」라는 글에서 북극성의 의미를 인용해 본다.

북극성을 바라보며 늘 그 방향으로

걸음을 옮기는 사람은

북극성 가까이에서 행복한 죽음을 맞게 될

가능성이 크다.

북극성 근처에서 맞이하는 죽음도 나쁘지 않지만,

그 여행길에서 나를 위해 빛나는

작은 별 하나 발견한다면

더 기쁜 일이 아닐까.

모든 이의 길잡이 역할을 하는

유난히 크고 빛나는

별이 아니라고 해도 말이다.

또 다른 다음 글은 이번에 같이 순례길을 걷고 있는 일행 중 한 분이 단체 카톡에 쓴 글을 인용한다.

노란 화살표와 조가비

길 위에 서면 관성으로 걷게 되고, 정신이 순간순간 제자리를 나갔다 올 때면 어김없이 노란 화살표가 눈에 보입니다.

꼭 필요할 때면 나타나서 갈 길을 일러 줍니다.

흔적이 희미하지도 색이 바래지도 않고, 선명하게 내 앞에 서 있습니다.

현지 주민들의 지속적인 관심과 애정을 느낄 수 있습니다.

담벼락에도, 자기 집 기둥에도, 대문에도, 조그만 돌멩이에도, 길가의 나무에도 화살표는 있습니다.

잘 그려진 그림 위에 한 방울의 물감이 떨어진 것 같아도 그 누구도 불평하지 않고 기꺼이 다 내어 줍니다.

나그네를 깊이 배려해 주는 현지 주민들에게 고맙습니다!

감사합니다!

사랑합니다! 하고 이야기하고 싶습니다.

그래서 카미노는 인간적이고 더욱 편안합니다.

노란 화살표는 태초의 상형문자였으리라!

누군가 설명하지 않아도 가르쳐 주지 않아도 온 세상 사람들과 소통할 수 있는 '0'과 '1'보다 훨씬 중요한 현존하는 최고의 문자입니다.

오늘도 2,000년을 이어 온 성인의 발자취에 내 한 걸음을 보태 봅니다.

숫자에 밝은 동시대 사람들이 문명의 이기로 계량화할 수 없기를 간절히 바랍니다.

성인의 흔적에 후세들이 큰 걸음을 끝없이 보태리라 확신합니다.

내 인생의 정산 시점에 노란 화살표와 조가비를 만난 것이 큰 행운으로 다가올 것입니다.

알베르게에서 출발해서 30분 정도 되었다. 우리나라 신도시처럼 조성된 아파트 단지를 지나고, 잘 꾸며진 공원과 기아자동차 대리점을 지나 굴다리를 통과해 지나간다.

시내를 벗어나 한 시간쯤 걸으니 저수지가 보인다. 저수지 들어서기 전 물을 받아 갈 수 있는 수도가 달랑 하나 설치되어 있다. 저수지에서는 현지인들 10여 명이 낚시를 하고 있었다. 계속 저수지 둘레길 도로를 따라 걸었다. 오른쪽으로는 소나무밭이 펼쳐져 있고 자동차를 주차할 수 있는 주차장과 캠핑장이 있다. 캠핑장에서는 불을 피우고 취사가 가능하게 되어 있다.

그라헤라 저수지에서 낚시하는 사람들

저수지 왼쪽 소나무숲 사이로 산티아고로 가는 길 표시가 되어 있다. 솔밭길을 걸어가다 보면 끝자락엔 예쁜 임시 카페테리아가 있다. 이제 막 오픈 준비에 여념이 없다. 나중에 일행들에게 들으니 이곳 매점 주인이 산티아고 순례길에서 순례객들에게 유명한 털보 아저씨라고 한다.

길을 가는 동안 포도밭이 여러 번 펼쳐진다. 포도밭 경작 관리를 위한 집이었던 것으로 추정되는 폐가도 보였다. 포도밭 사잇길을 걷다가 끝나는 지점에 고속도로와 연결된 길이 나온다. 차량이 지나다니는 포장도로의 경계 철조망에는 순례객들이 꽂아 둔 나뭇가지로 만든 여러 가지 모양의 십자가가 걸려 있다.

여기 철조망에도 '론세스바예스' 순례길에서 보았던 30㎝ 길이의 하얀 광목에 한글로 적은 리본이 달려 있다. 이 리본에는 '한마디 말에도 큰 사랑'이라고 쓰여 있다. 이 글을 생각하며 오늘도 순례길을 걷는 내내 동행하며 걷는 아내에게 이 내용을 실천하느라고 힘들었다.

'한마디 말에도 큰 사랑'이라고 적힌 한글 리본

검은 황소가 그려진 간판

포도밭과 자동차 도로 사이의 순례길을 걷다 보면 왼쪽에 와인 양조장 건물처럼 보이는 곳을 지나면서 왼쪽 언덕 위에는 커다란 황소 모양의 간판이 세워져 있다. 이곳을 지나가서 다시 뒤돌아보면 황소가 더 크게 보인다. 간판 속의 황소가 막 뛰어 내려와서 달려들 것 같았다.

오늘은 29㎞의 긴 구간을 걸어야 한다. '로그로뇨' 시내를 벗어나면서부터는 잔디밭 공원, 저수지, 솔밭길, 포도밭길 그리고 도로와 나란히 뻗어 있는 평지길 등 다양한 길이 있어 지루하지 않았다.

오늘의 목적지는 '나헤라' 마을이다. 이제 정해진 거리의 절반쯤 걸어온 것 같다. '나바레테' 마을이 보이기 시작했다. 마을 입구에 들어서니 왕궁 터가 있고, 그 뒤로는 포도밭을 품고 있으며 와인병 모형이 세워져 있는 돈 자코보(Don Jacobo)라는 와인 공장이 있다. 처음 보는 와인 공장이라서 기념사진을 찍었다.

나바레테 마을 입구에서 현지의 중년 여성이 뭐라고 중얼거리더니 종이 안내장 하나를 준다. 대충 알아들으니 6분 거리에 자기가 운영하는 '보카테리아 바(bar)'에 들러서 휴식하고 가라며 홍보 활동을 하는 것이다.

여기서 쉬어 가는 것이 좋을 듯해서 카페 안을 둘러보았는데 다른 일

산티아고에 가면 누구나 행복해진다

행들이 계산대에서 기다리는 게 보였다. 시간이 많이 지체될 것 같아서 그냥 지나갔다.

마라토너들이 경험하는 절정감을 일컫는 러너스 하이(Runner's High)라는 용어가 있다. 어느 일정 거리를 달리다 보면 숨이 가쁜 느낌과 다리의 통증이 의식 속에서 사라지고 온전히 달리는 행위만 남는 기분 좋은 순간이 있는데. 이를 러너스 하이라고 한다.

마찬가지로 순례길처럼 장시간, 장거리를 걸을 때는 일주일 정도 지나면 걷기의 절정감을 느낀다. 그냥 아침에 일어나서 걷기를 시작하면 기분이 좋아진다. 이 현상을 워커스 하이(Walker's High)라고 불러도 무방할 듯하다. 바로 지금 이 길을 걸으면서 워커스 하이가 조금씩 느껴진다.

'나바레테'를 지나서부터는 지루한 포장도로와 흙길이 계속 이어진다. 예배당처럼 생긴 묘지를 지나고, 양 한 마리와 성 야고보의 조각품이 있는 길도 지나갔다. 푸드트럭이 있어서 오렌지주스와 빵, 바나나를 구입해서 먹었다. 비용이 6유로다. 또다시 말하지만 내용에 비해서 너무 저렴한 가격이다.

'벤투사' 마을에 들어서는데 입구에 성당이 있다. 성당을 기준으로 왼쪽 윗동네는 오래된 마을 느낌이 나는 알베르게가 있는 길이고, 오른쪽 길이 제대로 찾아가는 카미노 길이다. 앞서가는 순례객을 따라가면 길을 놓칠 수 있다. 이곳에 세워진 이정표를 잘 봐야 했다.

'벤투사' 마을을 지나니 한동안 차도 옆으로 길게 뻗은 평지길이 계속된다. 길옆으로는 녹색으로 펼쳐진 들판이 평화롭게 보인다. 어제 흐리고 비가 온 날씨가 언제였냐 싶게 하늘은 유난히 파랗고 투명하다. 하지만 바람이 불어 쌀쌀한 날씨를 체감하며 걸었다.

오늘은 차도를 따라가는 평지길인 듯싶다가도 숲길도 나오고, 포도밭길도 나온다. 언덕길 위에서 포도밭을 내려다보면 우리나라 녹차밭처럼 가지런하게 잘 정리 정돈이 되어 있다. 정말 이처럼 넓은 평원을 가진 이 나라가 또다시 부러워지는 순간이다.

오늘은 날씨가 시원했다. 하지만 어제도 30㎞, 오늘도 비슷한 거리의 구간이기 때문에 다소 힘들었다. 지나가는 다른 순례객들이 보기에도 우리가 지쳐 보였나 보다. '부엔카미노' 하며 힘내라는 격려가 왠지 다른 때보다 더 마음에 와닿았다.

'나헤라' 마을이 가까워지면서 멀리 있는 산 정상에 쌓인 흰 눈이 보이기 시작했다. 5월에 무슨 흰 눈이 있을까? 만년설인가도 생각했지만, 산이 높아서 아마도 이번 겨울에 내린 눈이 녹지 않았던 것 같다.

아직 눈이 녹지 않은 설산

산티아고에 가면 누구나 행복해진다

드디어 '나헤라' 마을에 도착했다. 마을이 제법 크다. '나바레테'에서 16㎞ 되는 지점이다. '나헤라'는 제법 큰 마을이다. 마을 초입에 학교가 있다. 학생들이 수업이 끝났는지 몇 명이 모여서 공놀이를 하고 있다.

이곳 '나헤라'에 있는 알베르게도 조그만 나헤리야강을 건너서 있다. 알베르게는 나헤리야강과 마을 뒤의 멋진 암벽이 있는 곳에 위치해 있다.

알베르게에 짐을 풀고, 샤워와 세탁을 마쳤다. 이른 저녁 식사를 하기 위해 마을로 나왔다. 강가에 있는 조그만 나자리아(NaXaRia) 바(bar)에 들어가 스파게티, 치킨과 송아지 요리, 맥주를 주문했다. 이렇게 많은 종류의 음식을 주문하고도 전부 32유로밖에 안 된다. 우리나라 돈으로 40,000원 정도다. 우리 부부는 적은 돈으로 맛있게 먹었고, 푸짐한 저녁 식사를 했다. 다른 일행에게도 추천해 주었는데 다녀와서는 전부 만족했다고 감사해했다.

식당을 나서는데 프랑스 순례객이 나에게 말을 걸어왔다. 어제 로그로뇨 알베르게에서 나와 얘기했던 대구 남성분에 대해서 물어보는데 서로가 영어로는 말이 통하지 않았고 프랑스 말은 더욱 통하지 않으니 답답했다. 파파고 통역 앱을 활용해서 겨우 의사소통을 했는데, 그가 궁금해하는 대구 남성에 대해서는 나도 순례길 중에 잠시 만나서 대화했던 정도다. 내가 프랑스 남자에게 전해 줄 정보가 없었다.

다시 알베르게로 돌아와 오늘 일정 정리를 하고 잠자리에 들었다. 어제오늘 많이 걸었고, 적당하게 마신 맥주 때문에 곧바로 숙면을 취할 수 있었다. 너무나 행복한 순례길 여정이다.

로그로뇨에서 도로를 따라 걷는 순례길

산티아고에 가면 누구나 행복해진다

나헤라 가는 길에서

어느 봄날
산티아고 순례길 걸어가는데

작은 마을의 카페가 나왔다

한적한 마을의 카페에는
하늘빛 허공에 작은 간판 하나 걸려 있었다

이것만으로도
너무나 낭만적인 분위기다

사람들 손때 묻은 메뉴판
한쪽 벽을 외롭게 지키는 낡은 그림

수많은 순례객들이 와서
바라보았을 창문 밖의 초원 풍경

아름다운 겉모습만 보고
세상의 모든 걸 달관한 듯 걸었기에

시간이 지나면 내 기억은

뚜렷하게 재생되지 못하니

감당할 수 있을 만큼의 좋은 추억만
기억하자

아름다운 추억을 기억하며
언젠가는 다시 걸어보고 싶은 길

비록 힘들게 기억되는 순간이 있었더라도

그 길은
늘 아름다워야 한다

나바레떼 마을 전경

산티아고에 가면 누구나 행복해진다

제11일(9구간) 5월 5일 일요일

—

나헤라 → 아소프라 → 시리누에라 → 산토도밍고(21km, 누계 220km)

"'아, 조금씩 나이를 먹어 가는구나.'라는 생각이 문득 드는 순간들이 있다. 나의 하루, 일주일, 한 달, 그 모든 시간 속에서 무언가를 느끼고 배울 수 있는 그 순간들이 나는 참 좋다."

~ 거리가 짧은 길에선 우리가 금메달이다

아침 6시 30분에 출발했다. 서머타임이라 우리나라 시각으로 치면 새벽 5시 30분이라서 어두울 수밖에 없지만 어느 정도 환해서 랜턴을 켜고 갈 정도는 아니다. 알베르게를 나와 화살표를 보고 가다가 사거리에서 산티아고 길의 방향을 찾는다. 화살표가 잘 보이지 않았다. 자세히 보니까 성문같이 보이는 곳에 노란 화살표가 보였다.

날이 제법 쌀쌀하다. 아니, 쌀쌀한 정도가 아니라 춥다. 오늘은 알베르게에서 조식을 제공하지 않아 출발 시간이 조금 빨랐다. 약 5㎞ 걸어가서 처음 나오는 바(bar)에서 아침 식사를 했다. 이렇게 이른 새벽에 출발하면 힘은 들지만, 전체 하루 일정에 여유가 있어서 좋다. 조금 걷다 보니 날이 완전히 밝았다. 어둠 속에서 새로운 세상이 깨어나는 이 순간을 오래 기억하고 싶다. 상쾌한 공기와 여명의 파란빛 하늘,

나헤라 알베르게에서 출발하는 모습

이곳에서 이른 아침에만 느낄 수 있는 행복한 순간이다.

사방을 둘러봐도 끝없이 펼쳐진 넓은 밀밭의 지평선만 보였다. 걷는 걸음마다 청아한 새소리가 들리고, 순례자들의 힘찬 발걸음 소리는 드넓은 광야에 메아리가 되어 울린다.

우리 앞에 혼자 절뚝거리며 걸어가는 순례객의 뒤태를 보니 어김없는 한국인처럼 보였다. "부엔 카미노!" 하며 인사를 건네니 "안녕하세요." 하며 인사를 한다. "많이 아픈가 봐요? 걸음걸이가 불편해 보이네요?"라고 말했더니 아픔을 참고 겨우 걸어가는 거라고 그 남성은 대답했다.

가도 가도 끝이 없는 밀밭길

길을 가는데 이번에는 또 독일 남성이 다리를 절뚝거리며 걷고 있다. "부엔 카미노!" 하며 서로 인사를 하고 지나갔다. 몸이 불편한 두 사람 다 끝까지 완주할 수 있을지 걱정이 많이 되었다.

나헤라에서 6㎞쯤 가면 나오는 '아소프라'는 작지만 예쁜 마을이다. 마을에는 제법 근사한 호텔도 있고 거리도 깨끗하다. 마을을 둘러보니 아담하고 예쁜 정원을 가진 집들이 보였다.

'아소프라' 다음 마을인 '시루에냐'는 여기서 9㎞ 거리다. 가는 길은 그늘도 없는 들판이다. 뜨거운 햇볕 아래로 걸어서 그곳까지 가려면 덥고 지루하고 힘들겠다. 하지만 오히려 오늘 햇볕은 포근하고 따뜻함을 느낀다. 그만큼 날씨가 차다. 스틱을 잡은 손마저 시리다.

오르막 언덕길을 올라가면 왼쪽에 기념품을 판매하는 임시 가판대가 있다. 젊은 청년이 카미노 배지와 음료, 컵 딸기를 판매하고 있었다. 날씨가 춥고 해서 따뜻한 음료를 찾았으나 판매하지 않는다. 컵 딸기를 들고 계산하려는데 그냥 알아서 기부하라고 한다. 종이컵에는 딸기가 세 개 들어 있었다. 50센트 가치도 안 되는데 기부금 내라고 해

리오하 알타 골프장 가기 전 순례자 형상의 철물

서 너무 작게 내기도 미안하고 해서 2유로로 냈는데, 어딘가 모르게 사기 당한 듯 찝찝한 기분이 든다. 차라리 가격을 정해서 팔았으면 좋겠다는 생각이 들었다.

들판을 가로질러 계속 걸었다. 리오하 알타 골프클럽 울타리를 끼고 지나간다. 울타리 너머 초록 잔디에 스프링클러로 물을 뿌리고 있다. 클럽하우스 내에 있는 바(bar)에서 커피를 마시기 위해 실내로 들어갔다. 바(bar)에 들어가기 전 골프용품 숍에 진열된 상품을 구경하다가 마음에 드는 남성용 폴로 티셔츠와 커플 카미노 골프 모자를 구입했다.

이 마을에는 새로 신축한 집들도 있었지만 낡고 오래된 집들이 더 많았다. 걸어온 거리로 보면 알베르게가 나올 때가 되었는데 보이질 않는다. 알고 보니 이곳은 '시루에냐'다. 내가 찾는 '시리뉴에라'는 약 1㎞ 정도 더 가야 한다.

마을을 나와 차도를 건넜다. 먼저 온 외국인이 우측이 카미노 길이라고 알려 준다. 표지판을 보니 '산티아고 데 콤포스델라'라고 쓰여 있다. 방향을 확인하고 걸어갔다. 왼쪽의 흙길을 따라 들어가면 이내 밀밭 경작지 사이로 난 길이 이어진다. 탁 트인 멋진 경치를 감상하며 걸어간다. 여기서도 왼쪽 멀리 흰 눈이 쌓인 산이 보인다. 이제 마을이 눈앞에 가깝게 보인다. 구글 내비를 틀어보니 5.6㎞ 거리다. 날씨가 맑아서인지 더 가깝게 보였다. '시리뉴에라'의 밀밭 들판길을 걸어 도착한 곳은 '산토도밍고'다. 기적을 가져다준 닭에 얽힌 전설로 유명한 곳이다. 전해져 내려오는 전설의 내용은 다음과 같다.

14세기 무렵 한 독일인 청년이 부모와 함께 순례자의 길을 걷던 중이 마을에 묵게 되었다. 그런데 여관 주인의 딸이 청년에게 반해 사랑을 고백했지만, 청년은 여인의 마음을 단호하게 거절했다. 마음이 상한 여인은 청년에게 앙심을 품고 성당의 금잔을 훔쳐 청년의 짐 꾸러미에 몰래 넣었다. 그것이 발각되어 청년은 억울한 누명을 쓴 채 교수형에 처했졌다. 청년의 부모는 청천벽력 같은 사실에 참담했지만, 간절히 기도하는 마음으로 산티아고 순례를 마치고 이 마을에 다시 돌아왔다.

그때 교수대에 매달린 아들이 아직 살아 있는 것을 목격했다. 이는 아들이 무죄임을 알리는 징표라 생각하여 마을 재판관에게 찾아가 아들이 살아 있다는 것을 얘기하자, 이제 막 식사를 하려던 재판관은 식탁 앞에 놓인 닭 두 마리를 가리키며 빈정대는 말투로 "당신 아들이 아직 살아 있다면 여기 놓인 닭도 살아 있어야지."라며 "만약 닭이 살아 있다면 당신 아들이 무죄라는 걸 내가 인정하지."라고 말했다.

그렇게 말하고 나서 그가 포크로 닭고기를 찍어 먹으려는 순간, 식탁에 요리되어 있던 닭이 갑자기 푸드덕거리며 살아 움직였다. 이후 '기적의 닭'이라 하여 수백 년에 걸쳐 지금까지 이 마을 대성당 안에는 전설을 잇는 닭 두 마리가 고이 모셔져 있어, 순례자들이라면 꼭 거쳐 가는 필수 코스가 되었다.

마을을 지나가다 보니 닭과 관련된 전설이 있어서인지 닭 그림이나 장식품들이 많이 보였다. 입구에 있는 관광 안내소의 창가에도 닭 인형이 있고, 길가에 레스토랑 간판이나 창문에도 닭 모양의 도형이 그려져 있었다. 관광 안내소가 보였다. 여기에서도 스탬프를 찍어 주는데, 오늘은 일요일이라서 문이 닫혀 있었다. 오늘의 알베르게는 이곳 '산토도밍고' 성당 근처에 있다. 인터넷을 검색해 보니 산토는 '거룩하다', 도밍고는 '일요일'이라는 뜻이다. 즉 산토도밍고는 거룩한 일요일이란 뜻이다. 그런데 마침 오늘이 일요일이라서 도시 이름에 딱 맞게 이곳을 방문했다는 생각이 들었다.

우리는 오늘 구간이 21㎞의 짧은 거리라 되도록 빨리 알베르게에 도착해서 좋은 침대 위치를 배정받으려고 했다. 결과는 우리 팀 20명 중에 제일 먼저 알베르게에 도착했다. 그 시각이 11시 50분이었다. 오늘은 우리가 금메달이다. 12시에 알베르게 문이 열리고 수속을 밟아 침대 No.1, 2를 받고 룸으로 올라갔다. 1, 2번이다 보니까 번호 순서대로 문앞에 배정받았다. 문 앞은 사람들이 자주 드나들어 불편하고 안좋았다. 일찍 도착해서 안 좋은 자리를 받게 되니 조금 억울한 생각이 들었다. 다시 프런트에 가서 자리 바꿔 달라고 했는데 안 된다고 했다. 그래도 다시 또 파파고 통역 앱을 켜고 정확한 의사 표시를 해서 겨우 11, 12번으로 바꿨다. 바꾼 침대 위치는 대체로 만족했다.

우리가 중간에 경치 좋은 곳이나 카페에서 충분한 휴식과 여유를 즐기지 않고 알베르게에 빨리 도착하는 이유는 좋은 침대 위치를 선점하기 위해서다. 아니면 중간에 분위기를 찾고 즐길 것을 즐기면서 알베르게에 늦게 도착하면 배정하는 침대 위치가 좋지 않은 것을 감수해야 했다. 침대 위치가 나쁘면 대체로 잠을 설치게 되어 오히려 그다음 날 순례길 걷기에 지장을 준다. 그래서 우리는 가급적 빠르게 도착하려고 노력했다. 이게 차라리 더 우리에게 이롭다고 생각했다. 침대가 확정된 후 되도록 빨리 샤워와 짐 정리를 하고 점심을 먹기 위해 밖으로 나왔다. 카미노 메뉴를 시켰다. 샐러드, 치킨, 와인 1병 또는 물 1ℓ짜리 1병, 요구르트 등이 나왔다. 1인당 15유로 가격으로 대만족이다.

성당을 보려고 찾아갔다. 성당 밖의 전체적인 느낌은 다른 성당들과

크게 다르지 않다. 성당 안을 구경하려고 했는데, 입장료를 3유로씩 달
라고 해서 그냥 나왔다. 성당 안에 살아 있는 닭 두 마리가 있다고 하는
데 이곳에서 닭의 울음소리를 들으면 행운이 있다고 한다. 천주교 신자
들은 8시에 성당 미사를 가서 닭을 보았다고 했다.

우리가 오늘 숙박할 알베르게에서 4시경에 같은
순례길을 걷고 있는 지인을 만났다. 생장에서 이틀
늦게 출발했지만, 일부러 나를 만나려고 강행군해
서 이곳 '산토도밍고'의 같은 알베르게에서 숙박하
게 되었다.

지인과 같이 맛있는 저녁 식사를 하려고 주변 레
스토랑을 찾아 돌아다녔는데 대부분의 식당이 시
에스타 시간이라 문을 닫았다. 겨우 문을 연 카페
를 찾아 순대, 소시지, 치킨을 안주 삼아 맥주를 마
셨다. 이렇게 순례길에서의 만남을 기념하기 위해
같이 사진도 찍었다.

순례길에서 만난 지인과 함께

길

결국, 혼자일 수밖에

없는 길

언제든지

떠날 수 있도록 준비하자

그 길 위를 걸으며
생각한다

너와 내가 함께 있어도
외로운 길

결국, 각자 걸어가는
고독의 길

하지만 고독하므로
우리의 발걸음은 행복하다

제12일(10구간) 5월 6일 월요일

—

산토도밍고 → 레데시야 → 벨로라도(24km, 누계 244km)

"이 세상 사람 모두 잠들고, 어둠 속에 갇혀서 꿈조차 잠이 들 때, 홀로 일어난 새벽을 두려워 말고, 별을 보고 가는 사람이 돼라."

- 정호승

~ 바람이 몹시 부는 날

확실히 공립 알베르게는 규모가 커서 쾌적하고 편안하다. 샤워 시설과 화장실, 주방 시설, 로비 등이 마음에 들었다. 이 알베르게에서는 조식을 판매하지 않는다. 그래서 어제 오후에 만난 후배 팀과 알베르게의 주방에서 너구리(라면)를 몇 마리 잡았다. 후배가 아끼던 포장김치와 참치캔을 꺼내 라면과 같이 먹었다. 여기까지 오는 스페인 여행 중에 먹은 가장 맛있는 조식이었던 것 같다.

식사 후 7시 15분에 알베르게를 나섰다. 카미노 길을 찾기 위해서는 우선 '산토도밍고' 시가지를 벗어나야 했다. 이 도시는 큰 차도를 사이에 두고 구시가지와 신시가지로 나뉘는 듯하다. 10분 정도 걸으면 강이 흐르는 다리를 건너고 시골길로 들어선다.

시가지를 벗어나면 나오는 강

산티아고에 가면 누구나 행복해진다

파라도르를 지나간다. 스페인에서는 고성이나 역사적 유물을 개조하여 일급 호텔로 운영하는 '파라도르'가 여러 개 있다. 산타 도밍고 파라도르도 그중의 하나인데 아시시의 성 프란체스코가 순례자들을 맞이하기 위해 성인이 직접 세운 것이다. 파울로 코엘료는 이 호텔에서 하룻밤 호사를 누릴 꿈에 부풀었다가 안내자의 명령 때문에 노숙을 하게 되었다는 내용을 책에 썼다.

출발할 때에는 아침 공기가 차갑다. 어제처럼 어깨를 움츠리게 했다. 그래도 어제보다는 바람이 없고 손이 시리지 않아 조금 낫다. 시간이 지나갈수록 햇살이 힘을 내면서 공기가 따뜻해져 춥지 않아서 걸을 만했다. 출발해서 약 1시간 20분 정도 걸으니 '그라뇬'이

끝없이 펼쳐지는 밀밭길

라는 마을에 들어섰다. 마을 입구에 있는 푸드트럭이 영업을 시작해서 순례객들이 줄을 서 있었다. 우리보다 먼저 출발한 후배 일행이 테이블에 앉아 기다리고 있었다. 아침 햇살이 비치는 이곳의 풍광이 멋지다.

후배 일행은 이곳에서 커피를 마시며 휴식을 취하겠다고 했고, 우리는 계산대의 기다리는 줄이 너무 길어 사진만 찍고 그냥 이곳을 통과했다. 이 마을도 상당히 오래된 건물들이 많아 고풍스러워 보였다. 지나는 민가의 대문 앞에 염소가 줄에 매여 있는, 전형적인 시골 마을이다.

마을을 통과해 다시 밀밭 들판을 걸었다. 30여 분 정도 걸어가니 대형 입간판이 서 있다. 길지 않은 오르막을 올라 '카미노 데 산티아고' 전

카스티야 레온 자치구 경계에 있는 대형 안내판

체 여정을 안내하는 지도 안내판 앞에 섰다. 어느새 '라 리오하' 자치구가 끝나고 '카스티야 레온' 자치구에 들어온 것이다.

다시 20분 정도 밀밭 들판을 걸으면 차도를 만난다. 차량이 지나가는지 좌우 살피고 길을 건너면 여기에도 전체 여정을 알려 주는 대형 지도 입간판이 서 있고, 그 옆에 관광 안내소가 있다. 사무소 안에 들어가 크레덴시알에 스탬프를 찍고 바로 마을에 들어섰다. 마을 입구에는 '리데시야(Redecilla del Camino)'라고 마을 이름이 적힌 입간판이 서 있다.

이곳 마을도 상당히 오래된 집들과 성당이 보였다. 마을 입구 성당 앞 광장에 있는 카페에는 많은 순례객들이 휴식을 취하며 간단한 음료를 마시고 있었다. 다리를 건너 도로를 따라 밀밭 들판 사이에 만들어진 순례길을 걷기 시작했다. 10여 분 걸으니 다시 마을이 나왔다. 마을 입구에는 알베르게가 있다. 도로 옆에는 알베르게에서 만든 예쁜 정원이 있고, 테이블과 의자가 놓여 있어서 잠시 휴식을 취했다.

사과를 꺼내 먹는데 같이 순례길을 걸으며 자주 마주쳤던 대구에서 혼자 온 한국인 순례객을 만났다. 사과 반쪽을 나누어 먹으며 어제 '산토도밍고' 마을의 성당에서 경험했던 특이한 순례 경험담을 아주 자세

카스티야 레온 지구도 역시 끝없는 밀밭길

하게 설명해서 의미 있게 잘 들었다.

　이분은 알베르게를 구하지 못해서 성당에서 운영하는 숙소를 이용했다. 넓은 강당에 침대는 없고 매트만 깔아 놓아서 맨바닥에서 가져간 침낭만 덮고 잤다고 한다. 대부분 성당에 있는 숙소는 이런 형태라고 한다. 숙박료는 도네이션이라고 한다. 식사는 10유로를 내면 양고기, 샐러드, 와인 등을 푸짐하게 제공하고, 식사가 끝나면 식당에 모여서, 순례객들이 돌아가면서 팀별로 자기 나라의 노래를 부르면서 친목을 다진다고 했다. 대부분이 자기 나라의 민요를 부른다. 외국인 회사에 근무했던 본인은 이런 문화를 경험해 봐서 대응이 되는데 함께 있던 한국인 학생들은 당황하는 분위기였다고 했다. 그래서 본인이 제안하여 순례객들에게 노래에 대한 사전 설명을 한 후, 한국인 3명이 율동을 해 가며 우리가 어렸을 때 즐겨 불렀던 〈산토끼〉 노래를 불렀다고 한다. 모두 춤을 따라 하며 흥겨운 시간을 보냈으며 의미가 있는 순례길을 경험했다며 우리에게 전했다.

 이 대구 남성과는 많은 이야기를 나누며 오늘의 목적지인 '벨로라도' 마을 입구까지 동행했다. 우리 일행 중 선생으로 퇴직한 한 여성이 순례길을 걸으면서 힘들어하는 모습을 보았다며 이 말을 꼭 전해 달라고 했다. "순례길은 요구하는 곳이 아니다. 매사에 감사하다고 말하는 곳이다."라는 이 말을 가슴속에 새기며 무사히 순례길을 마치면 좋겠다고 했다.

순례길 중에 지나가는 마을

어제 공용 알베르게에 묵으면서 일어났던 해프닝을 얘기하면서 우리 한국인들이 순례길을 하면서 행동을 잘해야지, 그렇지 않으면 또 매스컴에 '한국인 때문에'라는 말이 나올 것이라며 올바른 순례길 문화의 필요성을 강조했다.

알베르게에는 12시 20분에 도착했다. 문은 1시에 연다고 한다. 그때까지 시간이 많이 남았다. 30m 거리의 광장에 임시 장터가 섰다고 했다. 10유로를 주고 커다란 수박 한 통을 사서 알베르게 냉장고에 넣어 시원하게 했다가 저녁에 전부 모였을 때 나누어 먹었다. 다들 너무 맛있다고 해서 기분이 좋았다.

그라뇬 마을 입구에 있는 노천카페에서

저녁은 알베르게에서 티본스테이크와 돼지갈비(립) 바비큐를 시켰다. 요리하는 데 시간이 걸리기 때문에 사전 예약을 했다. 가격은 각각 14유로로 너무 착했다. 식사 시간이 되어 식당에 들어갔다. 돼지갈비 주문이 많아서 준비된 고기 물량이 모자라 일부 사람들은 먹지 못했다. 하지만 우리는 돼지갈비를 너무 맛있게 먹었다.

5월에 하는 카미노라 하더라도 낮에는 기온이 적당했지만 아침저녁으로는 추웠다. 그래도 밤에는 알베르게나 바(bar) 안에 있기 때문에 일단 바람은 막아 준다. 그리고 조금이나마 난방을 하기 때문에 포근하다. 그래서 5월에 하는 카미노 준비에는 다운, 겨울 바지, 모자, 장갑 등 겨울 의류 준비가 필요하다.

바람 부는 들판에 서서

끝없는
들판을 걸어가는데

유채꽃 노란 향을 실은
바람이 분다

문득 바람에 실려 온
그리움의 냄새

고향 소식이 살며시 전해진다

이 바람 불어오니
마음 편안하다

아, 그러니까
바람은 평온의 레터였다

제13일(11구간) 5월 7일 화요일

—

벨로라도 → 산후안 데 오르가 → 아헤스(28km, 누계 272km)

"봄의 밀밭길과 유채꽃, 연초록과 노랑의 향연이 펼쳐지는 길이다. 사랑에 빠진 듯 마냥 걷고만 싶다."

~ 와인을 마시며 여유를 즐기다

오늘은 날이 환하게 밝은 7시에 출발했다. 알베르게에서 나와 차도 옆으로 나란하게 있는 흙길을 걸었다. 15분쯤 걸어가니 동네의 작은 공원이 나왔다. 여기 공원에도 장작을 피워 조리할 수 있게 화로가 만들어져 있다. 이 공원의 목재 다리를 건너면 밀밭 들판이 펼쳐지는 본격적인 순례길이다.

길을 가다가 아는 순례객인 일본인 모녀를 만났다. 길을 걸으면서 또는 레스토랑에서 식사를 하다가 몇 번씩 만났던 순례객이다. 상대편이 먼저 반갑다며 알은체를 했다.

　흙길을 걸어가는데 아침부터 농사일을 살피러 가는 트럭이 지나가면서 흙먼지를 일으킨다. 먼지를 뒤집어써도 가공되지 않은 이런 전형적인 시골 모습이 좋다고 느꼈다. 길을 가다 보면 우물이 나오는데 먹을 수는 없는 상태로 보였다. 출발해서 약 한 시간 정도 걸어가니 첫 번째 마을인 '토산토스'를 지난다.

　길을 걸어가면서 우측을 바라보니 산 정상에 세워진 산타마리아 성당이 보였다. 코엘료가 쓴 『연금술사』에서 자아의 신화를 이루려는 주인공 산티아고가 자신의 검을 찾게 되는 배경이 되기도 했던 성당이다.

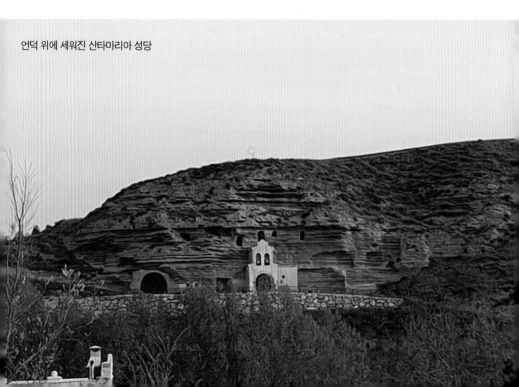

언덕 위에 세워진 산타마리아 성당

오늘의 날씨는 몸이 떨리도록 쌀쌀하고 흐렸다. 비가 내린다는 예보는 없었으나 하늘에는 옅게 검은 구름이 드리워져 있다. 걷다가 뒤돌아서서 동쪽 하늘을 보았다. 걸어온 길이 아득하게 보인다. 멀리 하늘에는 구름 사이로 햇살이 들기 시작했다가 이내 다시 어두워졌다.

다시 1㎞ 정도 걸으니 멀리 마을이 보이기 시작했다. 마을에 들어서니 입구에 알베르게와 레스토랑을 소개하는 간판들이 어지럽게 세워져 있다. 이 마을은 '빌라엠비스티아'라는 이름을 가진 마을이고, 입구에 바로 성당이 있다. 마을 안으로 들어가면 광장에 있는 수도에서 먹을 물을 받아 갈 수 있다.

마을 중앙에 있는 수돗물

두 번째 마을인 '빌라엠비스티아' 마을을 지나 다시 2㎞ 정도 걸으면 세 번째 마을 '에스피노사 델 카미노'라는 마을이 나온다. 집이 몇 채 안 되는 아주 작은 마을이다. 규모가 작은 알베르게가 있는데, 간판이나 장식 등으로 예쁘게 꾸며 놓았다.

마을에 들어와서 왼쪽으로 들어가면 정원이 넓은 카페가 있다. 이곳에서 어제 아침 식사를 할 때 우리에게 커피를 준 한국인 남성을 만났다. 이분은 미국 교포인데 혼자 오셨다고 했다. 이분의 배낭 옆에는 『산티아고 길의 마을과 성당』이란 책이 놓여 있었다. 우리처럼 여행객이 아닌 성당과 유적지를 찾아다니는 이분이야말로 진정한 순례길을 걷고 있다는 생각이 들었다. 한적하고 여유로운 마을의 풍경을 음미하며 천천히 계속 걸었다. 이제 3.5㎞를 더 걸으면 '비야프란카 몬테스 오카' 마을이 나온다.

비아프랑카 마을 전경

　마을 입구에 있는 카페에는 빵과 커피로 이른 점심 식사를 하는 순례객들이 많았다. 여기서부터 성당을 끼고 오솔길을 따라 본격적인 산길을 걷게 된다. 이곳에서 다음 마을인 '산 후안데 오르테가'까지는 무려 12㎞ 거리나 된다. 중간에 물을 마시거나 쉬어 갈 마땅한 곳이 없는 산길의 연속이다. 그래서 이곳에서 간식이나 마실 물을 챙기는 것이 좋다.

　길을 걸어가는데 내가 한국인으로 보였는지 청년 두 명이 지나가면서 "선글라스가 멋집니다." 하고 인사를 한다. 나도 말을 건넨 그 친구에게 "구레나룻이 너무 멋있네요."라고 반갑게 인사를 했다. 그 친구는 겸연쩍어하면서 바쁘게 걸어갔다. 이 친구 얘기를 들어 보니 본인은 대학을 2년 다니다가 중퇴를 하였다고 한다. 직업으로는 도배일을 하다가 뜻한 바가 있어 유럽 여행 중이라고 했다.

　이 청년은 프랑스 파리에서부터 여기까지 37일간 걸어서 왔다고 한다. 싼 숙소를 찾아 자기도 했지만 때로는 하늘을 지붕 삼아 노숙을 하

　산티아고에 가면 누구나 행복해진다

기도 했다고 한다. 이 산티아고 순례길이 끝나면 기약된 일정 없이 그 다음 나라를 여행할 계획이라고 한다. 어쩐지 허벅지와 종아리가 엄청난 근육질로 단단해 보였다. 부디 유럽 여행에서 많은 것을 보고 배워서 좋은 미래가 있기를 마음속으로 기원했다.

오르막 언덕길을 오른다. 소나무숲이 펼쳐지고 야생화도 지천으로 피어 있다. 이 언덕길을 오르면 왼쪽으로 2,000m급 산이 줄지어 있다. 그래서 이 12㎞ 구간을 산티아고 순례길 중 난코스라고 부른다. 하지만 우리나라의 산과 비교하면 넓은 도로를 오르는 느낌의 평이한 산길이다. 약간 가파른 오르막길이 두 군데 있을 뿐이고, 은근한 오르막길이 계속 이어지는 편안한 길이다. 지금까지 넓은 밀밭 들판길만 걷다가 오늘 같은 산길을 걸으니 오히려 새로운 기분이 들었다.

며칠 전부터 궁금증을 가지고 있던 설산의 정체가 풀렸다. 1,150m 고도의 언덕을 올라가니 눈앞에 2,150m 높이의 설산이 보였다. 만년설이 아닌 겨울에 내린 눈이 아직 녹지 않은 것이 확인되는 순간이다. 눈앞에는 연이어 2,000m급 높이의 산맥이 길게 펼쳐졌다.

언덕길을 내려가다 보면 철제 울타리가 쳐진 곳의 기둥에 'MONTE DE LA PEDRAJA 1936'이라고 쓰인 위령탑이 세워져 있다. 이곳 주변에 휴게 공간이 만들어져 있어 준비해 간 빵과 계란으로 점심 식사를 대신하며 휴식을 취했다.

이곳에 외국인 여성도 몇 명이 쉬고 있었다. 가파른 산을 올라오면서 많이 더웠는지 한 외국인 여성이 주변 시선을 아랑곳하지 않고 팬티만 입은 채 내복을 벗고 옷을 갈아입는다. 알베르게에서 외국 남성이 팬티만 입고 돌아다니는 것을 보았지만 여성까지도 이렇게 주변 시선을

스페인 내전 당시 전사한 이들을 기리는 위령탑

의식하지 않는 문화는 정말 우리와 크게 다르다는 것을 실감하는 순간
이다.

다시 산길을 내려간다. 약 1시간여를 걸었더니 산속에서 오아시스를
만났다. 길가의 임시 매점인데 길바닥 나무에 'EL OASIS del camino'라
는 간판이 있다. 순례객들이 이곳의 나무 기둥에 만들어 붙인 나무판자
가 인상적이다. 그중에는 우리나라의 태극기 그림도 있다.

한 시간여 평지 같은 산길을 걸었다. '산 후안 데 오르테'가 마을에 도
착했다. 성당과 알베르게만 달랑 있는 아주 조그만 마을이다. 알베르게
는 수도원을 개조해 만들었고 카페를 겸하고 있다. 여러 명의 순례객들
이 휴식을 취하고 있었다.

알베르게를 지나니 양옆에 울창한 나무들이 있는 숲길이다. 계속되

는 숲길을 지나니 양옆으로 넓고 푸른 초원이 나왔다. 그 초원에서는 소들이 한가롭게 풀을 뜯고 있다. 한 폭의 풍경화가 그려진다.

들판 언덕을 지나 약 4㎞ 정도 걸으니 오늘 목적지인 '아헤스' 마을에 도착했다. 아주 작은 마을이지만 예쁜 정원을 가진 집이 많고 아늑한 느낌이다. 마을 안 표지판에는 '산티아고 518㎞'라는 안내가 되어 있다. 많이 걸었다고 생각했는데 아직도 갈 길이 멀었다.

이곳 알베르게는 사설 알베르게다. 마을이 작다 보니 알베르게 규

평화로운 풍경의 목장

모도 작았다. 침대를 배정받았다. 침대가 남녀 구분 없이 두 개씩 붙은 채 세트가 되어 배치되어 있다. 그러다 보니 남녀가 가깝게 붙어서 자는 형태가 되었다. 약간 곤란해하는 사람도 있었으나 이런 것도 순례길에서 감수해야 할 부분이었다.

샤워를 마친 후 알베르게 옆에 있는 레스토랑에서 이른 저녁 식사를 마쳤다. 알베르게 뒤에는 정원과 미니 수영장이 있었다. 캐나다 퀘벡에서 온 여성이 비키니 수영복을 입고 수영을 즐긴다. 우리 한국인 일행도 상체를 드러내고 오후의 늦은 일광욕을 즐기고 있다. 이러한 모습도 순례길에서 만날 수 있다.

알베르게에서 보내는 오후 시간이 길었다. 다시 레스토랑에 갔다. 일행 몇 분들과 맥주를 마시며 대화를 이어 갔다. 이곳 식당에서 오늘 일행 중 한 분이 참 기이한 인연이라며 본인의 이야기를 소개했다. 본인의 딸이 2016년에 이 순례길을 걸은 후에 수녀가 되었고, 딸이 그때 메고 걸었던 배낭을 본인이 다시 메고 딸이 걸었던 그 길을 따라 걷는 중이라고 소개했다. 그런데 다른 일행에게 이 순례길을 걷는 사람 중에 그런 사연을 가진 사람이 또 있다는 얘기를 들었다. 설마 했는데, 오늘 그 남성을 이 식당에서 만났다는 것이다. 다른 아버지는 딸이 2017년에 순례길을 걸은 후 수녀가 되었고, 아버지인 본인도 딸이 걸었던 그 길을 지금 걸어가는 중이라고 했다.

어떻게 이런 일이 있을까 싶지만 이 이야기는 사실이다. 그 두 사람을 오늘 순례길 식당에서 만났다. 그 사람들은 카미노를 걸으면서 내가 몇 번 만났던 사람들인데 그런 사연을 가지고 있는 줄은 몰랐다. 특이한 인연을 가진 두 사람이 좋은 추억의 순례길을 마치고 건강하게 돌아가기를 바랐다.

순례길의 임시 매점 앞에 설치된 나무 조형물

새벽길을 걷다

새벽 여섯 시

잠 속에 있던 사람들
부스스 눈 비비며 일어나

수돗가 모여
부산 떨며 깨어나는 아침이다

하늘에는 흰 구름 사이로
햇빛이 나기 시작하고

곧게 뻗은 밀밭길 밝히니
발걸음이 바빠진다

새들도 꽃들도 잠 깨어
일어서는 아침

낮은 담장 너머 꽃들이 일어난다

오늘 가야 할 곳이 멀어
서두른다

동트는 하늘에

성당 종소리가 울려 퍼지면

나의 발걸음은

하늘을 향해 걸어간다

밀밭 속에 외롭게 핀 양귀비꽃

제14일(12구간) 5월 8일 수요일

—

아헤스 → 카르데 누엘라 → 부르고스(21km, 누계 293km)

"삶에 가끔씩 마음의 쉼표를 찍어 가며 살아야 휴식의 즐거움을 누린다. 마음의 쉼표는 곧 휴식이자 여행이다."

~ 세찬 비바람을 맞으며 길을 걷다

아침 출발부터 비가 내렸다. 상하 우의를 단단히 차려입고, 치열한 전투에 나가는 비장한 마음 자세로 길을 나섰다. 비가 내리는 속에 여명이 밝아 오니 하늘은 비췻빛으로 신비스러운 분위기를 보여 준다.

비가 내리는 가운데 여명이 밝아 오다

'아헤스' 마을을 벗어나면 바로 넓은 들판을 지나가는 것으로 순례길
은 시작된다. 비가 내려 초록빛 밀밭이 더욱 짙은 빛을 보였다. 도로를
따라 길을 가다 보면 왼쪽 들판에 군데군데 고인돌이 몇 개 보였다. 이
곳은 선사시대 유적지로 유명한 마을이다. 스페인 사람 얼굴이 그려진
입간판이 나왔다. 커다란 간판에는 '아타푸에르카'라고 마을 이름이 쓰
여 있다.

오늘은 알베르게에서 조식을 하지 않고 출발해서 이 마을 입구에 있
는 바(bar)에서 향긋한 모닝커피와 구운 파이, 주스로 간단하게 아침 식
사를 했다. 각 2유로씩 6유로를 계산했다. 조그만 마을의 카페이다 보

니 테이블이 몇 개 없어서 비좁았다. 그래서 혼자 테이블에 앉아 있는 독일 여성에게 양해를 구하고 잠시 합석을 했다.

　바(bar)를 나서는데 그저께 잠시 만나서 같이 걸었던 대구에서 온 순례객을 문 앞에서 다시 만났다. 서로가 인연이 대단하다며 반갑게 악수를 했다. 이분이 얘기한 "순례길은 요구하는 곳이 아니다. 매사 감사해야 하는 곳이다."라는 말이 다시 생각났다. 기나긴 순례길을 걸어가면서 마음에 깊이 새겨 둘 만한 좋은 말이다.

　마을을 지나니 은근한 오르막 언덕길이 시작된다. 세찬 비바람이 몹시 불었다. 주먹만 한 돌로 뒤덮인 가파른 언덕길을 오르는데, 오른쪽 초원에는 양 떼들이 비를 맞으며 엎드려 있었다. 이렇게 비가 많이 내리는데 양들이 춥고 아프지 않을까 걱정이 되었다.

비를 맞으며 있는 양 떼

　　　　산티아고에 가면 누구나 행복해진다

이번 카미노 길에 같이 온 어르신이 길을 가다 말고 빗속에 서 있다. 생각보다 비가 너무 많이 내리니 길을 걷다가 다시 우비를 고쳐 입는 중이라 도와드렸다. 어르신은 해외 트레킹을 20번 이상 다녀오신 베테랑이다. 등산과 달리 순례길은 이틀만 지나면 밀밭길, 포도밭 등 계속 같은 풍경이 나오니 지루하고 힘들다고 하신다. 죽기 살기로 걸으면서 바(bar)가 나오면 생맥주 한 잔 마시는 재미로 걷고 있다고 하신다.

이 순례객은 연세에 비해서 건강하시다. 병원에 안 가는 게 건강한 증거라며 술을 즐긴다고 한다. 한번은 의사가 알코올 중독증은 아니고 알코올 경고증이라고 말했다고 한다. 알코올 중독증은 안주 없이 한 가지 술만 마시고, 혼자 마시고, 술에 취해서 필름이 끊기는 증상이 있다. 자신은 좋은 안주에 소주, 맥주, 막걸리 등 여러 종류의 술을 즐기고, 친구들과 대화하면서 마시고, 필름 끊기는 증상은 없다면서 알코올 경고증에 대단히 만족하고 계셨다.

언덕길 정상에 오르니 돌무덤 위로 전봇대 같은 십자가가 서 있다. 언덕 위에 홀로 서 있는 십자가가 비바람 속에 몽환적으로 보였다. 저마다 이 길을 걸어가면서 십자가 앞에 멈춰 서서 마음속으로 소원을 빌고 갔을 것이다. 우리도 그렇게 잠시 십자가를 바라보다가 비바람 속을 다시 걸어갔다.

언덕 정상에 올라서니 세찬 비바람이 거침없다. 이처럼 세차게 부는 바람은 세상에 없다는 생각이 들 정도로 바람이 거칠다. 이 거친 바람은 순례의 고통을 가중시킨다. 앞을 보면서 걸을 수가 없었다. 세찬 비바람 속을 걷는 요령은 게걸음 자세처럼 옆으로 걸어가는 것이다.

이 언덕을 내려오니 오른쪽 밀밭 끝에는 시멘트 공장이 한참 건설 중이다. 밀밭 들판을 약 20분 정도 걸으면 또다시 '카루데 누엘라'라는 작은 마을이 나온다. 마을 입구에는 폐차된 버스에 250m만 가면 알베르게가 있다는 광고가 안내되어 있다. 순례길을 많이 찾아오는 나라의 국기가 그려져 있는데, 우리나라의 태극기도 그려져 있었다.

　이곳 마을 입구에는 카페 벽에 순례객을 그린 재미있는 벽화가 있다. 커다란 배낭에 카메라, 다리미, 구급약, 컵, H_2O 등과 지팡이에는 라디오를 매달고 힘들게 걷고 있는 남성 순례자 그림이다. 그의 머릿속에는 의자에 앉아 편안하게 쉬었으면 하는 바람을 담은 그림이 재미있게 대비되어 그려져 있다.

순례객을 재미있게 표현한 그림

산티아고에 가면 누구나 행복해진다

비바람이 심해서 카페에서 쉬어 갔으면 하는 마음으로 문이 열린 카페를 찾았다. 몇 개의 바(bar)가 있었으나 문이 잠긴 채 영업을 하지 않아서 그냥 지나칠 수밖에 없었다. 마을이 나오기만을 기대하고 빗속을 계속 걸었다. 멀리 '비야프리아' 마을이 보였다. 그러나 순례길은 마을을 통과하지 않고 철길로 막혀 그냥 옆으로 지나갔다. 마을 지붕 사이로 성당의 모습이 보였다. 아마도 진정한 순례자라면 몸이 피곤하고 지쳤더라도 성당을 찾아갔을 것이라고 생각됐다.

이곳을 지나면 허허벌판이다. 멀리 눈앞에 '부르고스' 마을이 보였다. 가까이 보이지만 먼 거리다. 그래도 눈앞에 보이니 무의식적으로 걸음걸이가 빨라진다. 비바람 속을 걷다 보니 온몸이 젖어서 춥고 떨렸다. '부르고스'에 들어서자마자 첫 카페테리아에 무조건 들어갔다. 뜨거운 커피와 토스트를 먹으면서 비바람에 떨던 몸을 누그러뜨린다. 이때 서울에서 전화가 왔다. 순례길을 마치고 한국에 돌아오면 사업적으로 의논할 얘기가 있다고 했다. 무슨 일일까 궁금해졌다.

'부르고스'는 대도시다. 들어가는 입구부터 글로벌 브랜드 등 알 만한 큰 회사들의 건물과 공장이 있어 대도시라는 것을 보여 준다. 예를 들면 브릿지스톤 공장은 도로를 따라 공장의 울타리 길이가 1㎞는 넘을 것으로 보였다. 엄청나게 크다.

큰 도시에 들어서면 늘 헷갈린다. 화살표나 조가비 표시를 찾는 것도 쉽지 않고, 표시가 많지도 않아 잘 찾아가야 했다. 도심을 걸어가면서 고풍스럽게 보이는 오래된 성당을 지났다. 시내에는 아파트가 줄지어 많이 지어져 있고, 거리에는 맥도날드 패스트푸드점이 있다. 까르프와 우리나라 현대차, 쌍용차 등의 광고 입간판도 크게 세워져 있다.

부르고스 시내 모습

산티아고에 가면 누구나 행복해진다

우리는 오늘 부르고스 시내에 있는 호텔을 예약했다. 사설 알베르게는 사전 예약을 해서 어쩔 수 없이 이용해야 했지만, 오늘 이용 예정인 공립 알베르게는 예약이 아닌 선착순 침대 배정이라 이용하지 않기로 했다. 이번 순례길에 부부로 참여한 두 팀은 편안한 휴식을 취하기 위해 호텔을 예약했다. 이 부부의 남편은 나와 서로 연배가 비슷하다. 우연하게도 사는 지역도 비슷하다. 우리는 서대문구 연희동, 이분은 아현동으로 붙어 있는 동네다. 며칠간 같이 지내다 보니 취향이나 성격도 비슷한 점이 많은 것 같다.

체크인을 하고 샤워를 한 후 잠시 동안 휴식을 취했다. 호텔 숙박을 신청한 부부와 함께 저녁 식사를 하기 위해 부르고스 시내로 나갔다.

구글 맵에서 부르고스 맛집을 검색했다. 검색된 레스토랑 Best 10 중에 1위인 코보 빈티지(Cobo Vintage) 라는 식당을 찾아갔다. 식당은 호텔에서 1㎞ 떨어져 있는 부르고스 대성당 앞에 있었다. 구글 맵을 켜고 골목길을 요리조리 걸으며 찾아갔다.

식사 전 먼저 식당 앞에 있는 부르고스 대성당을 구경했다. 부르고스 성당은 1060년 이후부터 현재에 이르기까지 천 년의 세월이 흘렀음에도 그 웅장하고 엄숙한 모습이 우

부르고스 대성당

리의 시선을 압도했다. 이 성당에는 스페인의 영웅 엘시드의 유해가 있어 의미가 남다른 곳이다. 1984년 세계문화유산으로 지정된 스페인 고딕 양식의 최고의 모습으로 남아 있다.

인터넷 맛집 검색을 통해 저녁 식사를 하기 위해 찾아간 식당이 씨에스타로 문을 닫았다. 그래서 성당 앞에 있는 레스토랑에서 저녁 정식 메뉴를 먹었다. 스페인 부르고스의 도시 분위기를 즐기면서 다양한 주제의 이야기를 하며 즐거운 식사를 마쳤다.

비 내리는 길 걸으면

산티아고 순례길 걸을 때
비바람이 불면 싫다

칙칙한 분위기의 들판길 걷는 게 싫고
비에 젖은 초라한
순례객들 모습이 더욱 싫다

길을 걸어갈 때
나는 본다

모든 것들이 있어야 할 자리에
놓여 있음은 필연이다

모든 게 싫어진다
비 때문에

하지만 순례길 걷는 중에 만나는 비는
사랑이다

그래서 행복한 하루다

부르고스 시내 초입에 있는 성당

제15일(13구간) 5월 9일 목요일

—

부르고스 → 타르다호스 → 온타나스(31km, 누계 324km)

"햇살이 쨍하니 발걸음도 가볍다. 좋은 일이 있을 것 같아 짜릿한 전율이 흐른다."

~ 뒤돌아보는 풍경이 아름답다

모처럼 호텔에서 숙면을 취했더니 피로가 풀리는 것 같다. 오늘은 아침 5시에 일어났다. 세수를 하고 정신을 차린다. 택배로 보낼 짐을 꾸려 호텔 로비에 맡기고, 다른 때보다 이른 6시에 출발했다.

촉촉한 아침 안개비가 오히려 밀밭을 평화롭게 보이게 한다. 서서히 밝아 오는 햇살 아래의 들판 풍경은 한 폭의 수채화 장면보다 더 아름답다. 햇살은 구름을 제치고 우리의 갈 길을 환하게 밝힌다.

발걸음을 멈추고 뒤를 돌아보니 철탑 사이로 아침 해가 떠오른다. 햇빛에 뿌연 안개가 녹아들어 환상적이다. 흐르는 냇물에도 부드러운 햇살로 인해 물안개가 피어오른다. 뒤돌아보지 않았다면 보지 못했을 아름다운 풍경이다. 인생도 이처럼 뒤돌아보며 아름다운 추억을 되새겨볼 일이다.

들판길을 한참 걸었다. 어제 비가 내린 탓일까? 오늘 하늘은 유난히 푸르다. 밀밭 들판 너머의 마을 모

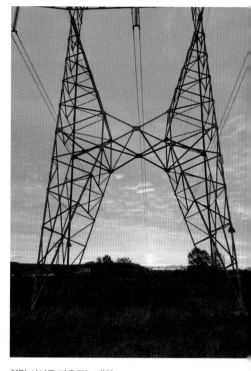

철탑 사이로 떠오르는 태양

습도 평화롭게 보인다. 상대적으로 이곳에 서 있는 카미노 화살표가 외롭게 보였다. 이곳을 지나니 나무가 울창한 숲길이다. 숲길이 지루하게 계속 이어진다 싶더니 금방 고속도로 옆의 도로를 지나간다.

필그림 앱 안내표에선 '부르고스'에서 출발해 5.9㎞를 가면 '브이야비야 데 부르고스'란 마을이 있다고 표시되어 있는데, 어쩐 일인지 그 마을이 나오지 않는다. 아마도 보이지 않는 왼쪽에 마을이 있어 지나쳐 간 것 같다.

다시 들판길을 4.9㎞ 더 걸어가니 그다음 마을인 '타르다호스' 마을이

아침 영업 준비를 하는 카페

나왔다. 다른 마을과 달리 입구에 커다란 판석으로 만들어진 마을 지도가 세워져 있다. 그 옆에 세워진 십자가 돌기둥은 순례자들이 무탈하라고 하늘과 교신하는 것처럼 보였다.

길 건너 카페가 영업을 하기 위해 문을 열 준비를 한다. 다른 순례자들이 앉아서 커피를 마시거나 간단한 아침 식사를 하고 있는 모습이 보인다. 우리도 이곳에서 휴식을 취했다.

이 마을도 네모난 돌로 만들어진 집들이 많았다. 푸른 하늘과 잘 어울리는 성당이 보였다. 순례길에 있는 모든 마을에는 성당이 반드시 하나 이상 있다. 그래서 모든 카미노의 길은 성당 앞을 경유하게 설계되어 있다. 이곳 마을을 벗어나는 곳에 현대식 양옥집들이 건축되어 있다. 문명을 벗어나서 살고 있는 듯한 이곳도 현대화 바람이 불고 있었다.

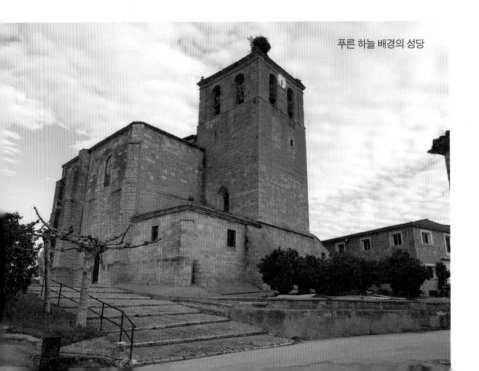
푸른 하늘 배경의 성당

다음 마을인 '라베 라스 칼자다스' 입구에 들어서니 길가의 전깃줄마다 직은 새들이 줄지어 앉아 있다. 이곳 마을 초입은 새로 지은 집들이 많고, 이전 마을과 반대로 더 안쪽으로 들어가면 돌로 지은 옛날 집들도 모여 있다. 신구의 조화로운 마을 구성이 돋보인다. 마을 안으로 몇 걸음 더 들어가니 작은 광장이 나오고 사각 돌기둥에서 물이 나오고 있었다. 먹을 수 있는 물인지는 모르겠다.

밀농사를 짓는 지역답게 길가 공터에 많은 농기구가 놓여 있다. 삼십여 미터는 될 것 같은 창고 건물 벽에 멋진 그림이 그려져 있다. 눈에 잘 보이는 색감이 좋았다. 그중 남녀 순례자가 끝없는 밀밭 들판을 배경으로 마주 선 그림이 마치 우리 부부의 모습같이 보여 사진으로 옮겨 보았다.

부르고스에서 레온으로 가는 길은 끝없는 벌판이다. 스페인 중북부 메세타고원 지대로 20㎞가 넘는 길목 대부분이 나무 한 그루 없는 사막 같은 벌판이다. 산티아고 순례를 떠나기 전 읽었던 어떤 책에서는 이 구간을 '마의 구간'이라고도 불렀다.

메세타 평원은 햇볕이 쨍쨍 내리쬐는 한낮에 걷는다면 힘들겠다는 생각이 들었다. 다행히도 오늘은 햇빛이 조금 있지만 시원한 바람이 불어서 더위가 상쇄되었다. 이런 메세타 풍경은 우리나라 농촌에서는 좀처럼 볼 수 없다. 그래서 끝이 보이지 않는 지평선의 이 길을 걷는 것은 나름대로 의미가 있었다.

이 마을을 지나 다음 마을로 가는데 여러 번의 오르락내리락하는 언덕길이 8㎞가량 계속되었다. 걷는 도중 날씨가 계속 흐렸다. 서편 하늘에 먹구름이 잔뜩 드리워져 있다. 강한 바람까지 불어서 걷기가 너무 불편했다.

다시 오르막길을 걷는다. 언덕에 오르니 탁 트인 밀밭 들판이 아득하게 펼쳐져 있는 아름다운 풍경에 순례자들이 연속 감탄을 한다.

다시 8㎞ 정도 걸으니 '오르니요스 델 카미노' 마을이다. 마을을 지나는데 건물 벽에 산티아고 469㎞ 남았다고 눈에 잘 보이게 노란색으로 간판처럼 쓰여 있다. 아직 반도 못 왔다. 또 가정집 벽에 몇십 개의 화분을 걸어 놓았다. 어딘지 모르게 부조화를 이루는 가운데 화사함을 보여 주었다.

오늘의 목적지인 '온타나스' 마을은 깊은 산속에 있다. 고원 언덕에서 내려다보니 마을의 지붕만 보인다. 마을 입구의 돌담길도 정겹고 예쁘다. 집들은 오래되어 낡아 보이지만 그 나름의 멋과 운치가 있다.

'온타나스' 마을에는 공용 알베르게와 사설 알베르게가 있다. 우리가 묵은 곳은 사설 알베르게다. 알베르게에 들어서니 왠지 편안한 기분이 든다. 방 하나에 침대 8개가 놓여 있다. 하루를 마감하는 편안한 저녁이

칼사다스 마을과 성당

될 듯하다.

그런데 문제는 여기부터다. 이곳은 SKT 로밍 서비스 지역이 아니었다. 카톡뿐만 아니라 와이파이, 데이터, 3G 사용 등 모든 것이 불통이었다. 깜깜한 세상이 시작되었다.

저녁 식사 후 로비에서 휴식을 취했다. 외국인 남녀가 어울려 기타를 치면서 노래를 부르기 시작했다. 모든 순례객들이 흥에 겨워 율동을 하며 춤을 추고, 리듬에 맞춰 박수를 쳤다. 〈Let it be〉 같은 아는 노래가 나오면 모든 사람들이 같이 불렀다.

10여 명 정도의 여러 나라 순례객들이 어울려 한 시간 정도 흥겨운 시간을 보냈다. 여러 나라 순례객들이 모여 즐기는 이런 분위기가 산티아고 순례길의 또 다른 좋은 모습이구나 하는 생각을 하면서 로밍 불통의 아쉬움을 누그러뜨리며 잠을 청했다.

여러 나라 순례객들과 어울려 흥겨운 시간을 보냄

바람의 언덕에서

풍력발전기 무수히 꽂혀 있는
바람의 언덕에 서면

그 사람 그 노래가 생각이 난다

실제처럼 문득
노래에서 바람 소리가 들린다

바람 바람 바람
(노래 가사의 절반은 이미 바람 소리다)

밀들이 넘어지고
나무들의 자세가 삐뚤어진다

카미노의 모든 바람이
나를 향해 분다

제16일(14구간) 5월 10일 금요일

—

온타나스 → 카스트로헤리즈 → 보아디야 델 카미노(30km, 누계 354km)

"끝이 보이지 않아도 걸어야만 하는 순례길이다. 길은 끝이 없고, 우리는 가끔 두 갈림길 앞에 서 있게 된다."

~ 오늘도 비와 바람, 햇빛 속을 걷다

새벽에 짐 싸는 것도 익숙해질 만한데 여전히 조심스럽다. 누군가 화장실을 다녀와서 부스럭대는 소리가 난다. 소리가 유난히 크게 들린다. 아마 어젯밤 잠을 충분히 잤으니 일어나라는 무언의 행동처럼 생각된다. 그러자 다시 누군가 투덜거리며 일어나서 전등을 켰다. 어쩔 수 없이 모두 일어나는 게 순서다. 이 모든 걸 긍정적으로 생각하는 게 편하다.

오늘 출발은 7시. 다른 때보다 좀 여유 있게 출발했다. 어제 오후부터 내린 비가 출발하는 아침에도 이어졌다. 우비를 챙겨 입고 오후 시간에라도 햇빛이 나기를 기대하며 알베르게를 나와서 걷기 시작했다.

끝없이 이어지는 들판길을 아무 생각 없이 걸었다. 어제도 오늘도 계속 들판길이다. 이런 들판길을 메세타라고 부른다. 이슬비 형태로 비가 계속 내리는데 바람은 거칠게 불었다. 우리가 향하고 있는 서쪽의 하늘에는 잔뜩 먹구름이 드리워져 있다. 길가의 키 높은 나무들은 세찬 바람에 깨어난다.

'온타나스'에서 7㎞ 지점에 있는 '콘벤토 산 안톤' 마을을 지난다. 마을 입구는 높은 벽이 둘러친 것이 성문을 지나 성벽 밑을 걷는 느낌이다. 길가에 있는 집들의 창가에 화분이 걸려 있는 게 마치 어느 명화에서 본 풍경 같다.

이슬비가 내리는 도로를 걷고 있었다. 정차된 승용차 하나가 창문을 내리고 무언가를 판매하고 있었다. 조그만 나무토막으로 만들어진 카미노 기념품을 건네준다. 그러고는 돈을 기부하라고 했다. 1센트 가치도 안 되는 조잡한 상품을 가지고 1~2유로를 기부한다고 생각하니 이건 아닌 것 같았다. 또 우비를 입어서 배낭에서 돈을 꺼내기도 귀찮아서 그냥 지나갔다.

이곳에서 30분 정도 걸으면 '카스트로헤리즈' 마을이 나온다. 마을 입구에는 성당이 있고, 카미노 인형도 비옷을 입고 서 있다. 카페를 안내하는 인형이었다. 이곳 조그만 카페에서 비를 피해 커피를 마시면서 잠시 휴식을 취했다.

끝이 보이지 않는 메세타 평원

카페에서 나오자마자 100m 앞에 음식점 입간판이 세워져 있었다. 거기에는 라면, 김치, 비빔밥, 된장국이 된다고 그림과 함께 한글로 쓰여있다. 가던 길에서 벗어나 골목을 찾아 식당에 가 보니 12시부터 영업이 시작된다고 쓰여 있다. 지금 시각은 9시인데 12시면 기다리는 시간이 너무 길다. 그리고 대부분의 순례객들이 오전 10시 전후로 이곳을 지나가게 되는데 12시부터 비빔밥을 판매한다는 것은 이해하기가 어려웠다.

마을을 벗어나는데 어느 집 담벼락에 1미터가량의 아주 커다란 다육식물이 있다. 이렇게나 큰 다육식물이 있어 놀랍기도 하고 너무 커서 신기하기도 했다.

길을 걸으니 마을 위 언덕에 폐허가 된 성터가 보인다. 처음에는 무슨 집터인가 궁금했는데, 코너를 돌자 그림과 함께 성터라는 설명이 적힌 입간판이 있다. 과거의 위상이 사라진 지금 고성의 모습은 뼈다귀만 남은 표본처럼 허무한 세월이 느껴진다.

끝없는 들판길에 다시 들어섰다. 한국의 친구에게서 전화가 왔다. 지금 산티아고 카미노를 하고 있다고 친구에게 말했다. "좋은 시간 보내고 돌아오면 만나서 순례길 이야기를 들려줘."라고 한다. 아직 잘 모르겠지만 '순례길은 듣는 것보다는 시간을 만들어 직접 경험하는 것'이라고 이야기해 주고 싶다.

알베르게를 출발한 지 거의 세 시간이 지났다. 계속 비가 오락가락 내리고 거친 바람이 불었다. 오르막을 올라 언덕 정상인 해발 915m의 '후디오스' 고개에 도착했다. 이 고개를 기점으로 비가 수그러들고 햇빛이 들기 시작했다.

산티아고에 가면 누구나 행복해진다

언덕을 내려가면 다시 끝없는 밀밭길이 이어진다. 언덕을 내려가니 예배당이 나왔다. 여기서도 인증서 스탬프를 찍어 주는데 인증을 못 했다. 12시가 넘어서 예배당 문이 닫혀 있었기 때문이다.

부르고스주를 넘어 페렌시아주에 들어섰다. 순례길을 걸어가는 외국인에게 주 경계를 설명하는 입간판 앞에서의 기념사진을 부탁했다.

다시 밀밭길을 걸었다. 며칠 동안 비가 내렸음에도 농사짓기에는 비가 부족한지 밀밭에는 스프링클러가 분사되고 있었다. 스프링클러에서 흩뿌려지는 물이 햇빛에 반사되어 무지개가 피었다. 이곳에서 다음 마을은 10㎞ 거리다. '이테로 데 라 베가' 마을이다. 들판길이 넓고 길게 뻗어 있다. 지나온 길을 되돌아보면 가느

부르고스주와 페렌시아주 경계

다란 기찻길처럼 보인다. 배가 출출하여 이곳의 조그만 카페에 들어갔다. 생맥주와 계란 프라이 2개, 베이컨을 먹었는데 정말 맛있었다. 다시 여기서 8㎞가량 더 걸어가면 오늘의 목적지인 '보아디야 델 카미노' 마을이다.

오전에 그렇게 비가 내리고 바람이 불더니, 지금은 햇살이 너무 뜨겁다. 파란 하늘의 뭉게구름이 환상적이다. 그냥 지나갈 수 없었다. 길

밀밭에 물을 뿌리는 스프링클러

을 걸어가는 파란 눈의 프랑스 남성이 눈치채고 우리 부부의 사진을 찍어 주겠다고 한다. 순례객들은 이렇게 서로 마음이 통한다는 생각이 들었다.

　마을 입구에 수녀원에서 운영하는 공용 알베르게가 있지만 넓은 강당에 침대만 덜렁 있는 그곳은 순례객들이 거의 찾지 않는다. 그보다는 시설이 더 좋은 사설 알베르게를 찾는다. 예쁜 잔디밭에 수영장까지 갖춘 사설 알베르게는 벌써 순례객들로 가득하다. 이왕이면 돈이 조금 더 들더라도 시설이 좋은 곳을 이용하려는 것이다. 이곳의 알베르게와 호텔은 같은 사장이 운영하는데 우리는 호텔을 이용했다.

산티아고에 가면 누구나 행복해진다

작은 수영장이 있는 알베르게

　우리가 숙박할 호텔은 별이 세 개이다. 로비도 넓고 쾌적했다. 객실을 배정받고 짐을 정리했다. 샤워하기 전 거울을 보니 몸이 가냘팠다. 엉덩이와 뱃살이 훌쩍 빠져 보였다. 산티아고에 왔더니 싼 티가 나는 순간이다. 오늘까지 15일째 기르던 수염을 깨끗하게 밀었다. 새로 산 삼중날 면도기인데도 수염의 억센 가닥 때문에 밀착감이 약했다. 면도를 하고 나니 얼굴이 말쑥해져서 기분이 좋아졌다.

　샤워를 마친 후 로비에서 생맥주를 마셨다. 혹시 와이파이가 연결될까 하는 기대감에 로비에 나왔는데 어제에 이어 오늘 이곳 지역도 로밍 불

통 지역이다. 유심칩을 가진 핸드폰은 와이파이, 카톡 등 여러 가지가 작
동된다. 하지만 로밍을 해서 온 핸드폰은 나만이 아니라 다른 사람들도
일체 먹통이다. 이틀 동안 꼼짝없이 소식이 두절되니 마음이 불안했다.

시간에 여유가 있어 바람을 쐬러 알베르게 정원에 나가 보니 먼저 도
착한 순례자들이 잔디밭에 모여서 담소하거나 조용히 책을 읽는 사람,
하루 일정을 정리하는 사람들의 행복한 모습이다. 여기서 스페인 와인
을 마시며 휴식을 취했다.

저녁 시간은 오후 7시. 그렇게 늦은 시간은 아니지만 하루 종일 걷다
보니 이 시간이면 배가 출출하여 기다리는 것이 힘들다. 그동안 샤워도
하고 빨래도 해 놓았지만 그래도 시간이 남는다. 시간이 될 때까지 마
을 구경을 나섰다.

저녁 시간이 되어 식당에 들어왔다. 습관처럼 순례자 메뉴를 시켰다.
소고기와 대구 튀김, 와인을 곁들여 너무 맛있게 먹고 즐거운 마음으로
하루를 마감했다.

보아데아 델 카미노 마을의 성당

산티아고에 가면 누구나 행복해진다

비 오는 날 커피 한 잔

작은 마을 구석에 있는
카페에서

달콤한 맛, coffee를 마신다

쏟아지는 빗소리는
자연의 교향곡

마음속의
끝이 보이지 않는 길

그 지루함은
커피의 진한 향에 묻힌다

우의를 입고 온타나스 출발

제17일(15구간) 5월 11일 토요일

—

보아디야 → 비알카사르 → 카리온 데 로스 콘데스(26km, 누계 380km)

"순례길은 발로 걷는 것이 아니다. 순수한 마음으로 한 걸음 한 걸음 나아가는
것이다."

~ 이 길 다음에는 무엇이 있을까

오늘 모처럼 3일간의 순례길 소감을 모아서 페이스북에 올렸다. 어제
와 그저께 모두 산골 마을에서 숙박하는 바람에 통신이 불통이어서 일
체 인터넷 접속을 하지 못했다. 매일 페이스북에 글을 올리다가 3일간
게시되지 않으니 무슨 일이 생긴 건 아닌지 궁금해하는 친구들이 있을
걸로 생각되어 두서없이 신속하게 순례기를 올리게 되었다.

어제 숙소는 알베르게 겸 호텔인데 아침 식사가 없기 때문에 일찍 떠나야 했다. 새벽 5시에 일어나서 짐 정리를 했다. 호텔이라 숙박비가 50유로나 되었다. 이제는 중요한 소지품과 생수만 배낭에 넣고 나머지는 택배를 보낸다. 택배비 5유로를 지불하고 6시에 곧바로 출발했다.

아직 어둠이 가득한 새벽이라 화살표나 조가비를 보고 길을 찾기가 쉽지 않았다. 구글 맵을 켜고 목적지를 등록한 후 길 찾기를 해서 동네를 빠져나가야 했다. 밝아 오는 바다 색깔처럼 파란 여명의 새벽길이 상쾌하다. 동녘에는 날이 밝아 오면서 주홍빛 하늘이 신비스럽다.

길옆에는 운하가 흐르고 있고, 가로수가 데칼코마니로 길게 늘어서 있어, 오늘 카미노 길의 순조로움을 예고하는 것 같다. 너무나 아름다운 카미노의 시작이다.

운하의 폭은 넓지 않았다. 잔잔한 물 위로 물안개가 피어오른다. 아직 어둠 속이지만 노랗고 붉은 야생화가 멋진 나무와 조화를 이루어 환상적인 새벽 풍경을 보여 준다.

가로수길이 끝날 즈음 운하도 끝이 나고, 유람선 한 척이 정박해 있다. 그래서 이 하천 같은 강물이 운하인 것으로 짐작했다. 아마도 이 마을과 아랫마을의 교통수단 역할을 하고, 학생들은 이 운하를 이용해 통학을

새벽 여명의 운하 풍경

할 것이라고 생각되었다.

첫 마을인 '프로미스타'에 도착했다. 마을은 제법 컸다. 안쪽으로 들어가면 슈퍼마켓, 바, 레스토랑, 은행도 있다. 마을 입구에 있는 카페에 들어갔는데 알베르게와 겸해서 운영하고 있었다. 그래서 카페 홀 안에는 알베르게 투숙객으로 가득했다. 이 카페를 나와 다시 모퉁이에 있는 두 번째 카페에 들어갔다. 규모가 작아 메뉴가 다양하지 않았다. 토르티야와 커피, 주스를 시켜서 간단하게 조식을 마쳤다.

순례자 형상의 철 조형물

다시 길을 나서는데 아침 햇살이 부드럽다. 아침 해가 떠오르면서 연보랏빛, 분홍빛 등이 어우러져 이 지역의 신비로운 하늘빛을 연출한다. 굴다리 같은 곳을 빠져나가면 다리가 나온다. 다리를 건너면 본격적인 밀밭길의 카미노가 시작된다. 다리 입구에 음각으로 새겨진 순례자 형상의 큰 철제물이 세워져 있어 기념사진을 찍었다.

길을 걷다가 젊은 한국인 청년을 만났다. 인사하며 지나가는데 얼굴을 보니 처음 본 말쑥한 얼굴이다. 다시 검게 그은 종아리를 보니 근육질로 다져진, 어디선가 보았던 청년의 다리였다. 며칠 전 만났던 프랑스 파리에서 이곳까지 우여곡절을 겪

산티아고에 가면 누구나 행복해진다

으며 43일간 걸어왔다던 그 청년이었다. 어제 면도를 해서 바로 알아보지 못했다. 반갑게 인사를 하면서 다시 한번 대단한 열정이라고 엄지척을 해 주었다. 이번 산티아고 순례길이 끝나면 캐나다 토론토로 워킹홀리데이를 떠날 계획이라고 말했다. 그의 앞날에 큰 영광이 함께하기를 기원한다.

길을 따라 걷는데 오늘따라 유난히 길가에 달팽이가 많이 나와 있다. 오늘 모처럼 날씨가 포근해서 달팽이도 햇볕을 쬐려고 나온 것 같다. 달팽이를 보면 프랑스에서 먹어 봤던 식용 달팽이도 생각났지만, 이곳이 순례길이라서인지 오늘은 정목 스님의 에세이집 『달팽이는 느려도 늦지 않다』가 생각났다.

이 책에서는 느리게 가는 달팽이를 보면 저런 속도로 어느 세월에 먼 길을 다 가겠는가 걱정하며 얼른 집어 옮겨 주고 싶은 적은 없었느냐고 묻는다. 그러나 달팽이의 속도가 인간의 눈으로 보면 참으로 더디고 답답해 보이지만 우주의 속도에서는 그것이 지극히 합당한 속도라고 했다.

이곳 산티아고 순례길을 걸으면서 되새겨 볼 만한 글이다. 모두 빠르게, 빠르게 가려고만 하는 순례길이 아니라, 천천히 여유 있게 자기만의 속도로 걷는 게 중요하다는 생각을 가지게 하는 글이다.

자기만의 속도로 가고 있는 달팽이

'프로미스타'를 지나 3.5㎞ 지점에 있는 '파블라시온 데 캄포스' 마을에 도착했다. 마을 안쪽에 있는 바(bar)에 들러 맥주를 마셨다. 생맥주가 마시고 싶었으나 병맥주밖에 없다고 한다. 다른 여러 나라의 순례객들도 커피를 마시며 쉬었다.

카페에서 나왔다. 다른 외국인 순례객이 길을 찾고 있었다. 서 있는 곳에서 노란 화살표 표지판이 보이지 않아 망설이고 있었다. 내가 있는 곳에서는 화살표가 잘 보였다. 길을 손짓으로 가리키니 "부엔 카미노!" 하며 고맙다고 인사를 한다.

이곳에서 다음 마을인 '비야멘테로 데 캄포스'로 가는 길은 두 가지 코스다. 왼쪽 길은 도로를 따라 걷는 길이고, 오른쪽 길은 들판 사이로 난 일직선의 흙길이다. 어느 쪽으로 가든 거리는 비슷하다. 사전 정보가 없어 도로를 따라 가는 길이 빠를 듯해서 왼쪽 길로 걸었다.

도로를 따라 걷는 순례길

산티아고에 가면 누구나 행복해진다

약 40분 정도 걸으면 '비요비에코' 마을이 나온다. 이곳은 알베르게는 없고 마을을 지나면서 물을 마시는 곳만 있다. 이 마을을 지나 조금 더 걸으니 '비야멘테로 데 캄포스' 마을이 나왔다. 이 마을엔 무데하르 양식의 성당이 있다. 화려하진 않지만 섬세한 문양이 독특한 성당이다.

계속 끝없는 지평선을 보며 걷는다. 조그만 마을인 '빌라 멘테로' 마을이 나왔다. 다른 일행은 여기서 점심 식사를 한다고 했다. 아직 배가 고프지 않아 우리는 그냥 지나갔다.

다시 한 시간 정도 걸으니 '비알카사르 데 시르' 마을이 나왔다. 마을 입구에 원통형 기둥이 서 있다. 무슨 역할을 하는지 궁금할 뿐, 사진만 찍고 지나갔다. 나중에 확인해 보니 물을 저장해 놓은 통이라고 한다. 끝이 안 보이는 밀밭, 들판만이 아니라 황무지 벌판도 넓게 펼쳐져 있다.

카미노 길을 잃어버리지 않도록 도로 옆 흙길에는 중간마다 길을 안내하는 무릎 높이의 시멘트 기둥이 세워져 있다.

오늘 목적지인 '카리온 데 로스 콘데스' 마을이 가까워진다. 마을 입구에는 성문을 그린 커다란 입간판이 세워져 있다. 오후 1시경 마을에 도착했다. 마을이 제법 커서 구경할 만하다는 생각이 들었다. 큰 슈퍼마켓을 비롯해서 레스토랑, 아웃도어 점포, 화장품 가게, 미용실, 은행 등이 있다.

우리는 알베르게 대신 숙박료가 다소 비싸긴 하지만 호스텔을 선택했다. 프런트 겸 로비가 0층이 아닌 1층에 있다. 크레덴시알에 확인 도장을 받고 3층 룸으로 올라갔다. 4인 1실이고, 룸별 욕실이 따로 있어 편리했다. 오늘처럼 호스텔 같은 알베르게를 잘 선택하면 피곤했던 하루 순례길 여정이 행복하게 마감이 된다.

샤워 후 마을 구경을 나섰다. 바(bar)나 레스토랑이 문을 연 곳은 많았는데 들어가 보면 실제 먹을 만한 게 없었다. 먹을 만한 걸 못 찾았을 때는 순례자 메뉴를 시키면 거의 틀림없이 성공한다. 순례자 메뉴로 식사를 한 후 슈퍼마켓에 들러 딸기와 맥주, 땅콩, 음료수 등을 구입하여 호스텔로 돌아왔다. 인터넷 불통으로 인한 3일간의 순례 여정을 한꺼번에 정리했다. 시원한 맥주 한 잔을 마시며 하루를 정리한다.

사랑하는 사람이 곁에 있다는

지금 내 곁에
사랑하는 사람이 있다는 건
행복한 일이다

그렇지만
내가 나를 사랑하는 것보다
나를 더 사랑하는 사람이 있다는 것은
아름다운 일이다

행복하지 않다고 말하는 사람이 있다

그건 '행복'하지
않은 게 아니라 사랑이 없어

있는 '행복'도 보지 못하는 것이다

그래서 행복보다 먼저 사랑이다
사람에 대한 사랑이다

지금 내 곁에 사랑하는 사람이
있다는 것은
내게 있어 가장 행복한 일이다

카리온 데 로스 콘데스 마을 초입에 있는 성당

제18일(16구간) 5월 12일 일요일

—

카리온 데 로스콘데스 → 칼사다 로마나 → 테라디오스(26km, 누계 406km)

"우리는 무심한 척하며 소중한 나의 꿈과 열정을 외면하고 실행해 보지 않았던 것은 아닐까? 실행하라, 누구나 산티아고 순례길을 걸을 수 있다."

~ 아무 생각 없이 무작정 걷는 순례길

오늘 일기예보에 날씨가 화창하다고 했다. 걷는 중간에 바람막이를 꺼내기 쉽게 배낭을 꾸렸다. 힘찬 걸음으로 알베르게를 나섰다. 일정 구간 동안 마을이 없기 때문에 카리온 마을의 알베르게 주변 문을 연 바(bar)를 찾아 들어갔다.

브렉퍼스트 메뉴를 시켰다. 단순 조식 메뉴가 3유로인데 샌드위치 토스트를 추가하면 5유로다. 간단하게 식사를 마치고 출발했다. 식사를 마치고 카페를 나섰는데도 아직 날이 밝지 않았다.

카미노 길을 찾기가 쉽지 않았다. 오늘도 구글 내비게이션을 켜고 길을 찾았다. 알베르게에서 같이 길을 나선 일행이 우리를 따라 왔다. TV 프로에서나 보던 방법으로 구글 맵을 켜고 길을 찾아가니 옆에서 신기한 눈으로 쳐다본다. 구글 맵을 사용하는 방법을 가르쳐 주니 기능에 놀라워하며 좋은 걸 배웠다고 감사하다고 인사한다. 지도를 보면서 차도를 따라 조금 걷다 보니 우리가 가야 할 마을 표시가 나왔다.

카리온강 다리를 건너면 마을을 벗어나게 된다. 건물 울타리에는 여러 나라의 국가가 걸려 있는 웅장한 건물인 3성급 호텔(Real Monasterio)을 지나게 된다. 수도원을 개조해 만든 호텔 건물의 외관을 보면 섬세한 음양의 조각들이 스페인이라는 나라의 예술 문화 근간을 짐작하게 했다.

이정표가 가리키는 차도를 따라가는데 새벽길을 달리는 차들의 속도가 빠르다. 갓길을 걸으면서 사방 주위를 둘러보고 긴장하며 걸어야 했다. 오늘도 어김없이 넓은 메세타 평원을 가로질러 흙길과 포장도로를 번갈아 바꿔 가며 걸어갔다.

도로를 건너는데 교차로 가운데 조그맣게 조성된 공원에 성모마리아 상과 예수의 제자인 듯한 조각상이 서 있어 지나가는 순례객들이 사진을 찍는다.

화창한 날씨 덕분에 동녘의 일출은 화려했다. 우리가 지나온 도로 끝부분을 붉게 달구면서 떠오르는 해는 그 자체로 존엄하게 보였다. 우리가 걷고 있는 길가의 포플러나무가 일렬로 도열하여 아침 문안 인사를 한다.

카리온강을 건너는 다리

지금 지나온 밀밭 들판길이 계속되는 메세타 평원 길을 오늘도 계속 걸어야 했다. 지긋지긋하게 밀밭 들판길을 걷는다. 이번 순례길에 동행한 73세 이준표 어르신의 산티아고 순례길과 관련해서 지은 시가 문득 생각이 났다. 아주 공감이 되는 시(詩)인데 이 자리를 빌려 게시한다.

무작정 건네요

시작도 끝도 없는 길을

무작정 걷네요.

어제도 걷고,
오늘도 걷고,
또 내일도 무작정 걷네요.

시골길,
찻길,
밀밭길도 무작정 걷네요.

날씨가 좋아도,
비가 와도,
바람이 불어도 무작정 걷네요.

일주일 내내,
아니 한 달 동안 무작정 걷네요.

성모마리아 상을 그리며
무작정 걷네요.

참새와 노랑나비가 노래하고
춤을 추면서 반기네.

다음 마을인 '칼자디야 데 라 쿠에자'까지는 17㎞ 거리다. 중간에 적당하게 쉬어 갈 곳도 없는 제법 긴 구간을 흙길과 차도를 무작정 계속 걸어야 했다. 이렇게 긴 구간을 걸을 때는 체력 안배를 잘해야 한다.

이렇게 평원만 계속 걷게 되는 길에선 배낭이 무거워도 생수를 충분하게 준비해야 되고, 화장실도 미리 다녀오는 것이 좋다. 특히 소변을 볼 때 마땅히 몸을 가릴 엄호물이 없어서 여성들은 곤란해질 수도 있다.

당연히 쉬는 곳이 없는 벌판을 계속 걸어야 한다고 생각했는데, 약 2시간 정도 지나니 컨테이너에서 음료수 등 간식을 파는 푸드트럭을 만났다. 이런 정보는 가이드북에도 없고, 누구도 알려 주지도 않고 예측할 수도 없었다. 이런 푸드트럭을 만나면 사막에서 오아시스를 만난 것 같은 기분이다. 여기에서 착즙된 오렌지주스를 마셨다. 진한 오렌지 과실이 입안에 감기며 감칠맛이 깊다.

카미노의 오아시스인 푸드트럭

산티아고에 가면 누구나 행복해진다

이 길을 걷기 전에는 자신을 돌아보는 계기의 고행길로만 생각했는데 막상 걸어보니 편안하고 행복한 길이다. 끝없는 지평선만 보이는 지루한 길이기는 하지만 가슴만큼은 상쾌, 통쾌하다. 포카리스웨트(여기음료명은 아쿠아리우스)를 마신 것처럼 가슴속이 시원했다. 길을 걸을땐 지치고 힘들기도 했지만, 또 다른 즐거움과 행복감을 맛본다. 길 위에서 순박하고 따뜻한 사람들도 많이 만나게 된다.

방풍림 역할을 하는 가로수

오늘 순례길의 일정 부분을 같이 걸은 사람이 있다. 우리는 이 사람을 '똠방 각하'라고 불렀다. 이분과 많은 얘기를 하며 걸었는데 내가 생각했던 것과는 다른 면이 많이 있었다. 사람들은 자기만의 고충과 생각, 살아가는 방식이 있다는 것을 알았다. 그래서 사람들의 겉모습만 보고 판단해서는 곤란하며, 그냥 선입견으로 사람을 보는 것이 얼마나 어리석은가를 깨달았다.

오늘 최종 목적지 마을은 '테라디오스 데 로스 템플라리오스'란 조그 만 마을이다. 마을 입구에 있는 알베르게와 우리가 묵는 알베르게 두 개가 있다. 우리는 1시에 도착해서 샤워를 마치고, 처음으로 티셔츠, 양 말 등을 손세탁까지 했다. 양지바른 곳에 널어놓은 후 바(bar)에서 맥 주 한 잔을 하고 있었다. 일부 여성들은 이곳에서 운영하는 발마사지를 받으면서 하루의 피로를 풀었다. 그러나 생각만큼 마사지가 시원하지 는 않았다고 했다.

3시경 독일 여성 한 명이 들어와서 프런트에 있는 주인과 잠시 얘기 를 하더니 바닥에 털썩 주저앉으며 울기 시작했다. 이유는 이곳 알베르 게에 숙박이 매진되어 다음 마을까지 5㎞를 더 걸어가야 했고, 그 마을 에 가더라도 알베르게 숙박이 보장되기가 어렵기 때문이다. 같은 순례 길을 걷는 입장에서 독일 여성의 그 심정이 충분히 이해가 되었다.

구간별 순례길은 보통 12~3시 사이에 끝내는 것이 일반적이다. 침대 배정과 샤워, 빨래를 마치면 대개 마을 구경을 하러 나갔는데. 이처럼 작은 마을에서는 오후 시간을 보내기가 지루하다. 삼삼오오 모여서 얘 기하는데 이런저런 세상 돌아가는 얘기, 그중에서 사람을 대상으로 뒷 얘기를 하는데, 같이 있는 게 매우 조심스럽다. 이럴 때는 그저 듣고 있 기만 해도 그 자리에 앉아 있기가 거북하다. 순례길은 침묵이 최선이라 는 생각이 들었다.

산티아고에 가면 누구나 행복해진다

테라디오스 마을 전경

순례길에서 만나는 사람은

순례길에서 만나는 사람은 모두 좋은
사람이었으면 좋겠습니다

처음 보는 얼굴이라도
오래전부터 가깝게 지내온 것 같은
낯설지 않은 정다운 느낌

그런 좋은 느낌 속에서
당신이 보여 준 따스한 정을 느끼고

서로가 배려하는 친절함에 감사하는
순례길이었으면 좋겠습니다

처음 대화하는 사람이지만
가까이에서 늘 함께 지내 온 것 같은
멀지도 않은 친근한 느낌

그런 좋은 느낌 속에서
당신이 보듬는 다정함을 느끼고

당신이 가진 소박함을 좋아하고

서로 믿고 걸어가는
순례길이었으면 좋겠습니다

처음 함께 걷는 길이지만
서로를 아끼고

서로를 존중하면서
더불어 같이 걷는 소중한 순례길

지금 당신의 미소를 보면
당신과 함께한 시간들이 고맙고

당신이 있어 다른 그 무엇보다 행복했던
순례길입니다

이 길에서 만나는 사람들에게
나도 좋은 느낌이 드는 사람이라면
참 좋겠습니다

이래서 참 좋은 순례길입니다

제19일(17구간) 5월 13일 월요일

—

테라디오스 → 사아군 → 베르시아노스(23km, 누계 429km)

"우리 모두의 인생은 서로 가는 길은 다를지라도 가고자 하는 목적지는 결국
같을지도 모른다. 행복, 건강, 평안 그리고 기쁨이라는 목적지 말이다."

~ 나의 새로운 카미노를 위하여

짐 정리를 서둘러 끝내고 다른 사람들과 경쟁하듯이 이른 아침에 알
베르게를 떠났다. 새벽 여명의 하늘은 구름을 분홍빛으로 물들이고, 노
란 유채꽃, 붉은 양귀비꽃들을 살며시 깨어나게 한다. 마을을 벗어나
직선의 차도와 흙길을 따라 약 3.5㎞ 거리, 1시간쯤 걸으니 규모가 작은
'모라티노스'라는 첫 번째 마을에 도착했다.

우선 마을 입구에 있는 카페에 들어갔다. 이곳 카페에서 브렉퍼스트 메뉴를 시키려고 했는데 본 메뉴가 따로 없어서, 메뉴판을 보고 참치 토스트와 커피를 주문했다. 잘 구워진 바게트에 토마토를 갈아 얹고 참치를 덮어 나온 토스트는 커피와 어울려 아주 맛이 좋았다. 크게 기대하지 않았던 메뉴였는데 뜻밖에도 맛있는 아침 식사를 했다.

이곳에서 같은 룸에서 잤던 동행 순례객을 만났다. 룸에 두고 간 물건이 없냐고 나에게 물었다. 잠시 생각해 보았다. 아마 두고 간 물건이 없을 거라고 자신 있게 대답했더니 배낭에서 무엇을 꺼내려고 부스럭부스럭한다. 아차, 싶었다. 어제 내가 입었던 바지를 그대로 침대 구석에 걸어 두고 나왔던 것이다. 내 바지를 들고 온 그분에게 고맙다는 인사를 전하고 맥주 한 잔을 대접했다.

식사를 하면서 카페 창밖을 보니 카미노 길옆에 작은 언덕이 보였다. 누군가 순례길을 걸어가다 언덕에 올라가서 마을을 조망하고 있다. 가만히 생각해 보니 지금까지 길을 걸으며 이 정도 높이의 낮은 언덕이라도 보았던 기억이 없다는 생각이 들었다. 문득 그 언덕에서 마을과 밀밭을 바라보면 조망이 멋질 것 같다는 생각이 들었다. 매일 비슷한 길을 걸으면서 보는 밀밭이지만 오늘은 햇빛에 반사되는 황금빛 물결이 너무 아름답게 보였다. 마치 수확을 앞둔 가을걷이처럼 멋진 황금 들판의 풍경이다.

다시 차도 옆 흙길을 따라 2.5㎞ 걸어가면 두 번째 마을인 '산니콜라스' 마을이 나온다. 마을 초입에 카페가 있었으나 그냥 지나갔다. 역시 이 마을의 카미노 길도 성당을 지나가게 되어 있다. 이곳이 '페렌시아' 주의 경계라는 것을 알려 주는 표지석에 노란색 카미노 화살표가 그려져 있어 가는 방향을 알려 준다.

순례길에서 오랜만에 보는 언덕

　뜨거운 햇볕을 가려 주는 나무가 길게 늘어서 있다. 오솔길을 가다
보면 오른쪽 경계에 쳐진 철조망에 많이 보던 하얀 리본이 달려 있다.
피레네산맥을 넘을 때 처음 보았던 하얀 헝겊에 검은 매직으로 쓰인 한
글 리본이다. 이 리본에는 "이 또한 지나가리라."라고 쓰여 있다. 정말
그렇다. 이 순례길도 이제 막 반환점을 지났다. 이 무료하고 지루한 순
례길도 걷다 보면 이 또한 지나갈 것이다.

　'사아군'으로 들어서는 마을 입구는 다른 곳과 다르게 중후한 느낌이
다. 돌로 잘 만들어진 진입로를 지나면 바로 '다리의 성모 예배당'이라
불리는 조그만 예배당과 문 역할을 하는 돌기둥 2개가 마주 보며 서 있
는 곳을 지나게 된다.

중세 유적지가 많다고 하는 제법 큰 '사아군' 마을에 도착했다. 도로를 따라 걷는데 삼거리 갈림길에서 갑자기 화살 표시가 보이지 않았다. 잠시 망설이고 있는데 마을 주민이 손으로 방향을 가리킨다. 여기 스페인의 모든 시민들이 친절하다. 순례길을 걷다 보면 특히 카미노에 대한 자부심이 대단하다는 것을 느낄 수 있다.

마을로 들어서면 정면에 노천카페가 있다. 여기에서 커피 한 잔을 마시면서 앞서가던 동행자와 같이 잠시 테이블에 앉아 휴식을 취했다. 손님이 없어 한가했는지 카페 여주인이 밖으로 나와 옆 테이블의 외국인 순례객과 같이 대화하다가 큰 소리로 웃는다. 테이블에 같이 앉아 있던 한국 순례객이 일부러 카페 주인을 웃기려고 '아프리카노 커피'라고 주문을 했기 때문이다.

카페 건너편 성당 앞에 순례자 조각상이 서 있다. 이 성당 부근에 알베르게가 있는지 순례객들 몇 명이 거리에 나타났다. 마을 안쪽으로 들어서니 엄청나게 큰 알베르게가 있고, 개선문처럼 생긴 돌문이 있다. 그 돌문 앞에 또 다른 성당이 있다. 성당 안을 들어가 보지는 않고 그냥 밖에서 보았다. 다른 성당보다 제법 웅장하고 화려했다.

곧이어 '사아군' 마을을 벗어나니 넓은 차도와 나란히 평행선을 이루며 뻗은 비포장도로가 이어졌다. 약 30분 정도 걸으니 갈림길이 나온다. 왼쪽 길을 선택했는데 비포장 흙길이다. 흙길 옆으로 플라타너스가 곧게 뻗어 있다.

아침 10시경, 부드러운 햇살이 들판을 포근하게 감싼다. 순례객들의 마음이 한결 부드러워지며 발걸음이 가벼워진다. 반면에 나는 마음이

문사아군 마을 입구 역할을 하는 돌기둥

조그만 다리의 성모 예배당

무겁다. 순례길을 동행하는 집사람이 며칠 전부터 컨디션 난조를 보이고 있다. 많은 사람들이 한 룸에 투숙하는 단체 숙박 환경에 적응하지 못하고, 이곳 음식에도 적응하지 못해 속에서 탈이 난 것이다. 그래도 지금까지 꾹 참고 잘 걸어 주는 것이 감사하다.

우리의 일행이었던 부부를 만났다. 두 사람 사이에 보이지 않는 냉기가 흘렀다. 아마 어젯밤이나 아침에 의견 충돌이 있었을 것으로 짐작되었다. 사실 순례길을 부부가 같이 걷는다는 게 쉽지 않다고 한다. 40여 일간 고난의 길을 걸으면서 서로를 이해하는 마음이 부족하면 서운한 생각이 들어 자주 다투게 된다고 한다. 그래서 순례길은 오히려 부부가 서로 이해하며 사랑을 돈독하게 하는 계기가 될 수 있다.

어제는 무지하게 많은 순례객들을 만났다. 또 20명 규모의 한국 팀도 만났다. 그런데 오늘은 출발 시간의 시차 때문인지 한국인도 외국인 순례객들도 길에 보이질 않는다. 어제 만났던 한국 팀은 L 여행사의 단체 투어 팀인데 10일간 주요 포스트만 걷고, 차량과 호텔 숙박 등의 순례길 프로그램이어서 오늘의 투어 일정이 우리와 중복되지 않는 것이라고 한다.

이제는 순례길 전체 거리 중 반환점이 지나가니 가끔 마주치는 외국인 순례객들도 많이 피곤하고 지쳐 보였다. 처음에는 외국인 순례자들이 먼저 큰 소리로 "부엔 카미노!"라고 인사를 하며 지나갔으나, 지금은 우리가 먼저 인사를 해도 돌아오는 대답이 없다.

오늘의 목적지인 '베르시아노스 델 레알 카미노' 마을에 도착했다. 이 마을은 규모가 작은 아담한 마을이다. 우리나라의 시골 읍내 같은 마을이다. 마을 입구에 규모가 큰 알베르게가 있다. 안내 표지를 보니 1층 침대와 욕실이 있는 하루 28~38유로 비용을 받는 고급 알베르게다. 혹시 다음에 오게 되면 참고하기 위해 이 알베르게를 사진으로 찍어 기록해 두었다.

알베르게 앞의 노천카페

목적지 알베르게에 도착하니 12시 20분이다. 너무 일찍 도착했다. 알베르게는 1시에 체크인한다고 하여 바(bar)에서 맥주 한 잔을 하며 기다렸다. 이 알베르게는 4인용과 16인용 침실이 있다. 4인용 15유로, 16인용 10유로로 요금 차이가 있다. 우리는 요금은 비싸도 쾌적하고 편안한 4인용 룸에 투숙했다.

알베르게에 짐을 풀고 마을을 둘러보기 위해 나왔다. 그리고 슈퍼마

산티아고에 가면 누구나 행복해진다

켓을 찾아갔다. 이런 시골 마을에는 아직 신라면을 판매하지 않았다. 그래서 점심 대용으로 여기 스페인의 컵라면을 구입했다. 바(bar) 카운터에 에스프레소 커피를 추출하는 기계에서 핫워터를 내려 달라고 해서 컵라면을 먹었다. 우리나라 컵라면에 비해 맛이 많이 떨어졌다. 국물이 얼큰하지 않고 밋밋한 맛이다. 그래도 모처럼 따끈한 라면 국물을 마시니 속이 확 풀렸다.

샤워를 마치고 로비에서 쉬고 있는데 "내 주를 가까이하려 함은……" 하는 맑고 깨끗한 목소리의 찬송가가 들려왔다. 일행 중 대구에서 온 분이 핸드폰에 녹음된 찬송가를 틀어 놓은 것이다. 이분의 딸이 뮤지컬 배우인데 직접 부른 노래라고 한다. 이분 장모님께서 어제 돌아가셨다고 연락이 왔다. 순례길을 하다가 장례 참석을 위해 한국에 돌아갈 상황이 되지 않아 고민하는 것이었다. 그래서 할 수 없이 돌아가신 장모님을 추모하기 위해 딸에게 전화해서 찬송가를 불러 달라고 해서 녹음한 것이라고 한다. 계속해서 잔잔한 음성의 찬송가가 알베르게의 분위기를 숙연하게 했다.

카페 내 순례객 주변으로 불도그 한 마리가 어슬렁거렸다. 우리가 한국말로 가라고 소리치면 불도그는 꼼짝 안 하는데, 주인이 스페인어로 뭐라고 하면 알아듣고는 다른 곳으로 간다. 이곳 불도그는 스페인어를 알아듣는 것 같다.

알베르게에서 운영하는 카페에서

저녁은 알베르게 순례자 메뉴를 선택했다. 늘상 먹었던 순례자 메뉴가 그렇듯이 믹스드 샐러드, 그릴드피쉬, 포크(pork)를 시켰다. 이 식당은 포크(fork)가 두 개 그려진 맛집으로 선정된 바(bar)다. 마을이 작아 먹을 곳도 없었지만 이 알베르게의 식사 내용과 퀄리티는 상대적으로 아주 좋았다. 오늘은 적당한 거리를 걸었고 숙소와 식사 내용도 만족했던 하루의 순례길이었다.

내가 만들며 걸어온 길

나는 걸었다

힘들었지만
포기하지 않았다

남들은
만들어진 길을 갔다면

나는 거친
자갈길을 걸으며

오직
두 발과 가슴으로

나만의
새로운 길을 만들었다

내가 걸어온 이 길을
누군가
뒤에 따라온다 해도

이것은
나의 길이며

나에 의한
나만의 길로 기억될 것이다

산티아고를 향해 걷는 순례길

밀밭과 유채꽃 그리고 풍차

산티아고에 가면 누구나 행복해진다

제20일(18구간) 5월 14일 화요일

—

베르시아노스 → 렐리에고스 → 만시야(28km, 누계 457km)

"살면서 중요하다고 생각해왔던 것들이 실제로는 대단치도 않았다. 반면 내가 대단치 않게 여겼던 것들이 실제로는 중요했다."

- 심윤경, 『사랑이 달리다』 중에서

~ 카미노는 모든 사람들을 이해하는 길

어제 걸은 거리는 23㎞이다. 짧게 걸은 대가로 오늘은 28㎞를 걸어야 한다. 어제저녁 식사가 끝난 다음에 남아 있는 시간을 이용해 마을 구경을 했다. 마을을 빠져나가는 길을 미리 살펴보았기 때문에 아직 어두운 새벽이지만 오늘은 길을 쉽게 찾을 수 있었다.

어제 묵었던 알베르게가 마음에 들었다. 일단 룸도 개별 욕실이 2개 있는 4인실이 마음에 들었고, 야외에 테이블이 놓여 있어 휴식을 취하기에도 좋았다. 또 바(bar)는 포크 두 개를 받은 미쉐린 밥그루밍 식당이라서 저녁으로 먹은 음식 맛이 너무 좋았다.

순례길 후반전에 이르는 시점이다. 이제는 배낭과 택배 짐을 꾸리는 데 익숙해졌다. 뚝딱하면 택배 보따리가 완성된다. 배낭도 걸어가는 도중 자주 꺼내게 되니 중요한 물건이 어디에 들어 있는지 꺼내기 쉽게 잘 꾸려야 한다.

인생도 여행처럼 짐 꾸리는 방법은 비슷할 것 같다는 생각이다. 필요 없는 짐을 조금씩 버리고 나서, 마지막의 마지막에 남은 것만이 자신이 지고 갈 짐이 된다. 하지만 여러 날이 지나가도 배낭의 무게는 가벼워지지 않았다. 짐이 늘지도 않았는데 점점 무거움이 느껴진다. 아마 몸과 마음이 점점 지쳐 가고 있는 것이다.

파란 하늘 어둠 속에서 가로등 불빛이 비치는 골목을 벗어나면, 오늘도 어제처럼 왕복 2차선 도로 옆에 플라타너스가 길게 뻗어 있는 좁은 흙길을 걸어야 했다. 동녘 하늘이 밝아 오는 마을 풍경을 사진에 담으니 검은 물감을 칠한 듯 보이는 아름다운 한 폭의 그림이다.

밝아 오는 멋진 마을 풍경

5월 중순임에도 불구하고 아침에 일어나니 쌀쌀한 느낌이 들어 두꺼운 겉옷을 겹쳐 입었다. 하지만 조금 걸었더니 이내 몸이 더웠고 답답했다. 이런 어정쩡한 상태로 1시간 30분 정도 걸었더니 벌써 '엘 부르고 라네로' 마을에 도착했다.

첫 카페를 지나 두 번째 카페 앞에 신라면과 햇반이 제공된다고 입간판에 한글로 쓰여 있다. 이 간판을 보고 한국인 순례객들이 계속 카페 안으로 들어왔다. 컵라면이 아닌 끓여서 주는 신라면과 전자레인지에 데운 따뜻한 햇반과 함께 오랜만에 맛있는 아침 식사를 배부르게 먹었다.

산티아고에 가면 누구나 행복해진다

다시 출발하는 길은 어김없이 성당을 지나 마을을 벗어나서 밀밭 들판 길로 접어든다. 밀밭 한가운데서 목적지인 '만실라 데 라스 물라스' 이정표가 외롭게 제 역할을 다하고 있다.

'라네로' 마을에서 두 번째 마을인 '렐리에고스' 마을까지는 13㎞다. 중간에 카페나 푸드트럭이 없는 차도 옆 흙길을 3시간 이상 걸어야 했다. 중간에 숲속 그늘 아래 두 개의 쉼터가 있을 뿐이다.

첫 번째 쉼터는 그냥 지나고 두 번째 쉼터에서 준비해 간 바나나와 간식을 먹으며 쉬었다. 아침을 워낙 든든하게 먹은 터라 휴식 성격이 큰 간식 타임이었다.

두 번째 마을인 '렐리에고스'는 야생화가 주변에 많이 피어 있는 아담하고 예쁜 마을이다. 전체적인 일정상 그냥 지나갔다. 지나가는 길에는 광활한 야생화 들판에 운동 시설 몇 개와 축구 골대가 외롭게 장식물처럼 서 있다.

신라면을 끓여 주는 카페 전경

신라면 가격 안내문

숲속의 쉼터

차도와 나란히 있는 끝도 없는 카미노 길을 계속 걸었다. 길을 가다가 보도의 볼품없이 무성한 풀을 기계로 깎고 있는 여성을 몇 번 보았다. 이곳은 남성보다는 이렇게 여성들의 노동력이 필요한 나라, 남성들의 천국이라고 생각하며 지나갔다.

오늘의 목적지인 '만시야 데 라스 물라스'에 가까이 오니 초원에 풀어놓은 소 떼들이 한가롭게 놀고 있는 목장을 지났다. 곧이어 마을 이름이 적힌 입간판이 나왔다. 힘겨운 발걸음을 옮기며 고가도로를 넘는다. 길을 가로지르는 수로를 지나고, 마을 입구에 오늘 숙박할 알베르게가 나왔다. 오늘도 12시 20분경에 도착했다. 알베르게 체크인까지는 아직 시간 여유가 있었다.

알베르게는 카미노 길가 도로에서 정문을 들어가면 담벼락엔 빨간 장미꽃이 활짝 피어 있다. 초록 잔디에 파라솔, 작은 분수까지 갖춘 외관상 고급 알베르게 겸 레스토랑이다.

이미 20명 이상의 순례객들이 이곳 정원에서 휴식을 취하고 있었다. 체크인하려면 많이 기다려야겠다고 생각했는데, 1시가 되니 휴식을 취하던 대부분 사람들이 밖으로 빠져나갔다.

이곳 알베르게에 숙박할 사람들이 아니라 지나가면서 경치 좋은 정원에서 점심 식사 겸 휴식을 취하던 사람들이었다. 이들이 나가고부터는 분위기 좋은 별장에 와서 쉬는 기분으로 생맥주 등을 마시며 저녁 시간까지 정원에서 여유로운 시간을 보냈다.

알베르게 정원에서의 휴식

저녁 식사 시간인 7시 30분이다. 옆 테이블에는 우리 일행이 아닌 한국인 3명이 같이 앉았다. 아버지와 딸, 그리고 사위가 함께 온 것이다. 우리보다 프랑스 생장에서 3일 먼저 출발했는데 천천히 순례길을 걸어왔기 때문에 지금에야 이곳에서 우리와 만나게 된 것이다.

이 가족은 첫 번째 구간인 피레네산맥을 넘을 때 비바람과 강풍 때문에 몸을 가눌 수도 없고, 앞으로 걸어갈 수도 없는 조난 상태였다. 스페인 당국의 구조 활동으로 정상 부근에서 다른 순례객 37명과 함께 구급차에 실려 병원 응급실로 후송되었다고 한다.

특히 딸은 정신을 잃어 론세스바예스에 도착해서도 깨어나지 못했다고 했다. 지금은 이렇게 웃으면서 이야기하지만 그 순간에는 정말 죽는 줄 알았다며 악몽이었다고 회상했다.

여기 산티아고 순례길 오기 전 관련 책을 봤을 때 피레네산맥을 넘는 게 가장 어렵다는 글을 많이 봤다. 오늘 이 가족들의 얘기를 듣고 이 순간에 생각해 보면 우리가 피레네산맥을 넘을 때에는 날씨가 많이 도와주었나 보다.

내가 가야 하는 길

조용한 숲길을 걸었네

곁에
아무도 없었네

계속 혼자서 걷다가
멈추어 섰네

너무나 황량해서
외로웠네

가려네 가려네 나는

오늘도
이 고요한 아침에

혼자 길을 가고 있네
미지의 길을

누가 뭐라고 해도

희망이 기다리고 있는
그곳을 향해

혼자서 가고 있네

나만의 길을

제21일(19구간) 5월 15일 수요일

—

만시야 → 푸엔테 비야렌테 → 레온(19km, 누계 476km)

"때로는 혼자서 걷기도 하고 때로는 그 길에서 만난 사람들과 인연이 되어 걷
기도 한다."

~ 레온, 이 도시가 미치도록 좋아진다

새벽 6시. 여느 아침처럼 같은 시각에 일어나 세수하고 짐을 꾸렸다.
조식은 어제저녁 식사와 묶어서 패키지로 식권을 구입해서 먹었다.

오늘은 구간이 19㎞ 거리로 짧기 때문에 다른 때보다 조금 늦은 시간
인 7시 10분에 알베르게를 나섰다. 오늘은 레온의 호텔이 예약되어 있
어 천천히 걸어도 되었다. 그래서 우리 팀의 연장자이신 73세 어르신과

함께 천천히 길을 걷기로 했다. 앞에서 언급했던 것처럼 이분은 히말라야 및 세계 3대 미봉, 파타고니아 등 해외 트레킹을 20번 이상 다녀오신 강건한 분이다.

우리가 묵었던 '만시야 데 라스 물라스' 마을은 제법 커 보였다. 마을에는 커다란 십자가 밑에 배낭을 풀고 지쳐서 쉬고 있는 남녀 순례자 조각상이 눈에 띈다. 그 뒤편에는 완전히 지쳐 엎어져 있는 순례자 조각상도 있다.

이 조각상을 보면 순례길이 매우 힘들다는 것을 간접적으로 알 수 있는 것이다. 어제저녁 식사 후에 마을 구경을 할 때 이 조각상 옆에서 비슷한 포즈를 취하며 사진을 찍었던 곳인데, 오늘 아침도 우리의 처지와 비슷한 이 조각상을 다시 바라보며 평안한 순례길이 될 수 있도록 마음을 다독거렸다.

마을 안내판을 보니 이 마을은 가장자리가 성벽으로 둘러싸여 있다. 세월이 흐르면서 성벽 바깥으로도 집이 생겼지만, 오래전에는 성벽 안에만 집이 있었을 것으로 짐작되었다.

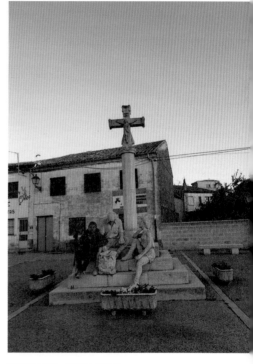

피로해 보이는 순례자 조각상

마을 끝에 있는 개울을 따라 돌로 쌓은 높은 벽이 길게 둘러쳐져 있는 모습이 특이했다. 돌벽 위의 다리를 지나니 이 마을을 벗어나게 된다.

마을을 벗어나면 나오는 숲길

'만시아' 마을의 알베르게를 떠나 약 한 시간쯤 걸으니 '빌라모르스'라는 마을 간판이 나왔다. 마을을 빠져나올 즈음 끄트머리에 카사블랑카라는 카페가 있었는데, 동행하시던 어르신께서 너무 이른 것 같으니 다음 마을에 가서 맥주 한잔하자고 하셔서 이 마을은 그냥 통과했다.

다시 차도 옆 흙길과 들판길을 약 2㎞쯤 더 걸으니 연이어 '푸엔테 비야렌테'라는 제법 큰 마을이 나왔다. 차도를 따라 걸어가다 보면 은행, 담배 가게, 대형 슈퍼마켓과 사설 알베르게, 우리나라의 기아자동차를 비롯한 타국의 유명한 자동차 광고판도 눈에 띈다.

이 마을도 역시 제법 큰 마을이지만 다니는 사람이 별로 없었다. 마을 안에는 미끄럼틀, 시소, 그네 등 놀이터 시설이 되어 있지만 정작 노는 아이들은 보이지 않았다.

마을을 지나가는데 제비들이 많이 날고 있었다. 처마 끝을 보니 제비집이 수십 개가 있었다. "여기 강남도 아닌데 제비가 왜 이렇게 많아?" 지나가며 하는 어르신 말씀이다.

마을이 끝나고 바로 들판 사이 흙길로 접어든다. 흙길을 걷는데 똥 냄새가 진하게 코를 자극한다. 바로 마을이 가까워지고 있다는 징후이다. 근처에 소를 키우는 목장이 있었다. 소들의 분비물 냄새가 진동해서 빠른 걸음으로 이곳을 벗어났다.

길가 들판에는 송전탑이 줄지어 세워져 있는데, 황새가 나무에 집을 짓지 않고, 그 철탑 사다리 사이에 집을 지어 둥지를 틀고 있었다. 보기 드문 장면이라서 지나가던 많은 외국인들이 멈춰 서서 사진을 찍었다.

철탑 위에 지은 새집

'아르카우헤아'라는 마을에서 휴식을 하기 위해 카페를 찾았다. 카미노 길에서 벗어나 왼쪽 골목으로 들어가 카페를 찾았다. 다른 일행이 이곳을 먼저 들렀다가 길을 나선다. "부엔 카미노!" 하며 식사를 하고 있던 외국인 순례자가 인사한다. 우리도 "부엔 카미노, 안녕하세요."라고 인사했다.

시원한 생맥주를 빅사이즈로 두 잔을 시켜 마시며 어르신과 대화를 이어 갔다. 어르신은 순례길을 경마에 비유하며 우리 팀 개개인의 특성을 유머 넘치게 설명했다. 경마에서의 선두마처럼 처음부터 쭉 치고 나가는 사람, 달리다가 낙마하는 것처럼 대열에서 떨어져 나가는 사람, 순식간에 치고 나가는 추월마처럼 중간에 치고 나가 선두에서 걷는 사람, 후미에서 꾸준히 걸으며 제 역할을 다하는 사람들이 있어 순례길을 걷는 게 꼭 경마하는 것과 비슷하다고 하신다.

맥주를 거의 다 마셔서 일어날 즈음 앞선 아는 한국인 세 분이 카페에 왔다. 어제저녁 식사 때 같은 테이블에 앉았던 아버지와 딸, 사위가 같이 온 팀이다. 맥주를 한잔 더 마시며 잠시 10분 정도 이야기를 나눴다.

기자 생활을 하던 부부는 작년에 결혼하자마자 회사에 사표를 던지고 세계 일주를 하는데, 이제 10개월 되었다고 했다. 이번 산티아고 순례길에서 아버지와 동행하게 되었다고 한다. 그동안 러시아를 시작으로 중국, 인도, 네팔 히말라야, 몽고 등을 여행하였고, 아직 1년여 더 여행을 다닐 계획이라고 했다. 열정이 대단한 젊은이들이다.

이분 테이블에 노란 화살표가 달린 모자가 놓여 있어서 어디서 구했냐고 물었다. 그저께 수녀원에서 운영하는 알베르게에서 숙박했더니 무료로 주었다고 하면서 '종이로 만든 노란 화살표'에 대한 유래에 대해서 설명해 주었다. 이 노란 화살
표는 "스페인의 어느 젊은이
가 나이 든 모친이 자꾸 길을
잃어 집을 찾아오지 못해 종
이를 물에 적셔 화살표 모양
으로 딱딱하게 만들고 노란
색을 칠하여 마을 곳곳에 붙

카미노 화살표가 있는 모자

여 놓아, 늙은 어머니가 이 노란 화살표를 보고 집을 찾아올 수 있게 한
데서 유래했다."라고 말해 주었다.

이제 7.6㎞만 더 가면 오늘의 목적지인 '레온'이다. '레온'까지 왔다는
것은 '부르고스'에서부터 시작된 끝없는 들판길인 메세타 평원도 서서
히 끝나간다는 의미다.

메세타 평원도 결국 오늘로 끝이다. 끝없이 펼쳐진 밀밭의 들판길,
차도와 흙길이 번갈아 연속으로 이어지던 그 지루한 풍경도 이제 마지
막이다. 사람들은 메세타 평원이 지루하고 힘든 길이라고 건너뛰는 사
람도 있지만, 오히려 메세타 평원을 걸으면서 내면을 들여다보는 의미
있는 시간을 가질 수 있었다.

'바델푸엔테'라는 입간판을 지나가고 있다. 왼쪽의 마을을 통과하지
않고, 그 거리 위의 야트막한 언덕길로 올라갔다. 길가의 야생화 너머
로 아담하고 예쁜 마을이 조망되었다. 이 마을을 지나면서부터는 거리
에는 온통 자동차 판매점과 자동차 서비스 공장이 줄지어 있다. 각국의
유명한 자동차 브랜드가 거의 전시되어 있다.

레온 들어가기 전에 있는 카페테리아

이곳을 지나 도로를 끼고 약 6㎞가량 걸어가면 '레온'이다. 파란 철제 구름다리를 타고 차도를 건너가 왼쪽 언덕을 끼고 있는 오솔길로 접어들면 '레온' 시내가 제대로 조망된다.

'레온'은 해발 840m의 고원 도시이며, 카미노 길에서 가장 큰 도시로 인구가 15만 명 정도 된다. 오래된 성당 석조 건물, 유적 청동상들이 수많은 세월 동안 사라지지 않고 남아서 그들의 역사를 증언하고 있다.

'레온'은 도시가 큰 만큼 알베르게를 찾는 일도 쉽지 않았다. 화살표만 보고는 복잡한 길을 찾기가 쉽지 않아 시내에 들어서면서부터 구글 내비게이션을 보고 알베르게를 찾아가야 했다.

우리는 오늘 '레온'에서 2박을 숙박하는 것으로 부킹닷컴을 통해 호텔

산티아고에 가면 누구나 행복해진다

을 예약했다. 택배 서비스가 '알베르게 to 알베르게'이기 때문에 호텔로 직접 보낼 수가 없어 짐을 일행들이 숙박하는 알베르게로 보냈다. 알베르게에서 택배를 찾아 택시를 타고 호텔로 가서 체크인했다.

호텔 룸에 짐을 풀고 곧바로 점심을 먹으러 중국 뷔페식당 웍(Wak Hui Feng)을 찾아갔다. 이곳에서 고기, 해산물, 초밥, 튀김, 철판구이, 과일 등 다양한 메뉴로 오래간만에 포식을 했다.

여기 식당에서 호텔까지는 약 2㎞ 거리다. 택시를 타기도 애매해서 걸어갔다. 오후 4시이지만 태양의 열기는 절정이다. 온도는 30도를 가리키지만 뜨겁기는 40도가 넘는 것 같다. 그늘 아래로 걸으며 숙소를 찾아갔다. 호텔에 들어와 찬물에 샤워를 하고 휴식을 취하다가 다시 저녁 시간에 '레온' 시내 투어에 나섰다.

'레온'에서는 밤늦게까지 화려한 밤거리를 만끽하며 놀기 위해서 많은 순례객들이 시간이 통제되는 알베르게보다는 호텔에서 묵는 경우가 많다고 한다. 또 호텔 숙박비가 알베르게를 이용하는 비용과 비교해 보면 그렇게 비싸지 않아서, 순례길을 걷다가 대도시를 만나면 호텔을 이용하는 것도 좋은 방법이다.

이곳 '레온'까지 약 475㎞를 걸었다. 쉽게 말하자면 서울에서 부산까지 걸어간 것이다. 앞으로 남은 거리가 310㎞이다. 서울 ↔ 대구 정도의 거리만 남았다. 이제 고지가 멀지 않았다.

우리 일행은 20명이 출발했는데, 이 중 절반 정도는 발바닥에 물집이 생기고, 장에 탈이 나기도 하고, 감기 몸살에 걸려서 고생하고 있다. 이곳 '레온'에서 하루 푹 쉬면서 컨디션을 회복하여 빠른 쾌유가 있기를 기원한다.

순례길 중 만나는 목장 풍경

산티아고에 가면 누구나 행복해진다

늦지 않았다, 내 가슴에 꿈을

살아가는 세상에 눈보라 치고
폭풍우 몰아쳐도
나의 꿈을 접지 않겠다

가슴 뜨겁게 불태우고
나를 사랑하는 모든 사람들의
걱정을 뒤로하고

나는 나의 행동에
주저함 없이 꿈을 펼치겠다

이 세상 누구보다 멋지게
늦었다고 생각할 때가
시작할 때라고

후배가 하는 말에
다시 걷기 시작하겠다 천천히

한 걸음씩 가다 보면
원하던 무언가를 얻지 않겠는가

늦지 않았다 이제라도
열정에 불을 지피자

제22일 5월 16일 목요일

—

레온 성당 / 아스트로가 성당 / 보티네스 건축물 관광

~ 레온에서 하루 휴식을 취하다

늦게까지 잔다는 생각으로 잠을 잤는데 7시에 눈이 떠졌다. 대충 샤워를 하고 호텔 내 조식 뷔페로 아침 식사를 했다. 호텔이 고급스러워서 식사 내용도 좋았다. 룸으로 돌아와 외출 복장을 준비했다. 순례자를 위한 미사에 참석하기 위해 호텔을 나왔다. 450m 거리에 레온 성당이 있었다. 성당에 도착해 입구를 찾기 위해 성당 주변을 한 바퀴 돌던 중 한 외국인 여성이 성당 건물의 출입문을 밀고 들어가기에 따라 들어 갔다.

성당 안에는 이십여 명의 신도들이 미사가 시작되기를 기다리고 있었다. 우리는 처음 참석하는 성당 미사여서 천주교 의식을 잘 모르기 때문에 어색한 기분으로 뒷좌석에 앉았다. 9시가 되자 미사를 주관하는 신부님이 들어왔다. 중세 시대의 웅장함과 엄숙하고 성스러운 분위기에서 미사가 진행되었다. 사제가 스페인어로 기도를 하는데 무슨 뜻인지는 정확히 모르겠으나 중간에 코리안이라는 단어가 들렸다. 아마도 기도 내용에 한국 순례객들을 포함하여 안전하고 행복한 카미노가 되기를 바라는 뜻일 것이다.

미사를 마치고 레온 성당 내부를 보기 위해 인당 6유로의 입장료를 내고 대성당 본관 안으로 들어갔다. 성당 내부의 웅장함보다는 청동 장식과 조각품의 섬세함에 다시 한번 놀랐다. 스테인드글라스를 통해 들어오는 햇빛의 아름다움에 감탄했다. 찬찬히 내부를 둘러보며 이 감격을 마음속 깊이 담았다.

관람을 마치고 성당 주변의 기념품 숍에 들어갔다. 사고 싶은 기념품은 너무나 많았지만, 순례길을 마칠 때까지는 짐이 될 것 같아서 구입하는 것을 자제했다. 그래도 아쉬운 마음에 레온을 상징할 수 있는 조그만 기념품 하나를 구입했다.

미사를 올린 레온 부속 성당 내부

스테인드글라스가 아름다운 레온 성당 내부

호텔로 돌아와서 휴식을 취하다가 점심 식사를 하러 어제 갔던 중국 뷔페식당을 다시 찾아갔다. 식당은 호텔에서 약 1.6㎞ 거리다. 식당으로 가는 길에는 이슬비가 조금씩 내리기 시작했다. 오히려 뜨거운 햇볕 아래에서 걷는 것보다 기분이 좋았다. 기본 식사로 돼지 등갈비, 치킨 등을 맥주를 곁들여 맛있게 먹었다. 앞으로 남은 310㎞ 거리를 잘 걷기 위해 추가로 요리사에게 소고기, 해물, 숙주나물, 버섯을 넣고 철판에 볶아 달라고 해서 푸짐한 양의 식사를 맛있게 먹었다. 제대로 체력 보강이 되었을 것이다.

돌아오는 길에는 소화도 시킬 겸 걸었다. 우리가 묵고 있는 호텔 부근에 있는 아스트로가 대성당과 보티네스 대저택을 들렀다. 아스트로 성당은 생각보다 작아서 소박한 느낌을 주었다. 입구에 성 야고보 조각상이 있어 순례길의 의미를 되새기며 자세히 보았다. 성당 주변을 천천히 한 바퀴 돌아보면서 고딕 양식으로 지어진 성당 외부를 살펴보았다. 성당 주변의 상가와 주택 골목을 구경하면서 호텔로 다시 돌아와 내일의 순례를 위해서 휴식을 취했다.

레온 성당 앞에서

• 레온 도시에 대한 소개

레온은 해발 840m 고원의 도시이며, 카미노 길에서 가장 큰 도시로 인구가 15만 명 정도 된다. 레온은 부르고스와 함께 스페인 북부 지방의 대표적인 도시로 꼽히는 곳으로 요모조모 돌아볼 곳도 많다. 특히 13세기 후반에 지어진 레온 성당은 스페인의 3대 대성당 중 하나로 고딕 양식의 걸작으로도 꼽히는 건축물이다.

레온 성당은 오래된 성당의 위상답게 석조건물 유적, 청동상들이 수많은 세월 동안 사라지지 않고 남아서 그들의 역사를 증언하고 있다. 현재 레온 성당 외부가 공사 중인 걸 감안하더라도 성당의 겉모습은 레온 성당보다 부르고스 성당이 훨씬 웅장한데, 내부는 레온의 성당이 훨씬 더 정교하고 화려하다.

성당 안에 있는 모든 창문과 높은 천장 끝까지 스테인드글라스로 장식되어 있었다. 정식 명칭은 '산타마리아 데 레굴라'로 순례길에서 가장 아름답고 화려한 스테인드글라스를 보여 주는 성당이기도 하다. 성당 안에 들어서면 스테인드글라스를 통해 들어오는 빛의 굴절에 따라 시시각각 변하는 매혹적인 빛에 감탄하게 된다. 아울러 레온에는 스페인 북부 지방에서는 좀처럼 볼 수 없는 가우디의 건축물(카사 데 보티네스)도 있다.

레온 성당 주변에는 기념품점과 레스토랑이 많이 있고, 관광객들과 젊은이들도 많았다. 우리의 명동이나 홍대 주변처럼 젊은 층과 세련되어 보이는 사람들도 꽤 보였다. 서늘해지는 저녁이면 성당 주변의 노천카페에는 많은 사람들로 북적이며 문전성시를 이룬다.

레온은 길바닥에 앉아 있는 거인상, 늘씬한 여인상 등 도시 곳곳에 조각품도 많이 있고, 아름다운 레이스를 두른 듯 예쁘고 높은 빌딩도 많다. 그동안 약 500㎞ 정도

산티아고에 가면 누구나 행복해진다

카미노 길을 걸어오면서 황량한 들판만 보며 걷다가 공원과 빌딩, 많은 사람과 차들을 보니 마치 다른 나라에 온 듯 낯설다.

오래된 도시 레온에는 큰 축제가 있다. 6월 21일부터 말일까지 10일간 열리는 '산 후안'과 '산 페드로' 축제가 있고, 가을이 한참 절정인 10월 5일부터 12일까지 열리는 '산 프로일란' 축제가 있다. 이 축제는 다양한 행사와 퍼레이드는 물론 레온을 지나면 나오는 유명한 '카미노의 성모'까지 다녀오는 순례 행사이다.

또 레온 성당 가까이에 아스트로가 대성당이 있다. 성당 입구에 야고보 성인이 새겨져 있다. 고딕 양식으로 지어진 성당은 스페인 예술가들에게 건축과 조형 예술에 큰 영향을 주었다.

아스트로가 성당 전경

아스트로가 성당은 페르난도 3세 집권 시절 마우리시오 주교를 중심으로 건축이 시작됐다. 그 후 13세기 즈음에 공사가 중단되었다가 200년 후인 15세기에 재개되어 100년 동안 계속되었다. 후안 데 바요흐와 후안 데 카스타네다가 별 장식을 한 둥근 지붕을 완성했을 때 아스트로가 성당은 고딕 시대 최고의 걸작으로 손꼽히게 되었다.

레온 시내 LEON 글자 앞에서 포즈

길을 따라 걸으면 주교궁이 보인다. 가우디의 손을 거친 것으로 유명한 이곳은 결국 다른 이의 손으로 완공이 되었다. 가우디는 살아 있는 동안 아스트로가에는 오지 않겠다고 말했다.

아스트로가 성당 옆에 파라도르가 있다. 파라도르는 중세 수도원 건물을 스페인 정부에서 리모델링해 만든 고급 호텔 체인이다. 레온에도 도시 끝에 '산 마르코스 수도원'을 리모델링한 파라도르 레온이 있다. 12세기에 순례자 숙소로 세워져서 운영되었고, 순례자들을 보호하는 기사단의 본부로도 쓰였다고 한다.

~ 누구나 행복해지길 원한다

우리 인간은 매일 같이 행복을 추구하는 존재이다.

행복을 정하는 기준은 사람마다 다를 수 있다.

대부분 돈을 많이 벌어서 고급 레스토랑에서 세계 각국의 맛있는 고급 음식을 먹으며, 해외여행을 즐기며 노는 것을 제일의 로망으로 한다.

또 젊은 청춘이라면 좋은 직장과 멋진 연애를 꿈꾼다.

어려운 일도 힘든 일도 없는 재미있는 인생을 꿈꾸는 것이 인간이 가지는 아주 기본적인 생각이다.

결론적으로 매일같이 행복했으면 한다는 것이다.

그래서 우리는 일상 속에서 끊임없이 행복을 찾는다.

그래서 행복을 제목으로 하는 책과 강연, TV 방송 프로그램 등도 많고 인기가 있다. 인간은 누구나 행복해지기를 원한다. 지극히 당연하다고 생각한다.

그러나 가만히 생각해 보라.

"사람이 어떻게 매일같이 행복한 일만 있겠는가?"

"나는 매일 행복해 죽겠어."

이렇게 말하는 사람이 있다는 건 거짓말이고, 그렇게 말한 그 사람은 사기꾼이다.

왜냐하면 인간은 복잡한 감정 체계를 가지고 있는데 그것을 무시하고 슈퍼맨인 척 위장하기 때문이다.

우리가 살아가면서 기쁜 일과 슬픈 일, 좋은 일과 나쁜 일, 밝음과 어둠 등 극단적으로 반대되는 일들이 계속 이어지는 이유는 균형 덕분이다.

웃을 시간이 중요한 것처럼 때로는 슬퍼서 울어야 할 시간이 필요할지도 모른다.

하지만 반대로 생각하면 매일 혼자서 웃고 행복해하는 사람은 공감 능력이 부족하다고 생각할 수 있다.

사람들의 감정 세계에는 웃고 울고 슬퍼하고 기뻐하고 수다스럽고 다감하고 조용하고……와 같은 모든 감정 표현이 다 포함되어 있다.

또한 경제적인 수준은 행복을 결정짓는 데 많은 영향을 미친다. 그러면 돈으로 행복을 살 수 있느냐고 질문해 볼 수도 있겠다. Yes인가, No인가. 단도입적으로 물어본다면 당연 'Yes'라고 해야 한다.

왜냐하면 돈을 많이 벌면 좋은 집과 좋은 차를 사고, 사회적 지위도 올라가고 해서 사람들에게 부러움을 사게 된다. 또 갑자기 어려운 일이 닥쳤을 때 돈이 많다면 잘 대처할 수 있기 때문에 경제 수준은 행복과 밀접한 관계가 있다고 볼 수 있다.

하지만 행복하기 위해서는 돈만이 전부는 아니다. 작은 것에 만족할 줄 알아야 하고 욕심을 버려야 한다. 행복의 뜻을 사전에서 찾아보면 '생활에서 충분한 만족과 기쁨을 느끼게 되어 흐뭇함 또는 그러한 상태'를 말한다.

그래서 우리들은 '나는 매일 행복해야 한다'라는 욕심을 버려야 한다. 따라서 같이 생활하는 주변 사람들과 함께 기뻐하고 슬퍼해 줄 수 있는 공감 능력을 가진 사람이 진정으로 행복한 사람이다. 그래서 산티아고 순례길을 타인들과 공감하며 걷는 게 행복인 것이다.

행복은……

행복은
같이 느끼고
단순하게 생각하고
자유롭게 즐기는 것이다

행복은
삶에 도전하고
남에게 필요한 사람이 되겠다는
긍정적 자세를 가져야 한다

행복은
작은 일에 감사하고
좋은 사람들과 함께 지내며
매일 일상의 소소함을 즐기는 것이다

처음에는
내가 행복해야지
라며 생각하고 시작했지만

지금은
나로 인해 모두가

행복해지면 좋겠다는 것이다

행복은
먼 미래에 있는 것이 아니고

행복은
바로 지금, 여기
이 순간순간이 모여 행복인 것이다

행복이란
목적을 향해 가는 도중
그 순간이 가장 행복한 시간이다

가우디 건축물

레온 대성당

제23일(20구간) 5월 17일 금요일

—

레온 → 산 미구엘 → 오스피탈 데 오르비고(32km, 누계 508km)

"길은 걷는 일이기도 하지만 보는 일이기도 하다. 길은 보려고 하는 사람에게
만 보이므로, 길은 가려고 하는 사람에게만 열려 있으므로 그렇게 나는 길 위
에 줄을 긋는다."

- 변종모, 『나는 걸었고 세상은 말했다』 중에서

~ 레온, 아침 그 빈 풍경에 반하다

오늘은 호텔에서 조식을 하고 출발하기로 했다. 조식이 7시 30분부
터 시작한다. 7시에 프런트로 내려와 체크아웃을 마치고, 카운터에 오
늘 우리가 묵을 알베르게에 택배를 보내 달라고 부탁했다. 구운 토스트

사이에 햄, 치즈, 하몽을 넣어 즉석에서 맛있는 샌드위치를 만들어 식사를 했다. 파인애플 주스와 커피를 마시며 브렉퍼스트를 마치니 7시 50분이다.

레온 Infantas 호텔 로비에서

서둘러 호텔 밖으로 나오니 이슬비가 부슬부슬 내린다. 이 정도 비는 맞으며 걸어도 될 것 같아 그냥 걸어갔다. 식사를 하고 떠나다 보니 오늘 출발이 다른 때보다 1시간 30분이 늦었다. 더구나 거리도 33㎞로 제법 길어 조금 걱정이 되었다. 그래서 걷는 시간과 카페 휴식을 잘 안배하여 걸어야겠다고 생각했다.

호텔 앞 작은 공원 도로를 따라 레온 성당 앞을 지나 기념품숍 사이의 골목으로 들어갔다. 아스트로가 대성당과 수도원을 개조한 파라도르 호텔을 끼고 골목을 빠져나가 화살표를 따라 걸어갔다. 여기까지는 레온 대성당 주변이라 화살표가 잘 표시되어 길 찾기가 쉬웠다. 레온 시내가 복잡하기 때문에 화살표만 보고 카미노 길을 찾아가기는 쉽지 않다. 그래서 구글 내비게이션을 켜고 복잡한 도로의 레온 시가지를 빠져나갔다.

16세기 만들어진 베르네스가강의 다리를 건너기 전 대학처럼 보이는 웅장한 건물이 있다. 여기서 다리를 건너면 레온의 외곽지대로 들어선다. 화살표를 따라 기찻길 위로 난 인도교를 건넜다.

다시 직진 방향으로 걷다가 산티아고 예배당 근처에서 화살표 방향을

대학교 앞 광장

따라 왼쪽 골목길로 들어서면 사거리에 이른다. 빠른 속도로 지나가는 차량들을 주의하면서 길을 건너 화살표를 따라 오른쪽 언덕으로 올라갔다. 언덕에 굴처럼 만들어진 와인 저장고가 여러 개 보였다. 이 길을 따라가야 한다. 굴 안에는 와인 저장고, 소파를 갖춘 거실, 주방 시설까지 잘 꾸며져 있어, 주말에는 많은 사람들이 어울려 와인 파티를 즐기며 사교하는 곳으로 이용된다고 한다.

이제부터 '레온'의 공장지대를 지나는 길을 따라 걸어간다. 공장지대라 카페가 없다. 대신 창고 건물 앞에 리어카 노점상이 주스와 커피 등을 팔고 있다. 몇몇 순례객이 차도를 건너 노점상에서 간단한 식사나 주스를 마시며 쉬고 있었다.

국도 옆 인도를 따라 '라 비르헨 델 카미노'를 지난다. 도로를 따라 걸어가다 보면 연이어 바로 그다음 마을이 나왔다. 길가에 카페가 있었지만 아침 식사를 너무 잘 먹어서 그냥 지나갔다. 약 10분 정도 걸으면 카미노 길을 선택하라는 안내판이 나오고, 곧이어 갈림길이 나온다. 왼쪽 길은 오솔길을 걷는 대신 약 3㎞ 이상을 돌아가야 하고, 오른쪽 차도 옆에 난 길을 직진해서 가면 되므로 지름길이라고 생각하면 된다. 짧은

산티아고에 가면 누구나 행복해진다

코스의 길을 선택해서 걸었다.

갈림길 전 왼쪽 언덕에는 와인 저장고가 여러 개 보였다. 이 마을은 길을 걷다 보니 언덕에 군데군데 와인 저장고 같은 게 보이는데, 지금은 사용하지 않는 것처럼 버려져 있다. 포장길을 걷는 것에 지치고 지루해질 무렵 '초사스 데 아바호' 마을로 이어지는 시골길이 펼쳐졌다.

언덕에 굴을 파서 만든 와인 저장고

누구인지 모르겠지만 공중 전깃줄에 신발을 던져서 매달아 놓았다. 순례길 상징물인 십자가를 길가의 탑이나 철조망 벽에 걸어 놓은 것은

봤어도, 이렇게 공공시설물인 전깃줄
에 신발을 매다는 짓은 자칫 사고가 일
어날 수 있기 때문에 잘못된 행동이다.

　아무리 순례길이 고통스럽고 힘들어
도 그 기분을 낭만적으로 표현했으면
좋겠다는 생각이다. 길가의 돌 위에 신
발을 올려놓고 야생화를 심어 놓은 것
을 몇 번 보았다. 이 얼마나 애교스럽
고 아름다운 행동인가.

전선에 외롭게 걸려 있는 신발

　시골길과 포장도로를 번갈아 걸어갔다. 커다란 원통형 급수탑을 지
나가고, 시골길을 조금 더 걸어가니 '바르베르 디 라 바르겐' 마을과 '산
미구엘 델 카미노' 마을이 나타난다. 이 지역의 가정집 담 울타리에는
각자가 좋아하는 사자, 너구리, 여인 등 조각상을 세워 놓았다. 아마도
이 조각상들이 자신의 집을 지켜 준다고 굳게 믿고 있는 것 같았다.

　차도를 따라 걷는데, 교회의 높은 종
탑에 황새들이 몇 개의 둥지를 만들어
살고 있는 게 보였다. 지나가던 모든
순례객들이 가던 걸음을 멈추고 사진
을 찍었다. 이곳의 새들도 관광 산업에
일조한다는 생각이 들었다.

　오늘도 비가 오락가락했다. 우비를
꺼내 입었다 벗었다 하며 걷는 순례객

교회 종탑 위에 지어진 새집

들이 많았다. 차도 옆 흙길을 걷고 있는데 바로 앞에 다른 순례자가 떨어뜨린 빨간색 우비가 보였다. 30m 앞에 남녀 외국인이 걷고 있었다. 그들이 흘리고 간 것으로 짐작하고 빠른 걸음으로 쫓아가 우비를 건네주었다. 그들은 "부엔 카미노!" 하며 밝은 표정의 감사 인사를 했다.

오늘의 목적지는 레온 호텔에서 출발해서 33㎞ 지점에 있는 '오스피탈 데 오르비고' 마을이다. 당초 계획은 '산 마르텔'인데, 마을이 작고 알베르게가 열악해서 계획보다 7㎞ 더 들어가서 예약된 사설 알베르게를 이용할 계획이다.

오르비고강을 가로지르는 멋진 중세 다리를 건너서 '레온'부터 이어져온 '오스피탈 데 오르비고'라는 작지만 아름다운 마을에 진입했다. 이곳에 오니 다시 진정한 순례길 위에 서있는 기분이 들었다. 이렇게 평화롭고 아름다운 시골 분위기는 내가 좋아하고 내가 원했던 카미노의 모습이다.

오르비고 마을의 중세 다리

오르비고 다리는 세르반테스의 『돈키호테』에 모티브를 준 '돈 수에로 기사의 이야기'로 유명한데, 스페인에서 가장 길고 오래된 다리 중 하나다. 목적지에 도착하니 이미 많은 사람들이 먼저 도착해 있었다. 카운터에 접수를 하는데 주인이 한국말 인사를 한다. 알베르게는 꽃과 나무, 순례길을 주제로 한 그림들로 로비나 통로가 꾸며져 있으며, 집 뒤에는 마당이 있었다. 마당이라는 공간적인 여유가 있어 지친 몸과 마음을 편안하게 해 준다.

그런데 오늘 길을 걸으면서 내내 택배가 제대로 도착할지 염려스러웠다. 호텔 매니저가 보내 준다고는 했는데 미덥지가 않았다. 알베르게에 도착하니 역시나 가이드가 호텔에서 숙박했던 사람들의 택배만 도착하지 않았다고 전한다. 확인해 보니 호텔에서 보내지 않아 짐이 그대로 호텔에 남아 있다고 했다. 레온 지역으로 오면서 택배 회사가 바뀌었는데 그걸 모르고 전에 이용하던 회사의 택배 용지를 그대로 사용하여 차질이 생겼던 것이다. 할 수 없이 가이드가 택시를 대절하여 호텔로 가서 택배를 찾아서 돌아왔다. 분실이 되지 않고 다시 찾아온 것만으로도 다행이라 생각했다.

카미노는 길을 걷다 보면 한 번 만났던 순례객들을 여러 번 만난다. LA에서 혼자 왔다는 60대 남성을 '산 마르텐' 마을의 카페에서 만났다. 다리가 아파서 더 이상 못 걷고 이곳에서 숙박할 계획이라고 한다. 그런데 오늘 숙박할 알베르게에서도 LA에서 혼자 온 다른 한국인 남성이 있었다.

여기 알베르게에는 주방 시설이 있다. LA에서 온 남성이 근처 마트에서 쌀과 삼겹살, 양파, 마늘, 와인을 구입해 왔다. 이 모든 걸 구입하는 데 우리 돈으로 만 오천 원이 들었다고 했다. 혼자 왔지만 다른 한국인들과 어울리기 위해 많은 양을 구입한 것이다. 8인분의 양이라고 해서 우리도 합석해서 같이 식사를 했다.

식사 후 다시 저녁 식사 겸 맥주를 마시려고 LA에서 온 한국인과 같이 마을의 식당을 찾아 나갔다. 바를 겸한 식당에 순례자들이 자리를 차지하고 음료나 술을 마시고 있었다. 식사는 마땅하게 할 게 없어서 같이 간 일행들은 진토닉 한 잔씩을 주문하고, 나는 맥주 한 잔을 마시며 담소를 나눴다.

알베르게로 돌아오니 주방에는 몇몇 사람들이 모여 다시 소고기를 사다가 와인을 마시며 대화를 나누고 있었다. 우리 일행 어르신께서 자꾸 오라고 해서 합석을 하여 와인을 마셨다. 이 자리에서 기분이 좋아지신 어르신은 산티아고 순례길을 걸으면서 직접 지은 두 번째 시를 낭송했다. 눈을 감고 들었다. 어떻게 이런 수준의 감성을 표현하시는지 놀라울 뿐이다. 여기에 이준표 어르신이 지으시고 낭송하신 시(詩)를 적어 본다.

부엔 카미노의 길

카미노의 그림자는 나마스떼의
향과 바람이 상당히 다르네

이는 새벽 빗물을 그리며
언니 먼저 동생 먼저
지평선에 걸린 큰 흰 조개를 향하여
내 마음도 가누나

어느덧 석양이 질 때

이라체 와인을 마시면
성당의 종소리 절로 잠드네

눈은 녹았지만 겨울 왕국의
부르고스 대성당에서의 기도는
행운이요 축복이요 성령

당신이 만든 성곽길을 걷다 보면
다리의 고통도 마음의 상처도,
머리의 잠념도 사라지네

밀밭 속에서 안나와 영원한
사랑을 기원하면서 아멘

어르신은 시를 발표하고 나서 해설도 곁들이신다. 여기서의 나마스떼는 네팔의 인사말만이 아니고 해외 트레킹을 할 때 들리는 모든 지역의 인사를 포괄하는 것이고, 안나는 마음속에 간직하고 있는 가상의 연인이라는 설명이다. 부르고스 대성당을 보고는 영화 〈겨울 왕국〉을 연상했다고 하신다. 우리가 봤던 부르고스 대성당에 눈이 내리면 영락없는 영화 속 겨울 왕국의 모습이라고 했다. 가만히 생각해 보니 그럴듯했다.

키친은 9시까지만 운영되기 때문에 자리를 종료하고 각자의 룸으로 돌아갔다. 나는 오늘도 로비에 혼자 앉아서 일과를 정리했다. 레온에서 이틀간 휴식을 취할 땐 좋았는데, 오늘은 알베르게에서의 와인 뒤풀이 부분이 영 개운치가 않았다. 사람들의 무분별하고 무질서한 행동이 눈에 거슬렸기 때문이었다. 하지만 긍정적으로 생각했다. 그래서 내일은 좋은 일만 있기를 바랐다.

누구나 이 나이쯤이면

길을 걷는다

건강도 챙기면서
지루한 일상에서 벗어나

이 길을 걷는다

하늘이 맑고 바람 한 점 없는 날

여유롭게 걷는 이 순간
우리 삶의 한 여정인 듯싶다

침묵하는 바위에도
나무 우거진 숲속 오솔길에도
불어오는 한 줄기 바람처럼

우리 인생에
시원한 바람은 언제 또 불어올까?

이제는 서두르지 않으며
한 박자 여유를 가지고

이 나이쯤에도

삶의 새로운 이정표를 세우고
길을 걷는다

레온 성당 앞에서

산티아고에 가면 누구나 행복해진다

제24일(21구간) 5월 18일 토요일

—

오르비고 → 산티바네스 → 산후스토 → 아스트로가(16km, 누계 524km)

"상대방을 판단하는 데 가장 큰 기준이 되는 것은 아이러니하게도 상대방이 아니라 그날의 나의 기분, 나의 취향, 나의 상황, 바로 나의 모든 것이다. 그러므로 특별한 이유 없이 누군가 미워졌다면 자신을 의심하라."

- 김은주, 『달팽이 안의 달』

~ 바람 따라 걸어온 길을 돌아보니

오늘 순례길은 거리가 짧다. 그래서 여유가 있는 하루가 될 것 같다.

그래서 아침부터 인터넷을 검색해서 나태주 시인의 「네가 있어」라는 시를 찾아 읽는다.

바람 부는 이 세상

네가 있어 나는 끝까지

흔들리지 않는 나무가 된다

서로 찡그리며 사는 이 세상

네가 있어 나는 돌아앉아

혼자서도 웃음 짓는 사람이 된다

고맙다

기쁘다

힘든 날에도 끝내 살아남을 수 있었다

우리 비록 헤어져

오래 멀리 살지라도

너도 그러기를 바란다

내가 사는 곳을 벗어나

다른 세상에 가더라도 나는

두렵지 않다

네가 있어

어제 오후에 비가 내리더니 오늘 아침은 쾌청한 날씨다. 하지만 피부의 감촉은 매우 차다. 알베르게에서 출발하기 전 알베르게 주인 부부와 기념사진을 찍었다. 이 알베르게 거실에는 순례객들이 그린 그림과 이야기가 담긴 많은 사진이 걸려 있다. 다른 순례객들과 마찬가지로 우리와 같이 찍은 사진도 인화되어 이 알베르게 거실에 진열될 것 같은 생각이 들었다.

알베르게 주인과 함께

　마을을 나오면 왼쪽의 차도 옆길을 걷는 것과 오른쪽의 흙길을 걷는
선택의 갈림길이 나온다. 우리는 오른쪽의 흙길 걷는 것을 선택했다.
마을을 벗어나자마자 밀밭 사이의 시골길로 접어들었다. 오늘은 차도
를 따라 걷는 코스가 없이 거의 시골길, 흙길, 숲길만 걷는 구간이다.

　머리 뒤로 어둠을 제치고 아침 해가 떠오르기 시작한다. 푸르스름하
게 밝아 오는 여명에 중세 분위기의 '오스피탈 데 오르비고' 마을이 아름
답게 보였다. 시골길을 약 30분 정도 걸으면 첫 마을인 '비라세 데 오르
비고' 마을이 나온다. 이 마을은 작고 아담했다. 그리고 여느 마을에서나
항상 보아 왔던 적막함이 감돈다.

　하늘을 보니 구름 한 점 없는 파란 하늘이다. 이 나라는 복 받은 나라
라고 생각되었다. 우리나라는 요즘 미세먼지로 난리가 아니다. 그에 비

밀밭을 걸어가는 카미노

하면 스페인은 청정 지역이다. 동행하던 어르신이 한마디 하신다. 그
런데 "이 나라는 이렇게 깨끗하고 맑은데도 밤하늘에 별이 보이지 않는
다."라는 것이다. "우리나라 시골만 같아도 별이 많이 보이는데, 그 이
유를 모르겠고 궁금하다."라고 하신다. 예리한 관찰력이다. 나는 아무
생각 없이 밤이 되면 잠자는 데 급급했음을 반성했다.

마을 성당 앞에 십자가가 세워져 있다. 그동안 순례길을 걸으면서 수
없이 봐 왔던 십자가와 달리 직사각형 판석에 십자 모양을 파서 빈 공
간 형태의 조형물을 만들었다. 그 조형물의 십자 모양의 공간을 통해서
성당의 첨탑이 멋지게 보였다. 아쉬움을 뒤로하고 이 마을을 지나갔다.

산티아고에 가면 누구나 행복해진다

비라세 데 오르비고 마을

　아름다운 시골길을 걷게 되었다. 숲길이 계속 이어지다가 잘 닦인 황 톳길이 나왔다. 차도를 만들려고 토목공사만 끝냈다고 생각된다. 미완 성의 도로이지만 황톳길로도 만족할 만한 훌륭한 순례길이다.

　'산티바네즈' 마을에 들어서기 전 아름다운 밀밭길을 지나가게 되고, 마을 입구 공원에는 시소, 미끄럼틀, 탁구대 등의 어린이 놀이시설이 만들어져 있었다. 하지만 너무 이른 시각이라 놀이터에는 노는 어린이 가 없어 썰렁하게 보였다.

　'산티바네즈' 마을을 벗어날 지점에 소를 키우는 목장이 있고, 송아지 는 흙길 옆에 개별 사육장 울타리에 있어 지나가는 순례객에게 볼거리를 주었다.

바람이 더 세게 불었다. 길을 걸으면서 체감온도가 갈수록 떨어졌다. 들판의 키 큰 나무 하나가 서 있다. 바람이 불어 대는 쪽에는 잎사귀가 없다. 바람 때문에 잎이 자라지 못하는 것 같다. 이런 모습의 나무를 보고 언밸런스하다고 할까. 그래서 균형이 중요하고 아름답다는 것이다. 이 마을을 지나서 약 8㎞쯤 더 가면 '산 후스토 데 라베가' 마을이다. 눈앞에는 키 작은 포도나무와 밀밭이 넘실대고 소나무, 떡갈나무가 우거진 숲을 따라 걷는다.

한국인 부부 순례자를 만났다. 세종시에서 왔다는 이 부부는 60일 계획으로 스페인에 와서 오늘 33일째 걷고 있다고 했다. 부인이 몸이 약해 잘 걷지 못해서 천천히 즐기면서 걷는다고 했다. 이분들과 같이 걸어가면서 다른 사람한테 들은 카미노 첫 구간인 '론세스바에스' 공용 알베르게에서 한국인이 당한 강도 사건에 대해서 들었다. 한국의 한 여성이 순례길 첫날 3천 불을 털려 바로 귀국했다고 전한다. 또 이날 알베르게에서는 21개의 핸드폰이 도난당하는 사건이 있었다며 공용 알베르게에서 숙박할 때는 도난에 조심해야 한다고 강조했다. 특히 순례길의 시작점인 론세스바에스에서는 순례객들이 돈을 많이 소지하고 있기 때문에 강도 사고가 발생할 수 있으므로 유의해야 한다고 전했다.

밀밭 사이의 언덕길을 오르는 구간이다. 이 언덕길은 황톳길이다. 길 오른쪽에 십자가와 함께 특이한 복장의 커다란 순례객 모형이 서 있다. 이 지역의 밀은 다른 곳의 밀보다 키 높이가 2배나 크다. 왜 그런지 그 이유가 짐작되지 않았다. 바람이 많은 지역인데도 밀이 키가 큰 것은 종자가 다른 것 때문이라고 생각했다.

밀밭 숲을 지나가다

   마을 가까이 갈 무렵 오른쪽에 담으로 둘러쳐진 공동묘지가 보였다. 이 나라는 우리나라의 정서와 다르게 마을 안이나 주변에 공동묘지를 만들어 놓은 곳을 자주 보며 지나갔다. 이 나라의 장묘 문화라고 생각했다.

   '산 후스트' 마을에 들어서기 전에 또 한 구비의 언덕 위에는 대형 십자가가 세워져 있다. 이 십자가를 '성 또르비오의 십자가'라고 부른다. 이곳에서 경건한 마음으로 자세를 가다듬는다. 이 언덕에 올라 내려다보면 '산 후스트' 마을과 그 뒤로 '아스트로가' 마을이 손에 잡힐 듯 바로 눈앞에 가까이 보인다. 금방 도착할 듯 보이지만 4㎞ 정도는 더 걸어가야 한다.

'산 후스트' 마을을 지나면 순례객은 철재로 만든 다리를 건너 철길을 건너가야 한다. 마을 입구에서 왼쪽으로 들어가 다시 오른쪽 언덕길을 오르면 오늘의 목적지인 '아스트로가' 구시가지에 도착한다. '아스트로가' 마을은 우리나라의 읍 정도되는 규모로 공용 및 사설 알베르게가 여러 개 운영되고 있다. 마을 입구에 사설 알베르게가 있고, 우리가 숙박할 공용 알베르게는 언덕길을 조금 오르자마자 왼쪽에 바로 있다.

프런트에는 한국인 여성 자원봉사자 2명이 안내하고 있었다. 말이 통하니 여러 가지 궁금한 사항을 자세하게 물어볼 수 있었고, 원하는 내용으로 침대를 배정받을 수 있었다. 룸은 1~4층, 4인실, 6인실, 10인실, 20인실 등 다양한 규모로 있다. 침대 가격도 5유로로 저렴했다. 일회용 침대 시트도 1유로를 받는다. 우선 시설이 깨끗해서 좋았다. 이런 이유 때문에 공용 알베르게가 인기가 좋은가 보다.

알베르게 주방에서는 우리나라 순례객뿐만이 아니라 외국인들도 음식을 해 먹는 사람들이 많았다. 알베르게에서 가까운 곳에 대형 슈퍼가 있어서, 순례객들은 그곳에서 고기와 음식 재료를 사다가 와인을 곁들여 식사를 많이 한다.

우리 부부는 '아스트로가' 거리를 구경하다가 점심은 간단하게 먹자며 피자 전문점에 들어갔다. 치즈피자를 시켜 맥주와 함께 먹고 알베르게로 돌아왔다. 그래도 뭔가 부족해 다시 나가 슈퍼에서 라면을 사다가 끓여 먹었다. 맛은 우리나라 신라면만큼은 아니지만 고추장을 풀어 얼큰하게 끓인 라면을 먹으니 속이 좀 풀리는 것 같다.

'아스트로가' 마을은 매년 6월 초가 되면 마을 사람 모두가 중세 시대 복장을 하고 그 시대를 재현하는 축제를 여는 곳이라고도 한다. 이 마을의 도로 끝에는 가우디의 초기 건축물도 있다. 마을을 둘러싸고 있는 낡은 성벽을 따라 걸어보는 것도 좋고, 광장 앞에 있는 성당의 남녀가 종 치는 모습을 보는 것도 재미있다.

며칠 전 우리 일행 중 여성 몇 명이 서로 의견 충돌이 있어 말다툼을 크게 했다고 들었다. 서로가 조금씩만 양보하고, 서로의 입장을 이해한다면 여기까지 와서 서로 싸우는 극한 상황까지는 없었으리라는 생각이 들었다.

미국 수녀 조이스 럽은 카미노 순례기 『느긋하게 걸어라』라는 책에서 '우정의 일시성'을 설명하면서 어차피 헤어질 관계에 자신을 다 주고 싶지 않아 머뭇거렸던 마음에 대해 썼다.

조이스 럽 수녀 작가처럼 우리 부부도 한국 팀 일행들과는 재미있게 대화도 하고 즐겁게 놀았지만 그 경계를 넘지 않으려고 노력했다. 순례길에서는 상대방의 입장에서 서로를 이해하고 배려하는 노력이 필요하다고 생각된다. 역지사지란 고사성어를 다시금 새겨 본다.

아침, 순례길에서

아직 달빛이 남아 있는
새벽녘
길을 나서니
시원한 바람 온몸을 적시는
행복한 아침이다

꽃과 나무와 새, 푸른 하늘
그리고
철없이 뛰노는 강아지들

오늘 날씨는
쾌청하리라는 예보다

여유롭게 한 잔의
커피를 마시며 생각한다

바쁘게 사는 것만이
전부가 아니라
쉬어 가는 시간이 필요하다고

일상에서 벗어나
잠시나마

이렇게 순례길을 걸으며
가슴 뛰는 열정을
느낄 수 있다면

그것만으로도 작은 위로가 된다

산티아고에 가면 누구나 행복해진다

산 후스트 마을과 아스트로가 마을 전경

아스트로가 마을에 있는 성당

제25일(22구간) 5월 19일 일요일

—

아스트로가 → 산타 카탈리나 → 라바나 델 카미노(22km, 누계 546km)

"더 빨리 흐르라고 강물의 등을 떠밀지 마라. 강물은 나름대로 최선을 다하고 있는 것이다."

- 정목 스님 『달팽이가 느려도 늦지 않다』 중에서

~ 하루 순례길을 마친 후 충분한 휴식을 즐기다

오전 6시에 일어났다. 알베르게 현관문은 6시에 열어 준다. 한국인, 외국인 할 것 없이 대부분 순례객들이 100미터 경주를 하듯 배낭을 꾸리고 순식간에 출발한다. 우리도 남들처럼 배낭을 꾸리고 10분 만에 현관문을 나섰다. 한국인들은 그렇다고 치더라도 외국인들마저 일찍 떠났다. 그 이유는 다음 코스의 알베르게를 예약하기 위해서는 느긋한 성격의 외국인이라도 이렇게 행동할 수밖에 없다고 한다.

알베르게에서 나와 '아스토르가' 시내를 통과하여 길을 찾기 위해 구글 내비게이션을 켰다. 역시 스마트폰이라는 문명의 혜택을 봤다. 길바닥과 담벼락에 노란 화살표가 보이지 않아도 내비게이션이 정확하게 길을 찾아 준 것이다.

길을 못 찾겠거든 성당 첨탑을 찾으면 된다. 멀리 언덕 위에 성당 첨탑이 보였다. "길을 잃으면 무조건 성당을 찾아가라. 원래 가톨릭 순례자들이 걷던 길이라서 항상 성당 근처에는 숙소가 있다."라는 내용이 책에도 나와 있기도 하지만, 이십여일 순례길을 걸으면서 자연스럽게 터득한 노하우다.

성당 앞에서 사진을 찍는데 파란색 색감이 야경 사진처럼 멋지게 나온다. 더구나 마을을 빠져나가는데 골목 하늘에는 둥근 보름달이 길을 밝혀 주어 새벽이 아닌 밤중으로 착각할 정도이다.

둥근 보름달이 길을 밝히는 골목

'아스토르가'에는 웅장한 건축물이 제법 많았다. 어제 오후에도 마을 구경을 했고, 오늘 아침에도 다시 가우디가 설계한 '길의 박물관(Museo de los Caminos)'과 산타마리아 대성당 앞을 지나갔다.

'아스트로가'는 B.C. 2020년경부터 4천 년의 역사를 지닌 도시라고 한다. 숱한 문명이 거쳐 갔던 까닭에 나폴레옹이 침략해 파괴한 로마 시대의 다리, 이슬람 양식의 집들, 십자군 전쟁의 흔적이 아직 남아 있다고 한다.

그중에서도 오랜 세월의 흔적을 고스란히 간직한 건물은 도심 중앙의 대성당이다. 이 성당 정면의 중앙은 고딕 양식이며, 왼쪽은 로마네스크, 오른쪽은 바로크 양식 등 성당의 세 개 면이 각각 다른 양식으로 건축된 것이다.

골목길을 걷다가 가이드를 만났다. 무슨 일이 있는지 알베르게에서의 뒷마무리를 안 하고 빠르게 길을 걷는다. 며칠째 안 보이는 사람이 한 명 있어서 그 사람에 대해 물어보았다. 오늘 우리가 가는 목적지의 성당에 아는 한국인 신부가 있어 며칠 먼저 가서 신부님을 만나 대화도 하고 미사를 보고 있다고 한다.

마을을 빠져나가기 전, 길가에 있는 카페에 들어갔다. 주저 없이 브렉퍼스트 메뉴를 시켰다. 간단하게 토스트 한쪽, 주스, 커피가 나왔는데 3유로다. 창밖을 보니 아는 일행들이 그냥 지나가기도 했고, 일부는 우리가 있는 카페에 들어왔다. 우리는 빠른 속도로 식사를 마치고 다시 길을 나섰다. 곧이어 차도 옆 포장길을 걷기 시작했다.

약 한 시간 정도 걸어가니 '아스트로가'에서 4.6㎞ 떨어져 있는 '무리아스 데 레치발도' 마을에 도착했다. 작고 아담한 마을이다. 마을로 들어가니 알베르게를 겸해서 운영하는 카페가 있다.

돌담으로 지어진 마을

이 마을 전체가 돌담으로 형성된 것이 얼핏 제주도 느낌이 물씬 난다. 이 마을을 지나면서 차도는 없어지고 넓은 들판길이 펼쳐진다. 잡목들 사이로 뻥 뚫린 흙길만 파란 하늘 아래 고속도로처럼 곧게 펼쳐져 있다.

흙길을 따라 약 40분 정도 걸으면 두 번째 마을 '산타 카타리나 데 사모자' 마을이 나온다. 마을 입구에 우뚝 선 종탑이 있는 교회가 있다. 교회 옆길을 지나가는데 길옆에 십자가가 서 있다. 가까이 가보니 조그만 여성 사진이 걸려 있는 추모 십자가인 것이다. 이 순례길과 관련하여 애절한 사연이 있어 보였다.

이제는 계속 흙길을 걷는다. 누군가 돌멩이를 주워 모아 길에다 글씨를 쓴 것 같은데 무슨 내용인지는 잘 모르겠다. 가이드북에서 볼 때는 카미노 데 산티아고, 러브, 화살표 등 글씨가 선명했는데, 세월이 흘러 다른 순례객들이 돌을 움직여서 내용이 바뀌었다고 생각했다.

'산타 카탈리나' 마을에서 40분 정도 걸었나 했는데 금방 그다음 마을인 '엘 간소' 마을이 나왔다. 적막해 보이는 마을을 통과하다가 마지막 카페에 들어갔다. 카페 내부는 아기자기하게 실내장식에 신경 쓴 것처럼 보였다. 점심으로 맥주 한 잔, 빵, 바나나 한 개만 주문하고, 배낭에서 삶은 계란을 꺼내서 같이 먹었다.

계산을 하고 나가는 통로 탁자에 낙과처럼 보이는 자두가 바구니에 가득 담겨 있었다. 그것이 뭔가 하고 관심 있게 처다보았더니 주인 여자가 "가져가."라고 한국말을 한다. "그라시아스!"라고 감사하다는 인사를 하고 2개만 집어 갔다. 하지만 먹어 보니 과일은 맛이 없었다.

이 여주인을 보니 한국말을 조금 하는 스페인 사람이 생각났다. 며칠 전 숙박했던 알베르게 식당에서 저녁 식사를 하는데, 서빙하는 스페인 남성이 서툴고 불친절해 보였다. 그래서 우리 팀 어르신께서 농담으로 "야, 인마! 잘해!" 그랬더니, "안 잘해." 하며 장난스럽게 대꾸했다. 스페인 종업원들에게는 안 좋은 말이나 자주 쓰는 한국말을 알아들으니까 말조심하는 것이 좋겠다는 생각이 들었다.

내비를 켜 보니 오늘의 목적지인 '라바날 데 카미노'라는 작은 마을은 6.5㎞ 남았다고 나온다. 작은 산을 넘어야 한다. 산길 입구에 자동차가 하나 서 있었다. 뭔가 하고 궁금해하는데 남성 한 분이 영업 준비를 하는 중이다. 잘 길들인 매와 스페인 전통 기사단 복장 등을 빌려주고 유료 사진을 찍게 하는 장사꾼이었다.

산길 오른편에 처진 철조망에는 순례객들이 나뭇가지로 만들어 놓은 제각각의 십자가가 줄줄이 달려 있다. 누군가의 이름과 간단한 소원을 적어 놓은 십자가들이 대부분이다. 길 전체가 순례객들의 소망으로 가득 차 있었다.

이 울타리에서 또 한국인이 하얀 광목에 쓴 글이 달려 있는 걸 보았다. 내용은 '네가 보고 싶다'였다. 그렇다. 이 글을 쓴 한국인은 고국의 가족이 그리웠나 보았다. 이제 한국을 떠나온 지 25일째다. 한국 소식도 궁금하고, 가족과 친구들도 그립고, 한국 음식도 더욱 생각날 때다.

계속해서 차도 옆으로 난 흙길을 걷는다. 지금이 5월 하순인데도 멀리 왼쪽의 산 위에는 아직 녹지 않은 잔설이 남은 게 보였다. 오른쪽 먼 언덕에는 풍력발전기가 바람에 돌아가고 있었다. 확실히 이곳은 바람이 많이 불고 추운 날씨라는 것을 증명해 주는 풍경이다.

'라바날 데 카미노'(해발고도 1,140m) 알베르게에 도착하니 11시다. 다행히도 알베르게는 일찍 문을 열었는데, 침대를 배정받고 보니 30인용 대형 룸 하나만 운영했다. 이곳 동네의 다른 알베르게나 펜션을 알아보러 마을을 돌아다녀 보니, 오늘은 일요일이고 요즘 산티아고 순례길이 성수기라서 빈방이 없다고 했다.

그러려니 하고 이 불편한 상황을 참고 넘어가려 했는데, 다행히 같은 주인이 운영하는 별도 장소의 알베르게에 개인 룸이 있다고 했다. 대신 이곳 다인실은 인당 5유로, 둘이면 10유로인 데 반해 개인 룸은 35유로라고 했다. 개인 룸은 길 건너의 별도 건물에 있었다. 모든 상황을 인정하고 그곳으로 짐을 옮겼다. 실제 룸을 보니 호텔 못지않게 깨끗하고 편안한 분위기가 마음에 들었다.

알베르게 레스토랑에서 점심 식사를 하려는데 메뉴 내용은 스페인 음식인데 글씨는 한글로 쓰여 있었다. 그래서 나는 "한국 음식은?" 하고 물었더니, 주인은 종이를 꺼내서 김치, 계란 프라이, 돼지 등심이 있다고 그림을 그려 보여 주면서 설명했다. 내가 그림을 손가락으로 가리키면서 이걸로 달라고 주문을 했더니 금방 알아들었다.

오랜만에 먹어 보는 김치라서 맛이 끝내주었다. 한국에서 먹던 김치, 돼지 등심 맛과 비슷했다. 라운지에 있던 모든 순례객들이 우리가 먹는 것을 보더니 한국인과 외국인 구분 없이 모두 엄지를 치켜들며 굿이라고 맞장구쳐 준다. 내가 주인에게 다른 한국 음식은 없냐고 물어보았더니 뭐라 뭐라 하는데 의사소통이 잘 안 되었다.

그러더니 주방으로 들어가서 '신라면'을 들고 나왔다. 그래서 우리는 "쌀밥은 없어요?"라고 물었더니, 여주인이 알아들었는지 쌀밥이 있다는 제스처다. 그런데 계속해서 뭐라고 얘기한다. 스페인어가 통하는 가이드를 통해 알아보았더니 밥하는 데 시간이 걸려 금방 요리가 안 되니 저녁 식사로 예약 주문을 하라는 얘기였다.

스페인에서 모처럼 끓인 신라면에 쌀밥, 김치와 함께 저녁 식사를 맛있게 먹었다. 이 모든 식사 비용이 8유로다. 이 정도 식사면 가성비도 뛰어나고, 임금님 밥상도 부럽지 않았다.

이곳은 9시 30분에 해가 진다. 7~9시에도 따뜻한 햇살을 즐길 수 있다. 10시까지도 날이 환하다. 식사 후 오후의 따뜻한 햇살 아래 빨래를 말리며 알베르게 정원 의자에 앉아 쉬면서 한가로운 시간을 보냈다. 카미노의 진정한 즐거움은 이렇게 늦은 오후의 햇살을 즐기는 것에 있다고 생각했다.

신라면과 김치를 판매했던 리바날에 있는 알베르게

모두 다 내려놓고

순례객들이
바람의 길을 따라 걷는다

터벅터벅

들길 숲길 오솔길 걷다가
이제 잠시
여유를 가질 시간이다

푸른 하늘
예쁜 마을의 조그만 카페
창가 의자에 앉아 커피를 마신다

길 걷고 난 후

세상사 모두 내려놓고
쉬는 시간만큼은

최고로 기쁜 일이다

마을 전경

제26일(23구간) 5월 20일 월요일

—

라바날 → 폰세바돈 → 철십자가 → 폰페라다(32km, 578km)

"햇빛도 그늘이 있어야 맑고 눈이 부시다. 나무 그늘에 앉아 나뭇잎 사이로 반짝이는 햇살을 바라보면 세상은 그 얼마나 아름다운가."

- 정호승 「내가 사랑하는 사람」중에서

~ 전체 카미노 구간 중 가장 아름다운 길

모처럼 호텔 같은 개별 룸이 있는 알베르게 별관에서 편하게 꿀잠을 자고 일어났다. 이제는 짐을 꾸리는 게 매뉴얼화되고 손에 익숙해져 척척 제자리를 찾아 정리가 쉽게 되었다. 택배로 보낼 짐을 알베르게 현관에 맡겨 놓고 곧바로 출발했다. 어제처럼 날씨가 맑지는 않았지만 오늘도 보름달이 휘영청 밝아 우리의 갈 길을 찾아 준다. 마을이 끝나는 지점에서 숲길을 찾아가야 하는데, 어둠이 채 가시지 않아 내비가 가르쳐 주는 차도를 따라 길을 걸어갔다.

새벽이라 다니는 차는 없지만 습관처럼 주위를 살피며 걸었다. 차도를 약 1㎞ 정도 걸으면 숲길인 카미노 길과 만난다. 바로 왼쪽 오솔길로 들어가면 여기부터 아름다운 꽃길이 펼쳐진다. 하얀 꽃들이 환하게 길을 밝힌다. 이 길을 못 찾아 계속 차도로 걸어갔더라면 너무 억울할 뻔했다. 길 주변에는 꽃이 너무 예쁘게 피어 있어, 독일인 여성이 "포토?" 하면서 사진을 찍어 달라고 했다. 사진을 찍어 주면서 우리도 사진을 찍어 달라고 부탁했다.

멀리 철탑이 보이기 시작했다. 이제부터 제대로 된 꽃길, 능선을 걷는 오솔길이 거의 15㎞ 정도가 펼쳐진다. 걸어가면서 감탄사가 저절로 나왔다. 계속 이어지는 꽃길은 천국으로 통하는 길처럼 느껴졌다. 이 길이 산티아고 순례길 중 가장 아름다운 길이라고 계속 감탄을 하며 걸었다.

페세바돈 마을이 가까웠다. 마을 앞에 소 떼들이 한가롭게 풀을 뜯는 장면은 알프스만큼 아름다운 풍경이라 해도 지나치지 않을 것이다.

페세바돈 마을 입구에 있는 카페에서 조식을 했다. 여기서 식사를 안 하게 되면 계속 산길을 11㎞ 걸어야 다음 마을이 나온다. 이곳 '페세바돈' 마을은 의미가 있는 곳이기 때문에 카페에서 크레덴시알에 인증 스탬프를 찍었다. 순례길을 떠나기 전에 읽었던 옛날 책에는 이곳의 알베르게에서 베드버그가 많이 나온다고 한 곳이다. 그런데 지금은 깨끗하게 관리하기 때문에 베드버그가 나오지 않는다고 한다.

아름다운 목장

　페세바돈에서 2㎞ 정도 가면 카미노 전체 구간을 통틀어 가장 높은 '크루즈 데 페로'(해발 1,505m)라는 곳이 나온다. 해발 1,500m의 칸타브리아산맥을 넘어야 했다. 이 산꼭대기에는 전봇대처럼 뾰족한 대형 철 십자가가 푸른 하늘 한가운데 외롭게 서 있다.

　산길을 올라 맑은 하늘을 배경으로 서 있는 철 십자가 앞에 도착했다. 많은 순례객들이 기념이 될 사진을 찍느라 복잡했다.

　이런 곳에서도 국민성이 나오는 것 같다. 우리는 금방 사진을 찍고 비켜 주는데, 외국인들은 남들이 사진 찍으려고 기다리는 것에 아랑곳하지 않고 시간을 끌면서 갖은 포즈를 취하며 미안해할 줄 모른다. 기다려 주지 못하는 것도 우리 성격이 급한 탓인가 하며 반성해 본다.

　십자가 밑에는 작은 언덕처럼 돌무더기가 쌓여 있었다. 그 옛날 켈트족들이 이 길을 지나면서 소원과 안녕을 빌며 돌들을 쌓으면서 유래가 되었다고 한다. 지금은 순례자들이 고국에서부터 돌을 가져와서 각자의 간절한 기원, 갖가지 사연들을 담아 쌓아 두었다.

　이곳에서 2㎞ 정도 더 가면 대피소 같은 알베르게가 있는 '만하린'이란 아주 조그만 마을이라고도 할 수 없는 곳을 지난다. 길목에 'ROMANIA 2,562㎞'라고 쓰인 안내 표지판이 세워져 있지만, 너무 환경이 열악하여 머무르지 않고 다음 마을을 향해 걸었다.

　약 6㎞ 정도 산길을 따라 계속 길을 걸었다. 산을 내려와 '엘 아세보'라는 마을에 도착했다. 11㎞를 걸으면서 처음으로 나오는 카페다. 카운터에 몇 명이 계산을 위해 줄을 서 있다. 맥주 한 잔을 마시려는데 10분이상 기다렸다.

　오늘 '폐세바돈'에서 '몰리나세카'까지 가는 길은 카미노 전체를 통해가장 아름다운 길이다. 마치 천상의 화원 같다. 가파른 산길이지만 산등성이마다 갖가지 색으로 피어 있는 꽃들 덕분에 멋진 포즈, 아름다운풍경 사진을 찍으며 지루함 없이 걸었다.

　건너편 산 능선에는 온통 붉은 꽃들이 활짝 피어 우리나라 봄철 진달래꽃 만발할 때 모습과 비슷하다. 멀리 왼쪽 산 능선에는 흰 눈이 남아있어 이곳이 얼마나 추운 곳인가를 짐작하게 했다.

페세바돈에서 몰리나세카 가는 길의 천상화원

산티아고에 가면 누구나 행복해진다

~ 천상화원을 걸으며

지금 여기만 생각하자
지나간 일도 잊고
미래도 잊고
주변의 기대감도 잊어버리자

주변의 꽃들에 온 신경을 모아 보라
당신의 마음을 느끼고
심장 박동을 느끼고
꽃들의 숨 쉬는 소리를 들어 보라

흰 구름이 흐르는 하늘을 보라
인생무상 하지 않은가
하지만 매일 떠오르는 태양은
매일 희망을 준다

그래서 우리는
이 넓은 우주에서 서로 의지하며
살아가고 있다
매일 기적을 보며 살아가고 있다

기적은 매일 일어난다

능선에는

온통 꽃들의 잔치

순례객들이 발걸음 멈추고 쉬어 간다

내려가는 길은 자갈이 많은 너덜길이다. 그래서 오늘 순례길에는 등산화와 스틱을 필수로 준비해야 한다. 그리고 내려가는 길은 경사가 있으므로 무릎을 다치지 않도록 조심해서 내려가야 했다.

차도로 이어진 넓은 아스팔트 길. 내리막길에서 산자락 밑을 내려다보니 멀리 산 그림자가 겹겹이 둘러싸여 있고, 그 안에 '리오고 데 암브로스'라는 마을이 아담하게 자리 잡고 있다.

산길에서 내려다보이는 아름다운 마을

산티아고에 가면 누구나 행복해진다

이 마을을 지나면서 좁은 내리막 산길이 이어진다. 이 길에도 이름 모를 아름다운 꽃들이 피어 있다. 돌에 걸려 넘어질까 조심하면서 1시간 정도 내려오니 '몰리나세카'에 도착했다.

'몰리나세카' 마을 안 카페마다 휴식을 취하고 있는 순례객들로 북적였다. 서로 지금까지 걸어온 길 중에서 오늘 걸은 구간이 전체 카미노 구간 중에서 가장 아름다웠다고 찬사에 찬사를 더해서 대화를 나눌 것이다. 이 풍경만을 보기 위해 산티아고를 걸어도 아깝지는 않을 것이다.

'몰리세나카'부터는 거의 차도이거나 차도 옆 흙길을 걷는 평지길이다. 3.6㎞를 더 가면 제법 큰 도시인 '폰페라다'라는 마을이 나온다. 번듯하게 큰 건물과 아파트들도 많고, 사방으로 뻗은 도로엔 차들도 많이 다녔다. 다른 마을을 지날 때는 사람을 거의 보지 못했는데 이곳은 많은 사람들로 북적였다.

'폰페라다'는 로마제국 당시 인근에 광산이 있어서 한때 번성했던 곳이며, 지금의 산업 도시로 이어졌다. 이 마을에는 대부분의 순례자들이 꼭 들렀다 가는, 오래전 기사들의 성이었던 '카스티요 데 로스 템플 라리오스' 성이 있다.

오늘 우리가 숙박할 알베르게는 7인실인데 깨끗했다. 침대, 샤워실, 화장실, 로비 등 모든 것이 완벽한데, 알베르게 내에 레스토랑이 없는 것이 단점이다. 그래서 점심 식사를 하기 위해 밖에 나가서 영업을 하는 호텔의 레스토랑을 찾아갔다.

레스토랑 분위기와 서비스는 3성급 호텔이라서 만족했다. 하지만 순례자 메뉴를 시켜 먹었는데 맛은 별로였다. 그래도 조금 좋았던 점은 와인을 무료로 주었는데, 지금까지 스페인의 다른 식당에서는 없었던 소다수를 제공했다. 와인에 섞어 마시니 그 청량감이 훨씬 좋았다. 한국에 돌아가면 이렇게 마시려고 기억의 두뇌에 팍팍 입력시켰다.

크루즈 데 페로 철탑에서

둘러보라 주위를
느껴 보라
신성한 분위기

잠시 숨을 고르는 이곳
외로운 철탑, 크루즈 데 페로!

삶이 힘겨워지면
모든 걸 잊고 이곳으로 오라

조금 힘들다가도
정상에 올라
잠시 숨을 고르면
새로운 길이 보일 것이다

그런 다음에
지나온 삶의 순간순간에

고마워하자

이런 상황이 지나가도록
그 순간을 즐기면

구름 걷히고 태양이 빛나듯
길이 보일 것이다

크루즈 데 페로의 철 십자가

메루엘로강을 끼고 있는 몰리나세카의 마을 전경

산티아고에 가면 누구나 행복해진다

제27일(24구간) 5월 21일 화요일

—

폰페라다 → 카카벨로스 → 비아프랑카 델 비에르소(25km, 누계 603km)

"이 세상 사람들 모두 잠들고 어둠 속에 갇혀서 꿈조차 잠이 들 때, 홀로 일어난 새벽을 두려워 말고 별을 보고 가는 사람이 돼라."

- 정호승

~따스한 마음이 그리운 스페인 하숙

아침부터 소란스러운 하루가 시작됐다. 아니, 사실은 어제저녁부터 시작되었다고 하는 게 맞다. 원칙과 상식, 기본예절이 무너지고, 주객이 전도되었다.

사건의 시작은 알베르게에서 침대 1층을 쓰느냐 2층을 쓰느냐 하는 것

277

에서 발생했다. 두 번째 원인은 알베르게는 보통 10시에 소등인데 10시 이후에 샤워하며 시끄럽게 해서 같은 룸을 사용하는 사람들한테 피해를 준 여성으로부터 발단이 되었다.

문제를 일으킨 가이드는 초저녁부터 일부 생각 없는 사람들과 어울려 술판을 벌이더니 술에 취해서 밤 10시부터 두 시간 동안 순례객들이 취침하고 있던 룸에 들어와 고객과 말다툼을 벌이며 소란을 피웠다. 그러다 보니까 같은 룸에 있던 대부분의 사람들이 제대로 잠을 잘 수가 없었다.

얼마 전에도 이와 유사한 일이 벌어졌을 때는 문제를 일으켰던 사람의 사과만 받고 넘어갔는데, 이번에는 사건이 더 커지고 심각하게 확대되었다. 피해자는 R여행사 본사에 연락해서 가이드가 즉시 해고되었고, 피해자는 여행사 상대로 형사소송까지 생각하는 것 같았다.

어젯밤에 같이 술판을 벌였던 사람 중에서 약삭빠르게 놀던 어떤 사람은 나 몰라라 하며 뒤로 빠진다. 너구리 같은 사람이다. 본인이 진즉에 나서 수습만 하였더라도 이렇게 극단의 상황까지 가지는 않았으리라 생각했다.

그래서 같은 룸에 있던 사람 중 피해자였던 부부만 가게 할 수 없어서 우리 부부도 같이하기로 했다. 그래서 오늘은 알베르게 대신 호텔 숙박으로 예약 변경을 하였다. 이런 과정에서 순례길 출발도 늦어지고, 하루 종일 마음이 어수선했다.

'폰페라다' 알베르게에서 출발해서 카미노 표시를 보며 마을을 빠져나갔다. 고풍스러운 성곽을 따라 마을을 구경하면서 걷다 보면 공원을 만난다. 이 길을 지나가다 보면 예배당과 예수를 안고 있는 성모마리아

상도 만난다. 그리고 오랜만에 포도밭이 나오기 시작한다. 이제는 밀밭의 들판 대신 계속해서 포도밭을 만나기 시작할 것이다.

첫 마을인 '콜롬브리아노스'라는 마을이 나왔다. 알베르게를 떠난 지한 시간이 지났다. 마을 교회의 종탑과 성당이 마을 입구에 보였다. 이마을에서 간단하게 브렉퍼스트 식사를 했다. 계란프라이, 베이컨, 주스, 커피 등이 나왔다. 내비게이션을 켜 보니 오늘 일정 22㎞ 중 절반인 11㎞를 지나왔다.

마을의 작은 교회와 종탑

첫 마을을 거쳐 두 번째 마을 '캄포나야라'를 지나면서부터는 포도밭이 펼쳐졌다. 카미노 길을 걸으면서 오랜만에 다시 만나는 포도밭이다. 포도밭을 자세히 들여다보니 포도 알갱이가 조그맣게 여물기 시작하는 게 보였다. 한 달이 지났는데 포도밭에는 이렇게 많은 변화가 있었다. 산티아고까지 210㎞ 남았다는 표지판이 나왔다. 지금까지 거의 600㎞ 가까이 걸어왔다는 것이다. 목적지가 멀지 않았다. 오전부터 힘이 나는 메시지다.

포도밭을 지나니 이젠 사과나무들이 펼쳐진다. 이 길을 걸으면서는 헷갈리는 지점이 없어서인지 특별한 이정표가 없었는데 누군가 길바닥에 돌멩이를 가지런히 놓아 화살표를 만들어 놓았다.

다시 한 시간 동안 숲길을 걸었다. 숲속에 푸드트럭이 테이블을 놓고 휴식 공간을 제공했다. 먼저 온 일행이 망고, 바나나, 딸기 등을 혼합하여 믹서로 간 과일 주스를 강추한다. 1잔당 3.5유로다. 이곳 가격 시세로는 비싼 편인데, 마셔 보니 정말로 맛있었다. 오히려 합리적인 가격으로 판단되었다.

캄포나야라 지나는 길에 있는 푸드트럭

이곳에서 먼저 와 있던 일본인 순례객인 모녀를 또 만났다. 해맑은 미소의 딸과 수더분한 엄마가 꾸준하게 힘든 표정 없이 카미노 길을 잘 걷고 있다. 떠나면서 "부엔 카미노!" 하며 인사를 한다. 계속해서 좋은 이미지를 주는 일본인 모녀 순례객이다.

그리 크지도 작지도 않은 '카카벨로스' 마을을 지난다. 마을 중앙에 예배당이 있다. 크레덴시알에 도장을 찍어 줄 테니 들어오라고 한다. 도장을 받고 나니 옆에 기부함

산티아고에 가면 누구나 행복해진다

이 있다. 약간의 동전을 기부했다. 도장 찍어 주는 대가로 강제 비슷하게 기부하라는 돈통을 바라보니 기분이 씁쓸하다.

카카벨로스 마을의 작은 성당

차도를 따라 오르막길을 30분 정도 걸으니 갈림길이 나온다. 왼쪽으로는 자전거, 오른쪽으로는 도보를 상징하는 발바닥이 그려져 있다. 당연히 오른쪽 길로 간다. 왼쪽 길이 지름길이지만 우리는 순례객이므로 흙을 밟으며 걸었다. 산등성이로 난 비포장 흙길 양옆으로 포도밭이 넓게 펼쳐졌다.

오늘 날씨는 무척 더웠다. 길옆 나무 그늘에서 어르신 포함하여 일행세 명이 과일을 먹으며 쉬고 있었다. 우리도 잠깐 쉬었다가 길을 걸었다. 내비게이션을 켜니 3㎞ 정도 남았다. 넓은 정원을 가진 카페가 나왔다. 어르신이 맥주 한잔하고 가자며 내 손을 잡아끈다. 시원한 생맥주 한 잔에 모든 갈증이 가신다. 어르신이 돈을 내려고 해서 화장실을 가면서 내가 먼저 계산했다.

비아브랑카 마을의 노천 카페

'카카벨로스'에서 다음 마을은 오늘의 목적지인 '비야프랑카 델 비에르소' 마을이다. 가는 길은 대부분 산길을 오르내리면서 걷게 된다. 마을 규모가 조금 크다. 광장에 카페와 레스토랑도 많고 은행, 슈퍼, 옷가게, 기념품점도 많다. 그리고 성당도 규모가 크고 웅장하다.

오늘 우리 일행이 묵는 알베르게는 조그만 규모의 사설 알베르게다. 샤워실과 화장실이 깨끗했다. 이곳 알베르게 주인은 인심이 좋고 유머가 넘치는 아저씨다. 순례자 증명서에 도장을 찍어 주면서 알아들을 수는 없지만 뭐라고 친절하게 설명한다.

하지만 우리는 일행과 별도로 호텔을 예약했다. 이곳 알베르게에서 택배를 찾아 호텔로 보냈다. 여기서 내비게이션을 켜니 호텔까지는 600m, 걸어서 7분 거리다. 호텔에 도착해 프런트에서 체크인을 마치고 짐을 풀었다. 샤워를 마치고 쉬려고 했는데, 같이 온 부부가 우리가 묵고 있는 이곳이 지금 한국에서 인기리에 방영되고 있는 〈스페인 하숙〉 TV 프로그램의 촬영 장소라고 한다. 그래서 오늘도 많은 한국인들이 구경하기 위해 이곳에 왔다. 그러나 외부인들은 TV에 나왔던 이 알베르게의 내부를 볼 수가 없다. 알베르게의 건물 겉모습만 보고 사진을 찍고 돌아갔다.

산티아고에 가면 누구나 행복해진다

이곳은 과거 수도원으로 운영되던 곳인데, 지금은 개조하여 알베르게 겸 호텔로 운영되고 있다. 알베르게와 호텔 사이에 있는 주방이 〈스페인 하숙〉 촬영의 주 무대였다. 우리는 이곳의 투숙객이라 주방 및 식탁 등을 마음대로 구경할 수 있었고, 인근 마트에서 음식 재료를 사다가 주방에서 직접 요리도 할 수 있었다.

그래서 300m 거리에 있는 슈퍼마켓에서 소고기, 양파, 마늘, 상추, 오이, 와인 등을 사다가 TV 프로그램의 차○○ 배우처럼 우리가 요리해서 먹었다. 소고기가 1kg에 10.5유

〈스페인 하숙〉에 나왔던 알베르게 체크인 데스크

로, 우리 돈 14,000원 정도이다. 이곳에서 요리하는 모습과 식탁 차림상을 기념사진으로 남겼다.

저녁 식사를 마친 후 소화도 시킬 겸 마을 산책을 나갔다. 탤런트 유○○이 걷던 길을 걸어 보기도 하고, 마을 구석구석을 돌아다녔다. 뒷걸음치다가 뭐 잡는다고 우연히 숙박하게 된 곳이 TV 방송 촬영지일 줄이야. 남편들보다 부인들이 너무 좋아했다.

〈스페인 하숙〉 주방에서 직접 요리해 식탁을 차림

〈스페인 하숙〉으로 들어가는 철문

산티아고에 가면 누구나 행복해진다

포도밭 언덕을 걸으며

태양의 온도가 뜨겁다

바람은
온몸을 식혀 주고

하늘을 혼내 주던
천둥 번개도

파란 숲속으로 사라졌다

태양이 포도나무에
녹색 잎 키우며 어루만질 때

들판 사이 오솔길 따라
휘파람 불며 가는

그대는 누구입니까

그림 엽서같은 비아브랑카

산티아고에 가면 누구나 행복해진다

제28일(25구간) 5월 22일 수요일

—

비아브랑카 → 트라바델로 → 오 세브레이로(29km, 누계 632km)

"인생은 내 것이고 한 번뿐이다. 남들이 보기에 화려하지 않아도 내게 중요한 일이라면 그걸 해야 한다. 인생에 '정답'은 없다. 우리가 스스로 정하는 '정답' 만 있을 뿐이다."

~ 푸른 초원에 그림 같은 집을 짓고

아직 날이 밝지 않았다. 시계를 들여다보니 6시다. 일어나 주섬주섬 배낭을 챙긴다. 원래는 어제 지어 놓은 밥으로 누룽지를 끓여 아침 식 사를 하기로 했다. 그런데 식사를 하지 않고 그냥 알베르게를 떠나서 첫 마을이 나오면 그곳 카페에서 식사하는 것으로 계획을 수정했다.

수도원을 개조한 호텔은 아직 문을 열지 않아서 룸키(room key)만 데스크에 놓고, 건물 뒤쪽에 있는 별도의 알베르게 출입문을 통해서 밖으로 나갔다. 떠나기 전 스페인 하숙을 상징할 수 있는 건물과 탤런트 유○○이 문을 열던 철 대문을 다시 한번 바라보며 문을 나섰다. 알베르게를 나와 도로를 건너 고풍스러운 마을을 빠져나가 600m 정도 걸어가니 우리 팀이 숙박하고 있는 알베르게를 지난다. 몇몇 사람들이 나와서 출발 준비를 한다. 우리 부부는 합류하지 않고 천천히 풍경을 즐기며 따로 걷기로 했다.

오늘은 '오세브로이로' 마을까지 29㎞를 걷는 구간이다. 펜션을 예약한 우리는 여유 있는 일정이지만 다른 일행은 공용 알베르게가 선착순 침대 배정이라 12시 전에는 도착해야 안심할 수 있어 바쁘게 걸어야 했다. 그래서 일부 나이 든 사람이나 걸음이 느린 사람들은 택시를 이용해서 간다고 한다. 일부 인원이 잠을 못 잤다고 하며 택시를 타는 것을 보면 그저께에 이어 어제저녁에도 알베르게에서 소동이 일어났던 것 같다. 이번 사건에 간섭하고 싶지 않아 모른 척하고 그냥 지나갔다. 나머지 일행들은 어제의 소란 때문인지 줄을 맞춰서 질서 정연하게 걸어간다.

한국인 순례객들이 질서 있게 걷는다

차도를 따라 약 한 시간 정도 걸으니 '페레혜(Perege)'라는 마을이 나왔다. 마을 입구에는 공동묘지가 아담하게 조성되어 있고, 가정집들은 벽이나 대문 입구에 예쁜 화분으로 장식되어 있다. 작고 예쁜 마을이다.

다시 차도를 따라 걷다가 두 번째 마을인 '트라바델로(TRABADELO)'에 도착했다. 마을 입구에 있는 카페에 들어갔다. 첫 번째 카페라 그런지 카운터에 대기하는 손님이 다섯 명이나 서 있어 주문하는 데 시간이 좀 걸렸다. 황금 같은 아침 시간인데 마음이 조급해졌다. 사실 순례길을 걸으면서 이렇게 조급한 행동을 하면 안 되는데 마음이 제대로 컨트롤되지 않았다. 밖에도 테이블이 있었으나 아침이라 날씨가 쌀쌀해서 카페 안에만 순례객들이 앉아 있었다. 주문 메뉴는 커피와 토르티야이다. 요즘 지겹도록 먹는 아침 메뉴다.

꽃 화분으로 장식된 페레해 마을

산티아고에 가면 누구나 행복해진다

식사를 마치고 50여 미터를 가니 "이 집 라면 진짜 맛있어요."라고 조그만 칠판에 쓰여 있다. 자세히 보니 2시부터 영업한다고 그 옆 작은 안내판에 한글로 쓰여 있다. 좋다가 말았다.

계속해서 차도를 따라 걸었다. '비아프랑카'에서 출발한 지 3시간 30분이 지났다. '발카르세(VALCARCE)' 마을이다. 여기서 내비게이션을 켜 보니 오늘의 목적지인 '오세브로이로(OCebreiro)'까지 13㎞가 남았다. 마을 입구에 잘생긴 순례자 동상이 서 있다. 자세히 보니 이 순례자 동상에 '론세스바예스'에서 걸어온 거리가 559㎞, 산티아고까지 남은 거리가 190㎞라고 동판에 새겨져 있다.

여기 가게에서 음료수를 하나 사면서 화장실을 이용했다. 오늘 계속 차도를 걸어가기 때문에 중간에 화장실을 이용하기가 여간 불편한 게 아니다. 그래서 기회가 있으면 카페 등에서 정상적인 화장실을 이용하는 게 좋다.

계속해서 차도를 걸었다. 은근한 오르막길이 시작된다. 초반부터 산을 넘어가는데 우리나라 산처럼 가파르지 않아 힘들지는 않았다. 산을 넘으니 계곡이 나왔다. 그동안 들판이나 산만 보다가 계곡물을 보니 우리나라 산들의 여름 계곡이 떠오른다.

7㎞ 정도 걸어가면 전형적인 시골 마을인 '페레제' 마을을 만난다. 이 마을을 지나서도 비슷한 간격의 거리마다 작은 마을들을 만난다. 대부분 마을에 작은 알베르게가 운영되고 있다. 내부 시설은 어떨지 모르지만, 외부 모습은 그림같이 예쁜 알베르게다.

오늘은 해발 700m 정도인 이곳에서 1,400m에 이르는 정점까지 약 8㎞가량 산길을 올라가야 한다. 오늘 전체 29㎞ 구간 중 처음으로 흙을 밟으며 걷는 길이다. 경사도가 있어 땀을 흘렸지만 산길은 숲으로 우거져 시원했다. 우리나라에서 많은 산행으로 숙련되어 그런지 생각보다 그렇게 힘들지는 않았다. 짧은 간격으로 작은 마을이 들어서 있다.

차도를 걸으면서 보면 산자락 밑에 아늑하게 자리 잡은 '에레리아스' 마을 풍경이 평화로워 보였다. 시냇가 옆 풀밭에선 소들이 한가롭게 풀을 뜯고 있다. 날씨가 무덥다 보니 일부 다른 소들이 시냇물에 몸을 담그고 있는 모습이 보였다. 약간 경사가 있는 도로를 따라 걷다 보면 갈림길이 나온다. 포장도로 왼쪽에는 도로 바닥에 발바닥이 그려져 있어 순례자 길을 표시하고, 오른쪽 길은 자전거를 그려 놓아 길이 다름을 표시했다.

물이 흐르는 작은 계곡

왼쪽에 '라 파바라'라는 마을 이정표가 보인다. 좁은 흙길이 시작되면서 서서히 가파른 산길을 오르게 된다. 좁은 산길은 숲이 푸르고 나무가 울창하게 우거졌다.

이 마을 앞을 흐르는 실개천을 바라보며 휴게 의자가 놓여 있다. 가져간 간식과 과일을 먹으며 잠시 휴식을 취했다. '라 파바' 마을에 들어서니 얼마 전 다녀왔던 네팔 히말라야의 산간 마을 풍경과 비슷함을 느꼈다. 이곳에서 30분 정도 더 걸으면 '라구나 데 카스티야' 마을이 나온다.

언덕을 오르니 마을이 나왔고 카페가 있었다. 새벽에 일찍 출발해서 배가 고팠다. 아니, 배가 고픈 게 아니라 아랫배가 살살 아파 오기 시작했다. 갑자기 배가 고픈 건지 아픈 건지 구분하기가 어려웠다. 배가 아프기보다는 배가 고픈 게 더 맞는 표현인 것 같다. 배가 아프면 순례길 걷기에 지장이 생긴다.

배가 고픈 걸로 단정하고 생맥주와 간단한 요깃거리를 시켜서 먹었다. 하지만 길을 걸으면서도 계속해서 살살 배가 아팠다. 아예 걷지 못할 정도로 아프면 어떻다고 판단할 텐데 어설프게 배가 아픈 증상만 있으니 속으로 은근히 걱정이 되었다. 아프면 안 되는데 정말 순례길을 걸으면서 자신의 몸에 대해 다시 겸손해지는 순간이다.

이 마을을 지나 정상을 향하는 길목에 빨간 글씨로 '갈리시아'라고 쓰인 돌 표지판이 서 있는 걸 보니 이제 '갈리시아주'에 들어선 것 같다. 정상에 오르면 오늘의 목적지인 해발 1,330m의 '오세브로이로' 마을이다.

높은 산꼭대기에 오밀조밀 돌집들이 들어선 풍경이 그림같이 아름답다. 눈여겨볼 만한 것은 돌을 원형으로 차곡차곡 쌓아 올린 후에 볏짚으로 지붕을 얹은 집이 몇 채가 있다. 이것이 고대 켈트족들의 전통 가옥이라는 '팔로사'다.

이 마을에 있는 성당은 '예수님이 제자들과 함께 최후의 만찬을 나눌 때 사용했다는 성배가 보존되었던 곳'으로 유명해 순례자들뿐만 아니라 일반 관광객들이 버스를 타고 찾

오세브로이로 성당 내부

아온다. 버스 몇 대와 자가용 수십 대가 주차장에 세워져 있다.

오늘의 목적지인 '오세브로이로'에 도착해서 짐을 풀고 점심 겸 저녁을 먹으러 인근 식당으로 갔다. 식사 전에 먼저 공진단을 먹었다. 공진단 성분의 사향이 배가 아픈 데 어느 정도 효과를 보리라는 기대였다. '오세브로이로' 호텔 레스토랑에서 다행히도 퍼스트 메뉴로 속을 풀 수 있는 우거지 감자탕 스프를 시켜서 먹었다. 속 쓰림이 풀리면서 맛도 좋았다. 그리고 세컨드 메뉴로 빈속을 채웠다. 그리고 생맥주를 곁들이니 땀 흘린 오늘 순례길이 전부 보상받는 기분이었다. 식사 후 조금 좋아진 기분을 느낀다. 하지만 완전히 좋은 컨디션이 아니라 일찍 잠자리에 들었다.

오세브로이로 성당 외부

산티아고에 가면 누구나 행복해진다

오세브로이로 마을 전경

푸른 새벽에 떠나자

푸른 새벽에 떠나자
꽃봉오리 입술마다 굳게 닫았으나
이내 떠오르는 태양의 열기에
얼굴 드러내는 시간

오솔길에 늘어선 풀잎들 촉촉한 물기
공기 중에 날려 보내고
무릎 스치는 잡풀들 비켜 세우며
여유롭게 길을 떠나자

뜨거운 태양이 정오를 가리키며
목마름 느낄 때
파란 하늘 가장 가까운 곳까지
발길을 재촉해야 한다

오 세브로이로 언덕에 서서
약속을 지키기 위해
이제 우리는
푸른 초원 속으로 달려가야 하리

제29일(26구간) 5월 23일 목요일

—

오 세브레이로 → 포요고개 → 트리아 카스텔라(21km, 누계 653km)

"비틀즈는 우리가 좋아하는 음악을 남겼고, 피카소는 그림을, 스티브 잡스는
애플을 남겼다. 우리는 과연 무엇을 남길 수 있을까?"

~ 낭만적인 풍경을 즐기며

어제도 우리는 팀과 부딪치지 않기 위해 어느 정도 거리가 떨어져 있
는 별도의 펜션에서 잤다. 펜션 건물이 오래된 가정집을 개조하다 보니
다소 불편했다. 복도가 나무 바닥 구조라서 걸을 때마다 삐걱거리는 소
리가 많이 났다. 게다가 자물통과 열쇠가 옛날식 수동으로 돌리는 것인
데 자물통 안에서 열쇠가 부러져 버렸다. 아침에 체크아웃하면서 주인

에게 열쇠를 보여 주며 부러졌다고 했더니 괜찮다고 한다.

평소와 같이 5시 30분에 일어나 배낭을 꾸리고 출발 준비를 했다. 아침에 일어나니 어제 배가 아픈 것은 씻은 듯이 좋아졌다. 아마도 그저께 발생된 사건으로 인해 나도 모르게 스트레스를 받은 게 원인인 것 같다.

펜션 숙소에서 운영하는 '벤타 셀타'라는 바(bar)에서 조식을 했다. 이제는 유럽 스타일인 빵과 커피가 나오는 조식에 많이 익숙해졌다. 하지만 커피와 같이 나오는 빵은 어쩐지 양이 많이 부족했다. 그래서 오늘은 며칠 전 슈퍼에서 사 놓은 컵라면을 하나 더 먹었다. 아침의 차가운 날씨에 따뜻한 국물이 온몸을 따뜻하게 덥혀 주니 너무 좋았다.

오늘부터 새로 오는 가이드가 7시 20분에 전부 모여서 향후 일정을 설명해 주고 같이 출발하자는 단체 카톡 공지가 있었다. 그런데 일부 팀원이 이 지침을 무시하고 이탈하려고 하면서 사달이 났다. 내가 참지 못하고 지침을 깨고 따로 행동하는 그들을 나무랐다. 그래서 자세한 내용을 모르는 일부 일행이 나를 오해해서 약간의 소동이 있었으나 사과를 받고 곧 진정되어 출발했다.

영 기분이 찜찜한 상태에서 카미노 길을 걸었다. 하지만 오해는 제대

유럽 스타일 조식에 컵라면을 더하다

로 풀어야 하기에 첫 휴식 장소에서 당사자를 불러내 소란이 일어나게 된 상황을 설명해 주었다. 자기가 상황을 잘못 알고 그랬으니 죄송하다고 거듭 나에게 사과를 했다. 순례길을 걸으면서 서로가 불편하게 지낼일 없으니, 그냥 사과를 받아들이고 화해를 했다.

이것저것 많은 생각을 하면서 천천히 길을 걸었다. 전날 막바지 6㎞ 오르막길을 오르며 힘을 많이 소진한 것과 달리 오늘은 내리막길이니까 편안하리라 생각되었다. 역시 시작부터 완만한 도로를 따라 걸었다. 그래도 내리막길이기 때문에 무릎이나 발목에 무리가 가지 않도록 더 조심해야 했다.

'오 세브레이로'에서 1시간쯤 걸으면 중간에 작은 마을을 거치고, 또한 굽이의 산길을 따라 올라가면 허허벌판인 '산 로케' 고개 정상에 커다란 순례자 동상이 서 있다.

남루한 옷차림에 오른손엔 지팡이를 짚고 힘겨운 듯 이마에 손을 댄 채 먼 하늘을 바라보는 순례자다. 자신에게 묻듯이 "순례자, 너 힘들어? 이제 거의 끝나 간다. 힘내자!" 하며 동상을 바라보며 다짐해 본다.

어제부터 갈리시아 지방에 들어섰다. 이 지점부터는 순례길 중간마다 유난히 길 안내 비석이 많이 세워져 있다. 여기서부터 '산티아고 데 콤포스델라'까지 남은 거리가 152.147㎞로, 구체적인 숫자로 표시되어 있다. 팀원 중 누군가 얼마 남지 않아 아쉽다며 이제

산 로케 고개의 순례자 동상

부터 반걸음씩, 갈지(之)자로 걸어야 할 것이라고, 역으로 얼마 남지 않은 거리에 대한 반가운 마음을 표현한다.

이 지역의 오솔길을 걸을 때에 길바닥 중간중간에 소똥이 널려 있어 조심해 걸어야 했다. 산등성이마다 소를 방목해 키우는 목초지가 많아서 길가 그늘에서 쉴 때도 소똥 냄새가 진하게 풍긴다. 길을 걸으면서 보이는 전경은 무척이나 낭만적이고 목가적인 풍경이지만 길을 걸으면서는 한순간도 방심할 수 없도록 길에는 진짜 소똥이 많았다.

지방도를 벗어나 다시 오솔길을 걸으면 파도르넬로의 '산 옥산' 예배당을 지난다. 짧지만 가파른 오르막을 조금 더 걸으면 포요고개(해발고도 1,335m)에 닿는다. 고개 위의 바(bar)에서 잠시 휴식을 취하며 바라보는 초록이 절정을 이루는 풍경이 아름다웠다.

포요고개에서 내려다보는 전원 풍경

항상 휴식을 취할 때는 커피나 주스, 맥주를 마셨는데 오늘은 유난히 콜라가 당겼다. 아마도 아침에 한바탕 다툼으로 인해 스트레스를 받아서 카페인이 당기나 보았다.

도로 옆의 흙길을 따라 '폰프리아'로 들어간다. 마을의 이름은 '차가운 샘물'이라고 한다. 마을을 나와 다시 도로 옆길을 따라 계속 걷다가 오른쪽으로 들어가면 '산 페드로' 성당이 있는 '비두에도'(해발 1,200m)에 들어간다.

마을을 나오고, 멋진 전원 풍경이 펼쳐지는 흙길이 이어졌다. 흙길을 계속 걸어가다 보면 지방도를 만난다. 전형적인 갈라시아 지방의 순례 길로 접어드는데, 오크나무와 밤나무 그늘이 드리워진 시골길을 따라 걸으면 '트리아 카스텔라'로 들어간다.

앞에 나이가 많아 보이는 외국인 순례자 6명이 동네 산책 나온 듯이 대화를 나누거나 핸드폰을 보시면서 천천히 걸어가신다. 어른들이 곱게 나이 들어가는 모습이라고 생각했다. 가까이 다가서 보니 핸드폰으로 내비게이션을 켜서 순례길을 제대로 찾아가는지, 오늘의 목적지가 얼마 남았는지 보는 것 같았다. 이렇게 나이 드신 분들도 핸드폰 앱을 잘 이용하는 것에 놀랐다.

스마트폰의 내비를 보고 길을 찾아가는 나이 드신 순례객

오늘의 목적지는 '트리아 카스텔라'다. 트리아는 셋(三), 카스텔라는 성(城)이라는 뜻, 마을 이름에서 알 수 있듯이 예전에 성이 세 개나 있었던 마을이다. 그래서 이 마을 위 언덕길에서 걸어 내려오다 보면 아직도 이곳에 성을 짓기 위해 돌을 캐던 채석장 터가 남아 있는 것이 보인다.

이 마을엔 알베르게가 몇 개 있는 것 같다. 마을 입구 오른쪽에 자리한 알베르게가 예쁘게 지어져 있어 마음에 들었다. 하지만 우리가 예약한 알베르게는 100m정도 더 들어가서 있었다.

알베르게는 3층 규모의 하얀 건물인데 우리는 2층에 4인용 침실을 사용하는 것으로 배정받았다. 이 알베르게는 샤워실이나 화장실 개수가 많아서 대기하지 않아서 좋았다. 시설도 좋고 깨끗했다.

점심 식사를 하러 알베르게 옆에 있는 레스토랑에 갔다. 갈리시아 지역은 뽀요(문어) 요리가 유명하다. 사실 어제 우리가 숙박했던 마을이 문어 요리로 유명한 곳인데, 하필이면 식당이 쉬는 날이라 문어 요리를 먹지 못했다. 그래서 오늘 이 식당에서 맛있는 문어 요리를 주문해서 먹었다. 문어 요리는 맛과 질, 가성비 모두 좋았다.

순례길은 스스로 아름다웠다

너른 들판에
작은 꽃 무리들 피우기 위해

바람을 막아 준
나무들과 언덕

누군가를 보듬어 줄 수
있는 것들은
행복하다

푸른 하늘과 구름
바람과 운무

그리고 따사로운 햇빛

이 사소한 것들의 사랑으로
순례길은 행복하다

누군가를 편히 쉬어 가게
해 줄 수 있는 것은
행복한 일이다

순례길은
스스로 아름다웠다

제30일(27구간) 5월 24일 금요일

—

트리아 카스텔라 → 사모스 → 사리아(25km, 누계 678km)

"걷는 자에게 주어진 선택은 두 가지뿐이다. 앞으로 걸어가느냐, 뒤로 돌아가느냐, 길을 걷는 자에게 쉼표는 있으나 마침표는 없다."

~ 지쳐 갈 무렵 마음 자세를 가다듬는다

오늘은 코스가 두 가지다. 하나는 직접 목적지로 가는 구간의 짧은 코스이고, 또 하나는 수도원을 들렀다 가는 우회 코스다. 그래서 순례길의 의미에 부합하는 수도원을 관람하고 가는 우회로를 선택했다. 그래서 오늘은 인터넷에서 순례길에 맞는 시를 찾아보았다. 이 코스의 길을 걷기 전에 김수연의 「순례자의 자세」라는 시를 한 편 읽으며 마음의 자세를 가다듬는다.

나는 오늘 순례자입니다

타인의 시선보다 내 안의 물음을

기적을 바라기보다 기도를

스포트라이트보다 등대를

비겁함보다 인간적 눈물

소유보다 존재를 잊지 않게 하소서

이제 사람을 읽고

길을 읽고

떳떳한 가치를 찾는 걸음과

한 뼘의 마음이 자라게 하소서

아침 식사는 어제 슈퍼마켓에서 구입한 라면에 같은 룸메이트가 가져온 고추장을 풀어 얼큰하게 해서 먹었다. 신라면이 부럽지 않게 맛있게 먹었으며 온몸에 열이 나면서 컨디션을 좋게 했다.

새벽에 잠이 깨어 카톡을 서치하다 보니 친구가 보낸 내용에 답장을 안 한 것이 눈에 띄었다. 새롭게 시작하는 사업 아이템인 '단백질 포'를 가져간 게 남아 있으면 사진 몇 장 찍어서 보내 달래고 했던 것이다. 순례길을 걸으면서 카톡 내용을 읽다가 보니 그냥 지나쳤던 것이다. 그래서 아침에 일어나자마자 식당에서 단백질 포를 음료수에 타서 마시는 장면을 사진 찍어 보내 주었다. 갑자기 이 제품의 홍보대사가 된 셈이다. 사실 이 단백질 제품은 이번 순례길에 많은 도움이 되었다. 순례길

단백질 보충을 위해서 준비

을 하다 보면 때로는 식사가 부실하게 되는데 하루에 1포씩 섭취하는 단백질이 체력 유지에 상당한 도움이 되었다.

알베르게를 나서면서 사진을 찍었다. 'Xacobeo'라고 쓰인 이 알베르게 이름을 어떻게 읽는지 궁금해 알아보았다. 'X'는 갈리시아어로 표현했고, 스페인어로는 'J'이며 'J'는 '하'라고 읽는다고 한다. 그래서 '하코베오'라고 읽으며 예수의 제자 야고보를 말한다고 한다. 이 알베르게의 주인은 옆에 있는 레스토랑도 같이 운영하는 부자라고 했다.

'트리아카스텔라'에서 산티아고 가는 길은 두 갈래 길로 나눠진다. 그 길은 20㎞ 지점에 있는 '사리아'에서 다시 만나게 된다. 지도를 보면 도로를 따라 걷는 왼쪽 길에 비해 흙길로 걷는 오른쪽 코스가 훨씬 짧아 보인다. 이 오른쪽 코스가 정통 순례길이라고 했지만, 지금은 대부분 아스팔트길이 되었다. 그래서 대부분의 순례객들이 이 코스를 택하지만 우리는 수도원으로 가는 왼쪽의 길을 선택했다. 이 길은 오라비오강을 따라 걷는 숲길로 우리나라 산의 흙처럼 포근한 산길이다. 이 길을 따라 6㎞ 정도 걷는데, 국도 옆을 걸을 때 속도를 내서 달리는 차를 조심해야 했다.

약 50분 정도 걸으면 아주 작은 마을을 지나간다. 돌집이 운치가 있으나 적막감이 더 가득했다. 이 돌담 골목을 지나니 힘차게 물이 흐르는 계곡이 나왔다. 이 마을을 벗어날 즈음 예쁘게 단장한 묘지를 만나게 된다.

예쁘게 단장된 공동묘지

숲길이 끝나고 3㎞ 정도 더 걸으면 렌체고개가 나온다. 여기까지 길이 너무 좋으므로 생각보다 빠르게 왔다. 오늘 들리게 될 중간 목적지인 '사모스'의 베네딕트 수도원까지 11.7㎞ 중 8㎞ 정도 걸었다. 여기서 잠시 휴식을 취하며 멋지게 꾸며진 가옥을 배경으로 사진을 찍었다.

'사모스'에 가기까지 숲길과 차도가 번갈아 나오고, 곧바로 '산 마티노' 마을이 나왔다. 마을을 지나면 국도변에 커다란 안내 지도가 세워져 있다. 이 지도는 오늘의 목적지인 '사리아'까지 가는 길이 상세하게 나와 있다. 어제는 소들이 풀을 뜯고 있는 탁 트인 목초지의 능선을 걸었는데, 오늘은 숲속으로 난 푹신한 흙길을 걸었다. 마을을 지나는데 집 담벼락마다 닭 모형을 많이 세워 놓았다. 양계를 많이 하는지 길을 걷다 보면 닭을 기르는 농가들이 보였다. 그래서 이 마을은 닭과 관련된 이야기가 있는 마을이라 짐작되었다.

내리막 숲길을 따라가다 보면 중간 목적지인 '사모스' 마을이 내려다보였다. 곧 담벼락에 커다란 선인장이 핀 집을 지나게 되면서 이내 베네딕트 수도원 전경을 보게 된다. 수도원에 들어가기 전 바(bar)에서 대부분의 순례객들이 아침 식사나 간식을 먹는다.

성베네딕트 수도원은 9시 30분에 수사가 나와서 정문을 열어 주는 것으로 관람이 시작된다. 들어가기 전 성당 내에 있는 성물(기념품)을 파는 가게에서 기념품을 구입하고, 티켓을 구입해야 한다. 관람 비용은 5유로다.

수도원에 대한 유래와 신부들의 공부방, 약국 등 내부 관람, 통로 벽화를 보면서 설명을 들었다.

계속 이어지는 오르막내리막 차도와 숲길을 따라 걸어가면 '아기아다(AGUIADA)' 마을을 지나게 된다. 여기 카페에서 점심 식사를 하려고 했는데 우리가 도착한 시간에 카운터 대기자가 너무 많았다. 그냥 가져간 간식만 정원 의자에 앉아서 먹었다. 그런데 옆 테이블에 한국인 순례자 두 명이 앉아 있었다. 이분들은 처남, 매부 사이인데 미국 LA에서 왔다고 한다. 대화를 하다가 기분이 많이 상했다. 대화를 하면서 은연중에 한국인을 무시하는 말을 많이 하고 미국에서 사는 것이 무척 자랑

성베네딕트 수도원

인 양 우월감을 많이 나타냈다.

　이번 순례길에 미국이나 캐나다에서 온 교포 순례자들을 몇 번 만났
는데, 이들은 대체로 한국인을 무시하고 우월감에 빠져 있다는 느낌을
받았다. 실제로 대화해 보니 생각보다 더 심해 실망감이 넘쳤다. 교포
들은 한국인이란 자부심을 가졌으면 하는 생각이 들었다.

　큰 도시인 오늘의 목적지 '사리아' 마을에 도착했다. 이곳은 12세기
무렵 레온과 갈리시아 지방을 통치했던 알폰소 9세가 세운 도시라고 한
다. 수백 년의 역사가 깃든 도시이긴 하지만 '부르고스'나 '레온'처럼 고
풍스러운 도시 분위기는 없었다. 이곳 사리아는 알베르게 가는 길목

에 있는 아름다운 사리아강을 끼고 멋진 레스토랑이 많이 있다. 우리는 600m 거리 막달레나 성당 옆에 있는 알베르게에 배낭을 가져다 놓고 점심 겸 저녁 식사를 위해 다시 이곳 강변에 있는 '로베르또' 식당을 찾았다. 메뉴는 이 집의 대표 격인 순례자 메뉴와 엑스트라로 가리비 조개 요리를 시켰다. 특히 순례자 메뉴 중 세컨드 요리로 송아지 스테이크는 양도 푸짐했고 정말 맛있게 먹었다.

5월, 순례길에서

연두색 익어 가는 것으로
봄이 시작되면서

햇살이 자신의 몸짓으로
나무들을 빛나게 합니다

여름을 앞두고
햇살이 짓는

순례길 숲의 녹색 물결은
희망의 서곡입니다

초록이 물들어

산티아고에 가면 누구나 행복해진다

나무들은 저마다의 몸짓으로

바람과 더불어
그늘을 만듭니다

땀을 식히며
여기 렌체고개에서 잠시 쉬면서
지난 모든 것들 내려놓고

평정심을 가지고
걸어가리라 다짐합니다

순례길을 걷는 것은
사랑입니다

모든 걸 이해할 수 있는
사랑이 있어

천천히 하나씩 이루어 가는
여정입니다

사리아 마을 골목

성 베네틱트 수도원 안의 전경

순례길 중 만난 주택

산티아고에 가면 누구나 행복해진다

제31일(28구간) 5월 25일 토요일

—

사리아 → 모르가데 → 포르토마린(25km, 누계 703km)

"걷기 여행의 매력은 무엇보다 숲을 만나는 것에 있다. 더욱이 이렇게 나무 사이로 찬란하게 부서지는 햇빛을 보면 경이로움을 느끼게 한다."

~ 그림 속 풍경처럼 아름다운 마을

어제 점심 겸 저녁으로 소고기 스테이크에 와인을 마시니 알딸딸해서 초저녁에 일찍 선잠을 잤다. 저녁 9시 30분에 일어나 하루 일과를 정리하고 다시 11시에 잠이 들었다. 우리 알베르게는 식사 제공도 안 하고 주방도 없다. 그래서 새벽 5시 30분에 기상하여 커피포트에 물을 끓여 어제 산 '컵(辛)라면'으로 아침 식사를 하고 출발했다.

사리아 도시를 알려 주는 글자 모형

알베르게를 나와 카미노 방향으로 몇 걸음 걸으면 조식을 해결할 수 있는 바(bar)들이 문을 열고 영업을 한다. 어떤 바(bar)에는 한글로 '환영합니다'라는 문구도 쓰여 있다. 모닝커피가 당겼지만 5㎞ 정도 가면 카페가 또 있을 것이라는 생각으로 지나갔다. 교회가 있는 길모퉁이에 영문으로 Sarria라고 쓰여 있는 모형이 세워져 있어, '사리아'는 짧은 산티아고 순례길 인증을 해 주는 시작 마을이라는 의미를 부여해서 사진을 찍었다.

마을을 벗어날 즈음 카미노를 상징하는 철 구조물 너머 동쪽 하늘에 서서히 태양이 떠오르고 있다. '사리아' 구시가지의 중세 사리아 성 유적지와 돌 십자가를 지나 외벽 석조 조각이 멋진 막달레나 수도원을 만난다. 여기서 묘지 사이의 왼쪽 내리막 흙길로 가야 하나 고민하다가 우리는 자전거 길인 지방도를 걸었다. 구글 내비게이션이 이쪽으로 길을 안내했다. 어두운 새벽길이라 오히려 더 편하게 걸을 수 있어 좋았고, 현명하게 판단했다고 생각했다. 약 2㎞ 정도 걸으면 우측으로 들어가는 산길을 만난다.

이번 구간은 지방도로와 오솔길을 번갈아 가며 걷는 코스다. 밤나무와 오크나무가 무성하게 자란 숲이 순례자를 위해 아침에는 새소리와

산티아고에 가면 누구나 행복해진다

깨끗한 공기, 한낮에는 햇빛을 막아 그늘을 제공해 준다.

장미꽃이 활짝 피어 있는 가정집을 지나간다. 마을을 지나 들판에 활짝 핀 꽃길을 따라 걷다가 지금까지 카미노 길을 걸으며 만난 길 중에서 가장 좁은 오솔길을 만났다. 약 500m 정도 되는 길을 빠져나가는데, 양옆의 풀들이 따갑게 종아리를 스친다. 긴바지를 반드시 입어야 지나갈 수 있는 길이다. 화살표를 보고 제대로 들어온 길이지만 길을 걸으면서도 우리가 지금 제대로 길을 걸어가고 있는 것인가 하는 생각이 들었다.

오늘 카미노 구간은 길을 놓치기 쉬운 구간이 더러 있었다. 얼마 남지 않은 거리인데 긴장을 늦추면 안 되겠다는 생각을 다시 한번 가지며 길을 걸었다.

며칠 전 들렀던 '라바날' 수도원에 거주하는 한국인 인영균 신부님께서 하신 얘기인데, 지금 우리들과 같이 이 산티아고 순례길을 걷고 있는 사람 중 제일 나이가 많은 사람이 몇 세인 줄 아느냐고 물었다. 우리 일행 중에 73세 어르신이 계시니 80~85세 정도이지 않을까 생각했다. 그런데 95세 호주 할머니께서 매일 10~15㎞씩 이 길을 우리와 동시에 걷고 계시다고 했다. 정말 마음속으로 놀라고 또 놀랐다. 대단한 정신력과 신앙심, 체력이라고 생각했고 또 한 번 나 자신의 삶을 돌아보는 계기가 되었다.

길을 걷다 보면 작은 마을들을 몇 개 지나가는데 10㎞를 지날 때까지 커피나 간단한 음식을 먹을 수 있는 바(bar)가 나오지 않았다. 결국 12㎞ 정도 되어서 첫 카페가 나왔다. 바에서 토르티야와 따뜻한 코코아를 마시며 잠시 휴식을 취할 수 있었다.

셀로이로 강을 건너 가파른 오르막 숲길을 오르면 탁 트인 평원길을

만난다. 젖소를 키우는 농가를 볼 수 있으며, 청경채와 비슷한 농작물
을 재배하는 밭을 지나간다. 이 길을 따라 계속 걷다 보면 '바르바델로'
가 나온다.

산티아고까지 100㎞ 남았다는 표지석

사리아 알베르게에서 출발해서 약 3시간 넘게 걸었더니 유네스코에서 공인한 문양이 그려져 있는 산티아고까지 100㎞ 남았다는 표지석을 만났다. 그 옆에 커다란 돌에는 LOVE라는 글씨가 쓰여 있다. 무슨 생각으로 LOVE라고 썼을까? 사랑으로 이 길을 걸었고 사랑으로 모든 어려움을 이겨 내라는 메시지로 읽었다. 특별한 의미가 있는 표지석이라 사진을 몇 장 남겼다.

이곳을 지나면서부터 대부분 순례객들은 긴장이 조금 풀린다고 했다. 누구는 밀린 숙제가 거의 끝나가는
기분이 든다고도 했다. 이제는 남은 4일간 마무리를 잘하는 것만 남았고, '산티아고 데 콤포스델라'에 도착해서 "참 잘했어요!"라는 칭찬 도장만 받으면 된다고 기뻐하는 표정이 모든 사람들 얼굴에 가득했다.

100㎞ 표지석을 지나서 10분 정도 걸으면 간이매점인 오아시스를 만난다. 간식을 먹은 지 한 시간이 되지 않아 그냥 지나갔다. 파란 하늘과 넓은 들판을 배경 삼아 보라색 종들이 매달린 예쁜 꽃들이 많이 피어

있다. 목적지를 향해 바쁘게 지나는 순례객들의 관심을 끌어 본다.

돌집이 있는 마을을 벗어나자 초록빛 초원에서 소들이 한가롭게 풀을 뜯는 목장을 지나게 되는데 이 정경은 한 폭의 그림 속 풍경 같다. 한 걸음씩 옮길 때마다 연속된 그림을 보는 것 같다. 이 멋진 풍경을 오래 간직하기 위해 천천히 걸었다.

사리아 알베르게 기점으로 18㎞ 지점에 '메르카도이로' 알베르게가 있고, 여기서 500m 정도 더 가면 예쁘고 다양한 카미노 조가비 기념품을 파는 가게 겸 식료품 구멍가게가 있는데, 신라면과 햇반, 김치, 고추장 등 한국 식품 몇 가지를 판매한다. 인기가 좋아 햇반 등 몇 가지 상품은 조기에 품절되었다.

신라면, 햇반, 김치 등 한국 식품을 파는 기념품점

이 가게 한구석에는 테이블을 놓아두고, 숟가락, 젓가락을 제대로 준비해 놓고 있었으며, 주인은 전자레인지로 햇반을 데우는 시간과 컵라면의 물 붓는 양 등을 정확히 알고 서비스를 해 주었다. 그래서 컵라면과 햇반으로 점심을 아주 맛있게 먹었다. 더구나 계산할 때는 "감사합니다!" 하며 한국말로 인사를 했다. 한국에 있을 때는 햇반을 먹지 않았는데, 산티아고 길에서 먹어 보면서 햇반이 이렇게 맛있다는 것을 알게 되었다.

이 가게 옆 철조망에서 오랜만에 반가운 하얀 리본을 보았다. '제일 좋은 학교는 가정'이라고 적혔다. 짤막하지만 마음에 와닿는 좋은 글만 쓴다고 생각했다. 누군지는 모르지만, 산티아고 길에서 우리 한국 순례객들에게 위로와 용기를 주는 이 정도의 표식 부착은 좋은 아이디어라는 생각이 들었다.

여기서부터 약 40분 정도 걸으면 갈림길을 만난다. 양쪽 다 알베르게 가는 길이다. 왼쪽은 돌이 많은 내리막길이고, 오른쪽 길은 시멘트로 된 내리막길이다. 거리는 둘 다 비슷하다. 우리는 편안한 오른쪽 길을 선택해서 내려갔다. 20분 정도 걸으면 우리나라의 한강대교만큼 긴 다리를 만난다. 다리 밑을 흐르는 '미노강' 양쪽으로 부서진 성벽 흔적이 남아 있다. 이 다리를 건너면 오늘의 목적지인 '포르토마린'이다.

'포르토마린'은 '미노강'에 저수지가 생기면서 기존의 저지대 구시가지는 사라지고, 고지대의 신시가지만 남아 있는 마을이다. 높은 언덕 꼭대기에 있는 마을 중심부에는 산티아고 대성당의 조각을 담당했던 마테오 장인이 건축 지휘한 것으로 유명한 로마네스크 양식의 산 후안 성당과 중앙 광장이 있고, 주변에는 다양한 식당과 바, 기념품 가게가 있다.

다리를 건너 아주 가파른 계단을 올라 돌로 된 아치문을 들어서니 돌로 건축된 멋진 집들과 다양한 알베르게, 호텔이 있다. 신시가지 느낌이 들도록 세련되게 조성된 마을이다. 오늘 우리가 숙박하는 알베르게는 미노강이 멋지게 조망되는 레스토랑과 알베르게를 겸해서 운영한다.

포르토마린 신시가지 들어가는 돌계단

이곳 '포르토마린'에서 유명한 레스토랑을 찾았다. 미노강이 조망되는 이 레스토랑의 중앙 홀과 창가 자리에는 사람들로 가득했다. 안내를 받아 자리에 앉아 주문을 했다.

포르트마린의 맛집과 메뉴

　이 레스토랑의 주메뉴인 가리비조개, 장어 튀김, 문어 요리와 생맥주를 시켰다. 부드러운 맛의 가리비와 문어 요리, 바삭하게 튀긴 장어와 생맥주는 환상적인 궁합이다. 이 모든 게 46유로다. 맛과 분위기, 가성비가 좋은 저녁 식사를 했다. 순례길에서는 이렇게 머무는 지역의 맛집을 찾아 순례하는 것도 작은 의미를 갖는다고 생각했다.

산티아고에 가면 누구나 행복해진다

순례길과 함께하는 삶

바람은 언제나
등 뒤에서 불고

머리 위에는
따사로운 햇살이 비추고

우리를 행복하게 하는 것은
세상에서 오직 하나
좋은 사람들과 순례길 걷는 일

길은 우리에게
걷는 즐거움을 알게 하고

일상에서 탈출하여
살아 있음을 알게 하는 공간이다

더구나
사랑하는 사람과 함께한다면
더욱 특별할 것이다

순례객들로

살아 숨 쉬는 바로 여기

봄 속으로

삶 속으로
아무 생각 없이 그냥 걸어가 보자

살아 있음을 느낄 것이다

사리아 마을에서 본 일출 장면

산티아고에 가면 누구나 행복해진다

바르바델로 마을로 들어가는 길

제32일(29구간) 5월 26일 일요일

—

포르토마린 → 오스피탈 → 팔라스 데 레이(26km, 누계 729km)

"길 위에서 만나면 반갑게 정을 나누고, 다시 헤어졌다가 만나기를 반복한다.
이것이 산티아고 순례길이다."

~ 활짝 핀 꽃이 아름다운 길을 만든다

일행이 숙박한 알베르게와 우리가 숙박한 호스텔은 30m 떨어져 있
다. 택배로 보낼 짐을 일행이 숙박한 알베르게에 가져다 놓고 주방에서
컵라면이라도 먹고 떠날 계획이었다. 그런데 외국인들도 많이 숙박하
기 때문에 7시 기상 중심으로 거실이나 주방을 오픈한다. 가스레인지
를 켜니 작동되지 않았고 아예 주방에 전원이 들어오지 않았다.

그냥 카미노 길을 출발하기로 하고 길을 나서기 전 가이드(사정이 생겨 가이드가 세 번째 바뀜)에게 방향을 물어봤는데, 내가 초보 가이드라는 선입관을 가지고 얘기를 들어서인지 방향이 헷갈려서 길을 못 찾아 처음 1㎞는 방황을 했다. 중간에 내비게이션을 켜서 보니 목적지와 거리가 점점 멀어지고 있어서 잘못 가고 있다는 판단이 들어 다시 원점으로 돌아와 방향을 제대로 잡았다.

  다시 말하면 알베르게에서 나와 돌문을 지나 계단으로 내려서자마자 우측으로 가다가, 바로 작은 다리 위로 미노강을 건너면 산길로 오르는 오솔길이다. 바로 이 작은 다리를 건너야 하는데 어제 건너왔던 큰 다리를 잘못 건넜던 것이다. 새벽에 들리는 청아한 새소리에 힘을 얻었다. 완만한 산길을 걷다 보면 지방도와 만나게 된다.

  우리 앞을 외국인 젊은 남녀 한 쌍이 앞질러 간다. 이탈리아 국기를 배낭에 매달고 가는 것을 보니 이탈리아 사람인 것 같았다. 다른 사람이 다가온다. 이번엔 "안녕하세요!" 하며 인사를 한다. 사십 대 초반의 한국인 남성이다.

  이 남성은 우리와 같은 4월 27일 프랑스 생장에서 출발했다고 한다. 한 번도 마주친 적이 없다고 물었더니, 본인은 초반에 천천히 걷다가 지금 후반에 속도를 내서 걷고 있다고 했다. 같이 순례길을 걷던 카미노 친구인 같은 또래의 한국인은 중간에 몸이 안 좋아 귀국했고, 초반에 잘 걷던 다른 친구들도 지금 많이 처져서 힘들게 뒤에 오고 있다고 했다. 이 친구는 페이스 조절을 잘한 것 같다. 건강하게 순례길을 완주하라고 말했다.

넓은 들판 사이의 황토 순례길

사료 공장 같은 건물

산티아고에 가면 누구나 행복해진다

지방도를 따라가다 보면 넓은 들판 사이의 황톳길을 지난다. 다시 지방도를 만나 걷다 보면 사료공장 같은 건물을 지나면서 차도를 가로 건너, 차도 옆 넓은 흙길로 들어간다. 여기서부터 첫 마을인 '곤자르' 마을까지는 6.2㎞ 거리다.

출발할 때부터 안개가 자욱했다. 안개가 자욱하니 습기가 많고, 후덥지근한 더운 공기에 온몸이 땀에 젖었다. 이곳 특유의 향기와 더불어 땀 냄새가 더욱 진하게 풍긴다. 동녘 하늘의 일출 풍경도 안개 때문에 흐린 분홍빛만 옅게 보였다.

'포르토마린'에서 '곤자르' 마을까지 오는 길은 우리나라의 평범한 뒷산 오르는 풍경과 비슷했다. 그다음 마을로 연결되는 길도 크게 다르지 않았다.

첫 번째 마을이 거의 다 왔다고 생각되었는데 갈림길이 나왔다. 둘 다 목적지를 가는 것은 같았고 거리도 비슷했다. 내비게이션을 들여다보니 오른쪽으로 가는 길이 조금 더 짧았다. 오른쪽 길을 선택해서 걸었는데 곧바로 첫 카페가 나왔다. 옳은 선택이었다.

카페에서 주문할 때마다 정확한 의사소통이 안 되어 매번 간단한 토스트와 커피, 주스 정도만 시켰었는데 이번 카페는 메뉴판에 음식 그림과 함께 가격이 적혀 있어서 주문하기가 쉬웠다. 계란프라이와 감자튀김, 커피, 주스를 주문했다. 그리고 아침에 못 먹은 신라면을 꺼내 '핫워터' 하고 주었더니 '풀'이라고 말해서, "오케이!" 하고 대답했다. 이렇게 간단한 단어만으로도 모든 주문이 통했다. 오늘도 신라면과 함께한 아침 순례길은 든든했다.

'곤자르' 마을을 나와 왼쪽으로 방향을 틀면 한적한 길로 접어든다.

한참을 걸으면 산타마리아 성당이 있는 '카스트로 마이오르'를 지나 '오스피탈 데 라 크루스'에 도착한다.

로마네스크 양식의 교회를 만났다. 길가에는 교회 내부 모습의 사진이 설명과 함께 세워져 있다. 책에서 본 철기시대 유적지 같은 곳도 지나면서 이 마을에 예쁜 집들이 몇 채 보였다. 꽃이 활짝 핀 화분이 많은 하얀 집, 정원 입구에 말, 강아지 등의 나무 조각품을 세워 놓은 집들이다.

이 마을을 벗어나는 곳에서 두 번째 카페를 만나게 되었다. 그리고 차도를 건너가면 지방도와 나란히 있는 아스팔트길을 걷게 된다.

'벤타스 데 나론' 마을을 지나 리곤데산맥(720m)을 오른 뒤 다시 내리막길을 걸었다. 리곤데강을 건너 다시 오르막길을 오른다. '에이렉세' 마을에 도착했다. 마을 갈림길 끝에 있는 바(bar)에서 크레덴시알에 인증 도장을 찍었다. 잠시 휴식을 취하며 맥주를 마셨다.

이제 '산티아고 데 콤포스텔라'까지 3일이 남았고, 도장 받는 칸은 많이 남아서 여백으로 남겨 두기가 싫었다. 그래서 남은 기간 동안 중간에 들리는 바(bar)마다 계속 도장을 받을 계획이다.

또 '사리아'에서 산티아고 사이의 순례길은 구간마다 중간에 도장을 더 받아야 한다고도 했다. 순수하게 걷지 않고 차로 이동하는 것을 방지하기 위한 것이라고 했다. 하지만 목적지인 산티아고에 도착해서 보니 꼭 그렇지만은 아닌 것이다.

바(bar)에서 나오는데 외국인이 벗어 놓은 배낭을 보았다. 배낭에는 골판지가 붙어 있었다. 이 골판지에 쓴 글씨로 보아 여성이라고 짐작했다. (나중에 확인해 보니 아르헨티나 남성이었다.) 배낭에는 2012~2019년 기간 동안 자전거로 트레킹한 나라와 거리를 적어서 붙이고 다녔다. 그동안 다닌 거리가 무려 93,000㎞. 정말 놀라울 정도의 거리다.

바(bar)에서 나와 조금 걸으니 길가에 십자 석조상이 세워져 있는데 외국인 몇 명이 사진을 찍고 있었다. 십

7년 동안 자전거로 트레킹한 거리가 93,000㎞)

자가 한 면에는 예수, 반대편에는 성모마리아가 아기 예수를 안고 있는 조각상이다. 무슨 중요한 유적 같은 느낌이 들었다. 5분 정도 걸으니 이 십자가 조각상의 사진이 액자에 담겨 마을의 어떤 가정집 외부 벽에 걸려 있었다. 무슨 메시지를 전하는 것 같은데 알 수가 없었다.

우리 앞에 외국인 남녀 다섯 명이 걷고 있었다. 시끄럽게 떠들면서 걷는다. 앞에서 언급한 LA 교포의 한국 사람들이 순례길을 걸으면서 너무 떠든다고 비하하던 얘기가 다시 생각났다. 이 젊은 외국인들을 보면서 느꼈다. 순례길을 걸으면서 내가 본 한국인들이 오히려 순례길의 참의미에 맞게 잘 걷고 있다고 생각했다. 이렇게 떠들며 가는 외국인들도 이해한다. 젊은 그들이 이 길을 걸으며 할 얘기들이 얼마나 많을까 긍정적으로 생각하면 마음이 편하다.

한적한 시골길을 계속 걸었다. 개미 모형을 세워 미니 공원을 조성한 카페를 만났다. 다른 마을보다는 규모가 큰 묘지를 지났다. 이어 '로사리오' 고개를 지나서 오늘 목적지인 '팔라스 데 레이'에 도착했다.

마을 초입에 스포츠센터가 있고 그 옆에 인조 구장의 축구장이 있어 학생들이 축구를 하며 놀고 있었다. 넓은 정원을 낀 알베르게가 멋있게

팔라스데이 가는 길의 마을

만들어져 있다. 조금 더 걸으니 우리가 묵을 알베르게에 도착했다. 알베르게 규모가 제법 크다. 우선 겉보기에 청결하고 쾌적해 보였다.

점심 겸 저녁 식사를 하러 구글 맵을 켜고 인터넷 검색해서 주변 맛집을 찾아갔다. 추천된 맛집의 후기를 읽어 보고 고르면 된다. 순례자 메뉴와 송아지 스테이크, 해산물 파에야, 와인 등을 선택했다. 오늘은 식당과 메뉴를 잘 선택해서 식사가 훌륭했다. 이 모든 게 44유로다. 맛과 가격이 너무 좋았다.

오전 내내 안개가 끼어 흐리더니 오후 3시 이후부터는 햇빛이 쨍쨍해서 길을 걸을 수 없을 정도다. 이곳의 날씨는 대체로 오전에는 흐린

산티아고에 가면 누구나 행복해진다

날씨가 많고, 오후에는 길을 걸을 수 없을 정도로 무덥다. 그래서 보통 2~6시 사이에 '시에스타'라고 하여 낮잠을 자고 그 시간 이후에 활동을 한다. 우리가 말하는 야행성인 것이다.

아무튼 오늘 하루도 안전하게 순례길을 마치게 된 것에 감사했다. 이제 3일간, 68㎞만 걸으면 된다. 이 길을 같이하는 모든 사람이 끝까지 건강하게 완주할 수 있기를 바라며 하루를 마감한다.

순례길

순례길은 말한다
온몸으로 안개를 품어 내면서

나를 이겨 내라고
눈물의 위로를 지어 올린다

순례길은 아름다운 시(詩)다

바람과 안개로 쓰인
천상에서
마지막 빛을 내는 희망이다

묵묵히 걷고 또 걷고 있지만

확실하게
이 길은 사랑이다

세상 모든 형용사로도
표현할 수 없는

우리 앞에 펼쳐져 있는
아름다운 모습

순례길은
삶을 배워 가려는 사람들에게

기다림과 너그러움을
사랑하라고 한다

포르토마린의 새벽

제33일(30구간) 5월 27일 월요일

—

팔라스 데 레이 → 보엔테 → 아르수아(30km, 누계 759km)

"순례길을 걷는 이유는 무엇을 얻고자 함이 아니라 내려놓고자 함이다. 전부 내려놓는 순간 가벼워질 것이다."

~ 순례길에서 발견한 소소한 행복

우리 룸은 5시 30분에 기상했다. 배낭 정리를 하고 지하 부엌으로 내려 갔다. 또 전기가 안 들어온다. 안내문을 보니까 7시부터 부엌이 운영된다 고 한다. 그래서 길을 가다가 아침 식사를 하려고 그냥 알베르게를 나왔다.

알베르게(San Marcos)를 나와서 몇 걸음 앞에 있는 바(bar)가 오픈해 서 간단하게 토스트와 커피를 시켰다. 그리고 알베르게에서 먹으려다

못 먹은 신(辛)라면을 꺼내 뜨거운 물을 부어 달래서 오늘도 기어코 아침 식사로 먹었다. 여기 스페인에 와서 신라면을 몇 번 먹었는데 이렇게 맛있는 줄 재차 느껴 본다.

6시 30분부터 걷기 시작했다. 어둠을 밝혀 주는 가로등 불빛을 따라 걸었다. 성당 주변 광장에는 성 야고보 조각상이 서 있다. 스페인의 전형적인 고풍스러운 풍경의 마을을 지나갔다.

어둠 속의 성 야고보 상

돌판이 잘 깔려 있는 다리를 지나 마을을 벗어나니 불빛 한 점 없는 캄캄한 숲길이 나왔다. 다시 곧 마을이 나오고, 각 가정집 울타리 안에는 2단 높이의 높은 갈리시아의 전통 곡식 저장 창고인 '오레오'가 세워져 있었다.

오늘은 아침부터 안개가 자욱했다. 성당과 공동묘지가 멋들어지게 자리 잡고 있다. 숲길을 걸을 때 빗방울도 간간이 내리고, 맑게 들려오는 새소리도 어딘가 모르게 음산한 느낌이다. 이에 사물의 작은 움직임 소리에도 민감해진다.

돌로 지어진 집과 집 사이에 커다란 조가비 조형물이 상징적으로 세워져 있고, 담벼락은 무성한 녹색 덩굴식물이 빈틈없이 감싸고 있다. 마을을 벗어날 즈음 날이 환해져서 길이 잘 보이기 시작했다.

오늘 걷는 길은 대부분 숲길이다. 유칼립투스나무와 소나무가 터널처럼 드리워진 숲길이다. 나무 기둥을 감싸는 덩굴식물이 많아서인지 유난히 짙은 녹색의 숲이 눈을 상쾌하게 만든다. 곧게 뻗은 황톳길은 녹색과 대비되어 생명의 강한 힘을 느끼게 한다. 오늘따라 발걸음이 더욱 힘차다.

소나무가 터널처럼 드리워진 숲길

예쁜 꽃이 핀 화분으로 장식된 마을

멜리데 마을의 유명 문어 요리 식당

10㎞ 정도를 걸었을 즈음 '레보레이로'라는 마을에 들어섰다. 녹색 평원 위에 그림 같은 집이 보였다. 또 흰색 건물의 가정집 앞에는 야고보 성인이 지키고 서 있다. 성당을 지나고, 정갈하게 만들어진 돌길도 지나고, 마을을 이어주는 돌다리도 지나갔다.

이곳 카페에서 늦게나마 모닝커피를 마시며 휴식을 취했다. 어둠이 걷힌 아침 풍경은 신비스러웠다. 30분 정도 쉬다가 카페를 나와 다시 걷기 시작했다. 마을 밖의 세코 강을 건너 산업지구를 지나간다. 이 숲길을 따라 내려가 중세풍의 '산 후안' 다리를 건너 '푸렐로스'로 진입했다.

약 6㎞쯤 더 걸어 들어가면 우리나라 중소도시 같은 분위기의 '멜리데' 마을이 나온다. 마을의 집들은 예쁜 꽃이 핀 화분들이 많이 놓여 있다. 이 마을은 순례자를 위한 편의시설인 대형 식당, 슈퍼, 옷가게 등이 많이 보인다.

이 '멜리데' 마을 입구에는 유명한 문어 요리 맛집이 몇 개 있다. 우리는 첫 번째 식당 'Pulperia A Garnacha'에 들어갔다. 조리법이 다른 두 가지의 문어 요리를 시킨 후 생맥주와 콜라, 환상의 조합으로 식사를 했다. 이 모든 게 26유로다. 한국에서의 문어 요리 가격과 맛을 비교하며 먹으니 그 가성비에 놀라 더욱 맛있고 가치 있게 느껴졌다.

식당을 나와서 조금 걸으면 작은 성당을 지난다. 다시 노란 화살표와 이정표를 따라 약 15분 정도 더 걸으면 산타마리아 성당을 만난다.

성당 입구에는 자원봉사자 한 분이 인증 스탬프를 찍어 주고 있었고, 순례자 몇 명이 대기하고 있다. 나에게 "코리안?" 하며 묻더니 한글로 몇 마디가 적혀 있는 종이를 보여 준다. 거기에는 '감사합니다' 등의 한글 인사와 성당이 16세기에 지어졌다는 내용이 한글로 적혀 있었다.

'멜리데' 마을을 지나 돌 징검다리를 건너니 갈림길이 나왔다. 양쪽 다 노란 화살표가 그려져 있다. 우리는 오른쪽 숲길로 가는 길을 따라갔다. 오늘 구간은 가도 가도 싱그러운 숲길이다. 우리나라의 강원도 인제에서 보았던 하얀 자작나무 숲도 있다.

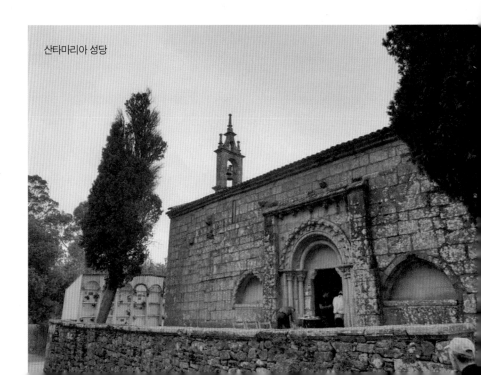

산타마리아 성당

순례길 막바지에 수준 낮은 일행들의 안 좋은 모습을 몇 번 보았더니 마음이 편하지는 않았다. 길에서 만난 새로 투입된 가이드가 나에게 마음을 내려놓고 힐링하는 마음으로 천천히 걸으라고 한다.

숲길을 걷다가 한국인 모녀를 만났다. 좀 전에 들린 문어 요리 식당에서 본 사람들이다. 이제 순례길이 거의 끝나가니 좋겠다고 인사를 건네니 어떻게 걷다 보니 여기까지 무사히 오게 되었다고 스스로 대단하고 만족스럽다고 했다.

처음에는 외모를 보고 자매지간 또는 학교 선후배로 생각했다. 관계를 물어보니 캐나다에 이민 간 지 15년이 되었다고 하며 모녀지간이라고 했다. 걷는 모습도 활기차고 모녀가 너무나 다정해서 보기 좋았다.

다시 갈림길이 나왔다. 양쪽 전부 카미노 길이다. 대부분 사람들이 오른쪽 길을 택했다. 편한 차도 옆 흙길이다. 집사람은 캐나다에서 온 엄마하고 줄곧 얘기하며 걷는다. 우리 집 딸이 고등학교, 대학교를 캐나다에서 나오다 보니 할 얘기도 많고 아무래도 더 정감이 가는 것 같았다.

숲길 밑을 흐르는 조그만 강줄기를 건넌다. 계곡으로 떨어지지 않도록 멋지게 예술적 감각으로 푸른 숲과 어우러진 나무 난간을 만들었다. 보랏빛 야생화가 푸른 하늘 배경으로 흐드러지게 피어 있고, 그 옆 평원에는 소들이 한가롭게 풀을 뜯는다.

이곳에서부터 다시 숲길을 따라서 걸었다. 처음 보는 이름 모를 나무가 하늘을 찌를 듯이 무리 지어 서 있고, 그 사이로 넓은 길을 만들어 순례객들에게 제공한다.

젖소를 키우는 목장을 지나고, 다시 숲길을 걷다가 강을 건너면 그림 같이 아름다운 '리바디소' 마을에 들어선다. 여기서 오르막길을 따라 왼쪽 오솔길로 가서 터널을 통과한 후 국도와 나란히 있는 옆길을 걸어 오늘의 목적지 '아르수아'에 도착했다.

오른쪽으로 바로 가면 조금 짧은 거리이나 차도를 따라 얼마간 걸어야 하기 때문에 달리는 차들로 위험하다. 큰 차이가 없으므로 안전한 카미노 길로 가는 것이 좋다.

알베르게를 찾아 들어갔다. 샤워실이 깨끗하고 뜨거운 물이 잘 나온다. 주방시설은 없으나 오히려 룸 내부에 식탁과 전자레인지, 커피포트가 있어 편리했다.

순례길을 하면서의 행복은 별것이 아니다. 기본적인 아주 작은 것만 해결되어도 행복을 느낀다. 그동안 너무나 당연하게 여겼던 것들인 먹고, 자고, 싸고, 씻는 것 등 이런 기본 행위에 대한 고마움을 모르고 그냥 지나쳤다. 이런 사소한 것들에 대한 고마움이 이번 순례길을 걸으면서 새롭게 깨달은 감사함이다.

이제 D-2일, 38㎞ 남았다. 내일과 모레 각 19㎞씩 걸으면 산티아고 대장정이 끝난다. 아직 길다면 길고, 짧다면 짧은 시간과 거리다. 마지막까지 긴장을 늦추지 말아야겠다. 산티아고 순례길을 걸었던 많은 사람들의 경험에 따르면 이때가 육체적으로나 심리적으로 안정이 가장 중요하다고 한다.

"부엔 카미노!" 오늘 밤 숙면을 위하여!

순례길을 걷다

산티아고를 향해 걷는

그 길은
멀고 긴 시간이다

나를 찾기 위해 나선

낯설고
막막하고
외로운 고독의 길이다

지나온 세월을 반성하고
다가올 미래를
긍정적으로 보는 시간

이 길을 걸으며
모든 짐을 내려놓고 비운다

비우면 비울수록
인생이란
배낭의 짐은 가벼워진다

그동안
내가 찾아다닌 수많은 길

제주 올레길
지리산 둘레길
눈 쌓인 만년설 히말라야 산길 등

그 길 걸었던 경험이
여기 산티아고를 걷게 했다

여기 순례길에
희망의 노래가 울려 퍼진다

순례길을 걷는 사람들

꽃과 밀밭, 하늘이 연출한 아름다운 순례길

제34일(31구간) 5월 28일 화요일

—

아르수아 → 카에 → 산타 이레네 → 오 페드로우소(20km, 누계 779km)

"때가 되면 누구나 길을 떠난다. 그리고 그 길 위에 당신을 기다리는 사람이 있다."

- 파울로 코엘료

~ 지나온 날들이 그리워지기 시작하다

오늘은 34일차, 31구간 순례길 걷기다. 산티아고가 가까워진다. 도로에는 차들도 많이 다녔다. 따라서 국도를 횡단할 때 달리는 차량에 특히 주의해야 했다. 목적지가 가깝기 때문에 이 구간부터는 바(bar)도 많이 나온다.

순례길 막바지에 다가갈수록 크레덴시알의 빈칸에 스탬프를 찍을 수 있는 기회가 많다. 대부분 구간마다 2~3개의 스탬프를 찍는데 어제는 무려 13개의 스탬프를 찍었다. 내일 순례길 마지막 구간인 산티아고 피날레를 위하여 크레덴시알에 4개의 빈칸만을 남겨 놓고 인증 도장을 찍었던 것이다.

숙박한 알베르게 룸 안에 테이블과 커피포트가 있어 편하게 컵라면을 먹었다. 스페인 컵라면에 고추장을 두 숟가락 풀어 얼큰하게 먹으니 신라면 맛 부럽지 않았다. 이렇게 아침 식사를 든든하게 먹어야 초반 걷기에 힘들지가 않다.

오늘은 구글 내비게이션이 없어도 알베르게를 나와 카미노 길을 찾는 게 다른 때보다 수월했다. 성당을 지나 '아르수아' 마을을 벗어나니 어제처럼 녹색 짙은 숲길이 시작되었다. 약 1시간 정도 걸으니 제법 많은 집들이 있는 마을이 나왔다. 일반 가정집 벽에 '지혜의 벽(The Wall Of Wisdom)'이란 제목으로 A4 규격의 용지 30여 장에 명언을 적어 붙여 놓았다. 바쁜 일정으로 읽어 보지는 못하고 그냥 지나갔다.

오늘은 시작부터 끝까지 5시간 동안 부부 두 팀이 같이 걸었다. 이 부부는 처음 시작할 때 산티아고 순례길을 완주하기가 어려울 것으로 생각되었는데 여기까지 잘 걸어온 것이다. 이 부부는 중도에 한국으로 돌아가든지, 버스를 타고 점프해서 산티아고로 가려고 몇 번이나 마음을 먹었다고 말했다. 오늘까지 이렇게 걸었던 게 기적이라고 했다. 스틱과 무릎 보호대의 도움이 컸다고 했다. 처음에는 몸이 힘들었으나 이제는 몸보다도 사람 상대하기가 더 힘들다고 했다. 몸은 나날이 적응하는데 사람을 대하는 게 날이 갈수록 더 힘들다고 했다. 나도 그랬다. 사람들이 순례를 온 건지, 술래(술 먹으러 온)를 온 건지 순례길에 대한 의미를 모르는 한심한 사람들이 너무 많아 후반부에는 사람들에 대해 많이 실망했고, 일부 사람들과는 트러블도 있었다.

어제저녁에도 알베르게는 어수선했다. 한국인들이 지하 주방의 식탁에 앉아 큰 소리로 떠들면서 술을 많이 마신다. 외국인들은 술 없이도 조용히 대화를 잘 하는 것에 반해, 한국인은 술을 마시면 몸을 가누지 못하고 쓰러질 때까지 끝장을 보는 사람들이 많다. 그리고 조용히 자면 되는데 주위에 피해를 주고, 소란을 피우고 큰 망신이다. 특히 해외에서의 이런 행동은 우리가 고쳐야 할 큰 문제라고 생각했다.

이 마을 '카사 칼자다(Casa Calzada)'라는 바(bar)에서 휴식하면서 커피를 마셨다. 카페를 나와서 화살표를 따라 마을 골목길 사이를 걷는다. 얼마 남지 않은 산티아고에 대한 안내 지도와 장미꽃이 예쁜 가정집을 지났다. 한 시간 정도 지나서 다시 다음 마을의 카페에 들렀다. 카페 벽에는 커다란 달력 크기의 인물 사진이 10여 장 이상 걸려 있었다. 산티아고 순례길을 걸은 순례자의 해맑은 얼굴들을 찍은 사진이다. 사실 무슨 사진인지 궁금했다. 카페 입구로 들어서면 바로 앞의 홀도 좋지만 뒤뜰로 나가면 더욱 좋다. 여기서 문 앞에 걸려 있던 이 사진들의 궁금증이 풀렸다. 뒤뜰 구석에는 스튜디오가 있었다. 이곳 스튜디오에서 순례자들에게 사진을 찍어 주고 10유로씩을 받는다. 그리고 각 개인의 이메일로 사진을 보내 준다고 쓰여 있다. 아주 좋은 서비스이고 멋진 아이디어다. 사진 속 순례자들의 인상들이 너무 맑다.

순례자들의 사진이 걸려 있는 카페 외벽

순례자들에게 사진을 찍어 주는 스튜디오 카페

다시 이어지는 숲길을 따라 걸었다. 길가 돌담 위에서 쉬고 있는 청년을 보았다. 침낭을 햇빛에 말리면서 노트북을 꺼내 놓았다. 가만히 배낭을 살펴보니 어제 '아르수아' 시내에서 잠깐 보았던 청년이다. 사실은 이틀 전 카페 앞에서 보았던 배낭에 예쁘게 쓴 글씨체를 보고 여성의 배낭이라고 추측했는데 실제는 남성이었다. 국적을 물어보니 아르헨티나라고 한다. 7년간 바이크로 93,000㎞를 달렸고, 이 기록을 기념하기 위해 티셔츠를 만들어 입고 다닌다고 하며 티셔츠를 우리에게 보여 준다. 내가 어제오늘 만나서 두 번씩이나 대단하다고 아는 척을 해 주었더니 너무 반갑다고 껴안으며 인사를 한다. 이 청년과 같이 기념사진을 찍었다. 아르헨티나 청년은 본인이 유튜브를 한다고 소개했다. 오늘 우리와 같이 찍은 사진도 유튜브에 소개가 될 것이라는 기대가 생겼다.

7년간 바이크로 93,000㎞를 달린 아르헨티나 청년(좌), 청년의 배낭과 짐(우)

계속해서 숲길과 차도 옆 흙길을 걸어 '라스, 브레아, 엠플라메' 마을

등을 지나 10㎞ 이상 계속 걸으면 '산타 이레네' 마을이 나온다. 길을 걷다 보면 가끔 야자수 나무가 나와서 의아스럽기도 했지만 계속해서 펼쳐지는 녹색의 숲을 걸어가면서 힐링을 했다. 이 길을 걷다 보면 이곳에서 '산티아고 데 콤포스델라' 도착을 하루 남기고 유명을 달리한 순례자 '기예르모 와트'를 기리는 기념비가 있다. 고인의 사진과 함께 꽃, 십자가 등 유품이 돌 제단에 놓여 있다. 잠시 묵념을 하고 지나갔다.

순례자를 추모하기 위한 기념비

도로를 건너서 떡갈나무와 소나무가 울창한 오솔길을 걸어가면 '오셴'에 도착한다. 여기서부터는 완만한 내리막길이다. 한국인 특유의 은근한 부지런함과 유럽인의 여유가 조화를 이루면서 걸어가면 좋은 길이다.

'산타 이레네'를 지나면서부터는 도로를 사이에 두고 지그재그로 넘나들며 10층 높이만 한 유칼립투스나무들이 쭉쭉 뻗은 숲길을 걸었다. 우리나라 평창의 월정사 잣나무 숲길 같은 분위기다. 바닥에는 허물을 벗은 유칼립투스나무의 껍질들이 쌓여 있다. 이국적인 분위기를 즐기면서 천천히 힐링하며 걸어가는 길이다.

알베르게는 부부 팀만 별도로 예약했다. 침대, 샤워실, 화장실, 로비, 빨래를 말리는 장소 등 모든 것이 완벽했다. 순례길 마지막 여정의 마무리를 위해 최상의 컨디션을 유지하라는 '성 야고보' 성인의 뜻이라 생각하니 기분이 좋아졌다.

유칼립투스나무 숲길

점심 겸 저녁 식사를 추천받아 소고기 돌구이 식당을 찾았다. 티본스테이크 2인분(1kg)과 생맥주, 토마토 샐러드, 빵, 아이스크림 등 이 모든 게 35유로다. 지금까지 스페인에서 식사했던 것 중에서 오늘이 가장 맛있고 가성비 좋은 식사였다. 다음에 산티아고 순례길을 다시 온다면 반드시 이 식당을 다시 찾아와야겠다고 생각했다. 근사한 이 식당의 이름은 '오 페드로우즈(O Pedrouzo)'이다.

티본 스테이크 돌구이 식당

식사 후 알베르게에 돌아왔더니 스페인 여성 두 명이 로비에서 휴식을 취하고 있었다. '산티아고'에서 '아스토로가'까지 10일간 일정으로 걷는다고 한다. 우리와 반대 방향으로 걷고 있는 것이다. 우리는 전자레인지로 물을 끓여 가져온 카누 봉지 커피를 마시면서 이 여성들에게도 커피를 주었다. 원더풀 하며 손가락을 치켜세운다. 이 아가씨들이 우리의 윷놀이와 비슷한 오락판을 가져와서 주사위 놀이를 하자고 제안한다. 이들에게 즉석에서 놀이 방법을 배워 가면서 같이 주사위 놀이를 하며 놀았다. 이 여성들은 밝고 쾌활했으며 유머도 많았다.

내일 산티아고에서 순례길 완주 증명서를 발급받으려면 여권 사본이 필요하다고 해서 카운터에 있는 직원에게 카피해 달라고 부탁했다. 카운터 보이는 진지한 표정으로 카피 1장당 10유로라고 말했다. 내가 그렇게 비싸냐고 놀라는 시늉을 하니 곧바로 "조크, 조크." 하며 웃었다. 그녀들도 "조크!" 하며 따라서 까르르 웃었다. 이렇게 분위기가 밝은 알베르게에서 숙박하게 된 것도 성 야고보의 배려라고 생각했다. 이제 D-1, 19㎞ 남았다. 무사하게 완주할 수 있도록 기도했다.

모든 걸음이 축복

이렇게
먼 길을 걸어와

편안한 마음과
자세로

삶을 바라보게 됩니다

순례길은

사랑과 겸손
꾸준함의 결과입니다

돌아보면
모든 걸음이 축복입니다

고맙습니다

내게
이런 기회를 주셔서

사진을 찍어 주는 스튜디오 겸 카페

산티아고에 가면 누구나 행복해진다

산티아고 남은 거리를 안내하는 기념석

순례길 중 만난 카페

제35일(32구간) 5월 29일 수요일

—

오 페드로우소 → 라바코야 → 산티아고 데 콤포스텔라(21km, 누계 800km)

"약상자에는 없는 치료제가 여행이다. 여행은 모든 세대를 통틀어 가장 잘 알려진 예방약이자 치료제이며 동시에 회복제이다."

- 대니얼 크레이크

~ 기다림의 끝, 산티아고 데 콤포스텔라

산티아고로 가는 마지막 순례길을 걷는 날. 눈을 뜨니 5시다. 다른 날보다 더 일찍 눈이 떠지는 것은 설렘도 있지만 11시에 도착해서 기념사진도 찍고, 샌프란시스코 성당에서 12시부터 진행하는 순례자를 위한 미사에 참석하기 위해 일찍 도착해야 했다. 그래서 새벽 5시 30분에 알베르게를 나왔다. 칠흑 같은 어둠이 사물을 분간하기 어려웠다. 이번 순례길 중 처음으로 가장 이른 출발 시간이다. 어쩔 수 없이 플래시를 켜고 갈 수밖에 없다.

오늘도 여느 때와 다를 것 없이 힘찬 첫걸음을 걸었다. 바로 며칠 전 걷기 시작했던 것 같은데 벌써 32일째 마지막 날 걷기라니 아쉽기 그지없었다. 30여 미터 앞에 10여 명 이상의 순례객 무리가 걸어가고 있다. 뒤에서 체형이나 걸음걸이를 보니 우리나라 사람처럼 보였다. 그리고 이 새벽에 떼거리로 길을 나설 사람들이 부지런한 한국 사람밖에 더 있겠는가 하는 생각이 들었다. 가까이 다가가서 확인해 보니 내 생각이 맞았다.

약 1㎞ 정도를 이 무리를 뒤따라 걸었다. 어둠 속에서 카미노 길을 찾는 수고 없이 앞사람만 보고 따라가면 되니 사실 편했다. 그런데 우리한테 불빛을 나누어 주는 것이 자기들한테 손해라고 말하면서, 그 일행 중 한 여자가 우리한테 앞서서 빨리 가라고 했다.

내가 가든 서 있든 빠르게 가든 느리게 가든 상관할 일이 아닌데 새벽부터 기분이 언짢았다. 그래서 속도를 내서 따라오지 못하게 아주 빠르게 걸었다. 그 일행들을 나중에 산티아고 대성당 앞에서 만났는데 우리보다 한 시간이나 늦게 도착했다.

어두운 새벽 숲길을 걸어간다

오늘 마지막 구간도 숲길로 시작했다. 어둠 속에서도 '찌르르' 하며 새들의 청아한 울음소리가 들린다. 상쾌한 숲 향기가 코를 자극했다.

어둠 속이라 걸음 속도도 빠르다. 비장한 각오로 전쟁터에 나가는 병사들처럼 발걸음도 빠르고 묵직하게 느껴졌다. 길을 걸으면서도 오늘이 마지막 날이라 생각하니 반가운 마음이 들기도 했지만 "이젠 정말 끝인가? 더 이상 걸어갈 거리가 없는가?"라고 생각하면 아쉬운 마음이 들기도 했다. 마음이 조급해져서 4㎞ 만에 나온 첫 번째 카페를 그냥 지나갔다. 이것이 패착일 줄이야 어찌 알았겠는가.

아침을 안 먹었더니 배가 고파왔다. 하지만 다시 4㎞ 정도 가면 바(bar)가 있다는 정보를 필그림 앱에서 읽고 계속 걸었다. 바(bar)가 몇 개 나왔다. 그러나 너무 이른 시각이라 문을 열지 않았다. 그래서 알베르게를 출발해서 계속 10㎞ 이상, 2시간 40분 만에 겨우 문을 연 카페를 찾아내서 간단하게 조식을 했다.

숲길이 거의 끝나갈 즈음 돌담이 있는 공원이 나왔다. 그 돌담 끝에는 순례자가 벗어 놓은 등산화 한 켤레가 얌전히 놓여 있다. 그 등산화 위에는 꽃송이가 꽂혀 있었다. 800㎞를 함께 걸어온 신

신발에게 영광의 꽃다발을

발에게 영광의 꽃다발을 전해 주고 싶은 순례자의 마음이 느껴졌다.

지하도를 지나갈 때 벽에는 한국인 순례자의 이런 글도 보였다. "마지막이다! 식빵! 순례길 왔다가 황천길 갈 뻔! 그래도 끝까지 왔다. 모두 화이팅이다! 부엔 카미노!" 이 글을 쓴 사람의 몸과 마음의 상태가 어떤지 이해가 되었다. 얼마나 힘이 들었으면 황천길 갈 뻔했다고 썼겠

산티아고에 가면 누구나 행복해진다

는가 말이다.

마지막 구간의 카미노 길을 걸어가면서 그동안 일어났던 일, 에피소드, 아름다운 풍경이 하나둘씩 떠올랐다.

프랑스 파리에서부터 걸어왔다던 청년,

나에게 먼저 말을 건넸던 키가 크고 멋쟁이인 프랑스 할아버지,

무슨 얘기를 하려면 처음부터 아주 세세하게 묘사하며 설명하는 대구 아저씨,

걷기 꾸준함의 표본이던 일본인 모녀,

한국말을 조금 아는 순박한 알베르게 주인 내외,

그리고 오늘 새벽 부딪쳤던 코리아노 그루포 등등

그들은 지금 어느 곳에 있는지,

또 다른 길을 아직도 걷고 있는지,

아니면 카미노를 잘 끝내고 고국으로 돌아가 건강하게 본업에 복귀했는지 궁금했다.

32일 동안 카미노 길을 걸으면서 내 눈은 늘 경이로움에 젖어 있었다.

길을 걸으면서 보는 아름다운 풍경은 마치 액자 속 한 폭의 그림인 듯했다.

길가에 피어 있는 요염한 자태의 양귀비꽃,

노랑과 연두색이 어우러져 핀 유채꽃 들판,

개나리처럼 보이는 이름 모를 샛노란 꽃,

꽈배기 과자처럼 꼬아져 볼품없어 보이는 키 작은 포도나무밭,

끝이 보이지 않은 지평선,

바람에 넘실대는 밀밭 평원,

녹색 나무에 빨갛게 익은 버찌,

마을의 가정집마다 걸려 있는 예쁜 꽃이 핀 화분,

햇빛이 비치는 담벼락에 무리 지어 핀 빨강, 노랑, 분홍빛 등

갖가지 색의 꽃으로 유혹하는 장미,

껍질 벗은 매끈한 몸매의 유칼립투스나무,

보이는 모든 풍경 그 자체가 신비로웠으며

예술가의 손으로 빚은 작품이었다.

같은 풍경이 반복되면서 더 자세히 보였고,

이 모든 것들이 한데 어우어진 산티아고 순례길은 경이와 감탄을 자

아내는 기적의 길이었다.

~ 카미노여 안녕!

무거운 발걸음

더욱 지치게 만들었던 비바람

정면으로 나를 흔들고

저녁이면 노을 속으로 숨어 버린 바람들

숨을 곳 없어 고스란히

드러난 얼굴 비춰 주는 따가운 햇살

말은 없어도 마음으로

힘이 되어 주며 같이 한 카미노 친구들

그리고 오랜 꿈 산티아고 카미노는

이제 나의 길이 되었네

영원히 끝나지 않을 것 같던 카미노여

이제는 안녕

친구들에게 카톡 응원 문자가 왔다. 산티아고까지 남은 거리가 약 10 ㎞라고 답변을 보냈다. "장하다, 대한 건아!", "마무리 잘해라!", "부부가 함께하니 너무 멋있어!"라는 응원 답글이 왔다. 마지막으로 힘을 내서 마무리를 잘해야 되겠다는 생각이 들었다. 친구들아, 나중에 기회가 되면 같이 오자. 내가 가이드해 줄게.

숲길을 벗어나니 나무 그늘이 거의 없었다. 강한 햇빛 아래 30분 정도 걸으니 살며시 땀이 흐른다. 이제는 정말 산티아고가 가까운가 보았다. 차도와 나란히 걷는 길이 나오고 차량도 많아졌다. 계속 차도를 따라 걸었다. 재미는 없지만 남은 거리를 표시해 주는 카미노 표지석을 보면 거의 다 왔다는 만족감에 힘이 났다. 커다란 건물들과 고풍스러운 성당 건축물들이 보이기 시작했다. 이제 진짜 '산티아고 데 컴포스델라'에 가까워졌다는 것을 느낄 수 있었다.

언덕을 내려와 걷다 보니 멀리 성당 첨탑과 지붕이 보이기 시작했다. 1㎞ 전방이다. 길바닥의 조가비 이정표를 찾았다. 시내에서도 산티아고 가는 길을 가리키는 이정표가 보인다. 드디어 산티아고에 도착했나 보았다. 기쁨과 설렘에 가슴이 두근거렸다.

산티아고 도시에 들어서다

산티아고 초입에는 현대식 건물로 가득했다. 입구에 대형 조각물이 있고, 그 안에 성인과 역대 교황들이 부조 형태로 세워져 있다. 조형물 맨 아래에는 요한 바오로 2세의 모습도 보였다. 우리뿐 아니라 외국인 순례객들도 기념사진을 찍기 시작한다.

배낭을 메고 그대로 '산티아고 데 콤포스델라' 성당으로 향했다. 성당의 규모가 상당히 크다. 일부 외벽은 공사 중이다. 성당의 웅장함에 할 말을 잊었다. 벅찬 감동과 함께 지나간 일들이 주마등처럼 떠올랐다. 여러 포즈를 취하며 사진을 찍었다. 말없이 성당을 한참 바라보다가 광장에 털썩 주저앉았다.

지금 이 순간 이 광장에는 많은 순례객들이 모여 있다. 버스로 단체 관광을 온 사람들도 있지만 대부분은 카미노 800㎞를 걸어온 순례객들이었다. 이들은 지금 어떤 심정일까? 산티아고 성당을 바라보며 이런저런 생각으로 잠시 시간을 보냈다.

성당으로 가다가 반가운 얼굴을 만났다. 카미노 중간에 여러 번 만났던 일본인 모녀를 여기 산티아고 종착지에서 만났다. 우리는 반가움에 부둥

켜안으며 그동안 카미노 길을 걷느라 수고했다고 서로를 격려했다.

성당 뒷골목에 있는 '러기지 스토리지'에 배낭을 맡기고 정오 미사에 참석하기 위해 100m 거리의 '샌프란시스코' 성당으로 갔다. 11시 30분인데 이미 거의 성당 안의 좌석이 채워졌다.

신부님의 순례자들을 위한 나라 호명과 축하 설교가 있었다. 맑은 목소리의 수녀님 성가가 성당 안에 가득 울려 퍼졌다. 샌프란시스코 성당 안에서 이 긴 여정을 잘 마치게 해준 것에 대한 고마움과 친구 딸의 병세 회복을 위해 기도를 했다.

산티아고 광장에 털썩 주저앉았다

돌이켜 보니 이곳까지 오는 길 위의 여정이 더없이 행복했다. 많은 반성과 결심, 반목과 이해 등 매 순간이 소중한 시간이었다. 때로는 힘들기도 했지만 소중한 사람과 이 기나긴 시간을 함께했음이 행복했다.

이 모든 것들이 이제는 추억이 되었고 그리움으로 남았다. 다시 찾을

다시 만난 일본인 모녀 순례객과 함께

기회가 있을지 모르지만 '카미노 데 산티아고'는 영원히 잊지 못할 것이다.

미사가 끝나고, 크레덴시알을 가지고 사무소로 가서 순례길 완주 증명서를 받았다. 그리고 약 800m 떨어진 예약된 호텔로 향했다. 가는 길에는 해산물, 소고기, 스시 등 맛집이 즐비하게 있었다. 식당 문 앞에 서 있는 종업원에게 잠시 후 저녁 식사를 하러 오겠다고 약속하고 이 길목을 지나갔다.

오후에는 호텔에서 편히 쉬었다가 늦은 저녁에 성당 앞 맛집 골목에서 순례길 완주를 자축하는 파티를 즐기면서 오늘을 만끽했다.

산티아고 순례길 완주 증명서

산티아고에 가면 누구나 행복해진다

기도

산티아고만 가면
모든 게 이루어질 줄 알고
여기까지 왔다

나무도 보고
꽃도 보고
노래하는 새소리도 들었는데

정작 내 마음이 전하는
소리를 듣지 못했다

뜨거운 햇볕
희미한 안개 속과
사나운 비바람에 시달려도

푸른 하늘은
나의 희망이었는데

나는
그냥 침묵하는 바위가 되어

기도하며
묵묵히 기다리리라

태산 아래 작은 바위처럼
바람 아래 들풀처럼

몸 낮추고
때가 올 때까지
숨죽이며 기다리겠다

산티아고 시내 들어가기 전에 있는 순례자상

산티아고에 가면 누구나 행복해진다

800km를 걸어 드디어 산티아고 대성당 앞에

제36일 5월 30일 목요일

—

"도저히 버틸 수 없고 이겨 낼 수 없을 것만 같은 긴 순례의 시간들을 버티고 난 뒤 돌아보면 더 강한 나로 이끄는 아름다움이 숨겨져 있는 것 같다."

~ 스페인 땅끝 마을 무시아를 가다

어제저녁은 산티아고 시내에서 유일하게 한국인이 운영하는 한국 음식점에서 먹었다. 내가 숙박하고 있는 호텔에서 1㎞ 거리다. 구글 맵에서의 안내문에는 오후 8시 30분부터 영업이 시작되는 것으로 되어 있다. 반드시 예약 후 방문하라고 했는데 전화 연결이 안 됐다. 그냥 식당으로 직접 찾아가 보기로 했다. 7시 30분에 도착하니 철문이 닫혀 있었다. 가게 앞 테이블에서 30분을 기다리니 식당 여사장님이 출근했다. 오늘 예약이 다 찼으니 안 된다고 말한다. 그러면 밖에 있는 테이블이라도 좋으니 식사할 수 있게 해 달라고 부탁했는데, 외부 테이블도 예약되어 있다고 했다. 다시 "내일은 예약이 될까요?"라고 물어봤다. "내일부터 지역 패밀리 축제라서 며칠간 휴업이에요."라고 했다. 그러면 그냥 앉아서 쉬고 있겠다고 했다.

한식 먹는 것을 포기한 상태였는데, 그냥 무작정 기다리고 있던 우리의 정성이 통했는지 잠시 후 남자 사장님이 와서 9시 30분 예약 손님이 있는데 한 시간 내에 식사 마칠 수 있다면 자리를 만들어 주겠다고 한다. 우리는 기쁜 마음에 10분 내라도 식사를 마치겠다고 말했다. 해물라면, 쌀밥, 오이김치, 군만두 2세트와 불고기 백반을 시켰다. 오늘 벌써 한국을 떠나온 지 한 달이 넘었다. 오랜만의 우리 한국 음식을 정말 맛있게 먹었다. 아래 주소가 산티아고에 유일하게 있는 한국 식당 주소이다.

Café Bar NuMARU Restaurante Coreano

Avenida do Mestre Mateo, 19, 15706 Santiago de Compostela, A Coruña

Tel. 699 67 32 71

오늘의 원래 계획은 산티아고 시내 관광을 하려고 했는데 같이 온 부부 팀 일행이 스페인의 땅끝 '무시아(Muxia)'를 가자고 한다. 산티아고 시외버스터미널에서 아침 8시 45분 버스를 타고 무시아를 갔다가 2시 30분 버스로 다시 돌아오는 일정이다.

무시아는 산티아고 순례길의 마지막 여정지로 알려져 있다. 이곳에는 '노사세뇨라' 성당, 땅끝을 알려 주는 0.0㎞ 표지석과 11m 높이의 거대한 화강암 조형물, 57㎞ 먼바다에서도 보이는 등대, 엎드려 기어 나오는 바위 동굴, 성모마리아 성상이 발견되었다는 '흔들리는 돌(Pedras de Abalar)' 등이 볼거리다.

무시아 바닷가의 노사세뇨라 성당

산티아고에 가면 누구나 행복해진다

그동안 내륙에 있는 순례길만 걷다가 처음으로 탁 트인 바다를 보니 감회가 새로웠다. 이곳이 정말 스페인 대륙의 끝이구나 하는 것을 실감해 본다.

'노사세뇨라' 성당 위 땅끝을 알리는 표지석 뒤에 세워져 있는 거대한 11m 화강석 조형물이 세워져 있다. '무시아' 앞바다에서 2002년 그리스 선적의 유조선 Prestige호가 좌초되어 약 7만 톤의 기름이 유출되는 사고가 있었고, 그 상처를 기억하기 위해 세워진 것이라고 한다. 그래서 이 조형물의 이름은 A Ferida(The

유조선 사고를 기억하기 위한 A Ferida라는 조형물

Wound)이다. 무시아가 유명한 게 하나 더 있다. 그것은 영화 〈더 웨이〉의 마지막 장면 촬영지라는 것이다.

성당 앞에 임시 기념품 판매하는 가게가 있다. 여기서 '무시아' 방문 스탬프도 찍는데, 그냥은 안 되고 스탬프 잉크값 1유로를 내든지 물건을 사야 한다고 했다. 그래서 '무시아'를 상징할 수 있는 '성모마리아 발현 모형물'과 스탬프 문장과 똑같은 목각을 구입했다.

버스 정류장 앞에 해산물 전문 식당들이 여러 개 있다. 가게 앞 배너에는 음식 그림과 함께 가격이 안내되어 있어 비교하면서 판단하기 좋았다. 그중 유독 사람들이 많은 식당을 선택했다. 정어리, 오징어 튀김,

언덕 위에서 내려다보이는 마을

문어 매운탕, 새우 등 7종류와 빵, 맥주, 커피를 시켰다. 4인 기준으로
이 모든 게 75유로, 우리 돈으로 10만 원 정도이다. 이곳 스페인 음식값
하나는 정말 인심이 후했다.

　'무시아'에서 '산티아고'로 들어가는 버스를 기다렸다. 대부분 순례자
들이다. 길게 줄을 서서 기다렸다. 2시 30분에 버스가 도착했는데 사람
들이 순서가 있는 줄을 무시하고 버스를 타기 위해 우르르 문 앞에 몰
려가 승차를 한다. 한마디로 무질서하다. 그런데 이곳에서는 이런 행동
이 허용됐다. 우리나라 같으면 새치기한다고 난리 날 텐데, 이 나라는

참 이상하다. 이런 무질서에도 무언의 룰이 지켜지는 건가. 도로에서의 운전 예절은 놀라울 정도로 잘 지켜지는데, 버스정류장에서의 승차 질서는 왜 무질서한지 궁금해진다.

~ 무시아를 찾아서

땅끝 마을 무시아에 왔다

파도치는 해변가에
성당의 감미로운 종소리가 울려 퍼진다

햇빛이 강렬한
그곳의 풍경은 아름답고
풍요로웠다

바다로 나가는 방파제에 서서

코발트빛 바다와
푸른 하늘이 만나는 수평선을 보면서

하늘의 소리를 들으면

대륙의 긴 순례 여정은
여기에서 끝난다

비릿하고 싱그러운
파도 소리가 듬뿍 담긴

조가비 향이 온몸을 휘감을 때

성모마리아와 아기 예수의 발현지
흔들거리는 바위에 앉아

축복의 노래를 듣는 것은
큰 행복이다

　무시아에서 버스를 타고 다시 산티아고에 돌아왔다. 아직 태양의 열기가 뜨거운 오후 4시. 지역 축제장을 기웃거렸다. 여러 가지 놀이 시설과 먹거리, 많은 인파들이 북적거렸다. 우리나라의 지역 축제장과 비슷한 분위기다. 10분 정도 걸어서 다시 산티아고 대성당 앞으로 왔다. 광장에서는 스페인 전통 복장을 한 남녀노소, 아동들이 전통춤을 추면서 공연을 하고 있다. 또 성당 뒤편의 광장에도 9시부터 진행되는 가수들의 공연 무대 준비에 여념이 없었다.
　우리는 성당 주변을 돌아다니며 기념품숍에도 들어가서 구경했다, 9시까지 기다리는 지루함을 달래기 위해 노천카페에 앉아 생맥주도 한

잔 마시며 시간을 보냈다. 드디어 9시가 되어 공연이 시작됐다. 우리 취향이 아니라는 생각이 들었다. 두 번째 가수의 노래까지 듣고 일어섰다. 다른 외국인 관광객들도 여러 명이 일어서기 시작했다. 아무튼 공연을 보게 된 것은 좋은 경험이고 색다른 추억이었다.

• 산티아고 데 콤포스텔라 대성당

로마네스크 양식의 진수를 볼 수 있는 건축물이다. 1078년에 착공해 1128년 무렵에 완성되었지만 여러 시대에 걸쳐 증축과 개축이 이루어졌다.

'영광의 문'이라 일컫는 대성당 출입문은 섬세하고 화려한 조각품으로 가득 차 있다. 장인 마테오가 20여 년에 걸쳐 1183년에 완성한 '영광의 문'은 반원형 아치의 3개의 문으로, 그리스도가 구세주로 영광을 얻는 장면을 중심으로 12사도, 천사, 성서에 등장하는 인물로 장식되어 있다.

성 야고보의 유해는 주제단 아래에 있는 지하 제실에 안치되어 있다. 주제단 위에는 천사들에게 둘러싸인 성 야고보 상이 있는데, 순례자들 대부분이 야고보 상 어깨에 양손을 얹고 소원을 비는 것으로 순례의 일정을 마무리한다. 이곳에 손을 대면 행운과 지혜가 생긴다고 전해지고 있다.

제37일 5월 31일 금요일

—

피스테라 → 포루투칼 포르투 성당 및 시내 관광

"인생의 승리는 모두 용기에서 시작된다. 한 걸음 내딛는 용기, 좌절하지 않는
용기, 자신에게 지지 않는 용기, 용기만이 벽을 부술 수 있다."

- 이케다

~ 세상의 끝 피스테라에서 피날레를 하다

우리는 카미노를 하면서 여러 가지 힘든 상황을 겪었다. 지금까지 우
리의 몸과 마음은 그런 상황을 용케 잘 견뎌 주었다. 등과 허리, 어깨는
삶의 무게만큼 무거웠던 배낭을 잘 견뎌 주었고, 발과 무릎은 별 고장
없이 길고 긴 순례길을 잘 걸어 주었다.

우리는 거친 자갈길도 걸었고, 뜨겁고 딱딱한 시멘트길과 먼지 나는 흙길도 걸었다. 이글거리는 뙤약볕을 견디며 걸었고, 시원한 안개비와 폭우 속을 말없이 걷기도 했다. 상쾌한 아침에 새 소리 들리는 아름다운 숲길, 야생화 핀 꽃길을 걸어도 봤다.

순례길을 걷는 동안 우리는 세상의 소식과 거의 단절됐었다. 신문도, TV도 보지 못했고, 매일 열리는 한국의 프로야구 소식도 궁금했다. 요즘 심각하게 돌아가는 한국의 정치, 경제 상황도 궁금했다. 이곳의 맑고 푸른 하늘을 보면서는 우리나라의 미세먼지 상황은 어떤지 모든 게 궁금했다.

여기 스페인에서는 내일 날씨가 어떨지 일기 예보가 궁금했지만, 그냥 내일을 맞이하여 그날의 날씨에 적응해 가는 것도 카미노를 마음 편하게 걷는 일상이 되었다.

어제는 땅끝 마을 '무시아'를 다녀왔고, 오늘은 진짜 유럽의 땅끝 마을인 '피스테라'를 다녀왔다. 스페인어로는 '피스테라', 라틴어로는 '피니스테라'라고 두 가지 이름으로 부른다.

여기도 역시나 바닷가 언덕에 땅끝을 알리는 0.0㎞ 표지석이 세워져 있다. 바다 물빛이 파랗다. 하지만 어제의 '무시아' 바다 빛깔만큼 아름답지 않았다. 왜 그렇게 보였을까? 아마 어제는 다른 사람들과 함께하지 못했고, 우리 몇 사람만 조용히 감상하였기 때문에 보이지 않았을까 하고 생각했다.

유럽의 땅끝 피스테라

산티아고에 가면 누구나 행복해진다

피스테라 바닷가 전경

산티아고 카미노 크레덴시알 마지막 남은 빈칸은 0.0㎞ 표지석 옆에 있는 '피스테라' 레스토랑에서 스탬프를 찍었다. 이 스탬프가 이번 긴 순례길의 마지막 화룡점정이다. 이제야 순례길이 완전히 끝났다는 느낌이다.

순례길의 상징을 나타내는 청동 등산화

다시 버스를 타고 산타마리아 성당이 있는 마을로 이동했다. 성당의 외벽은 오랜 세월을 견뎌 온 내력을 말해 주는 듯 곰팡내 핀 빵의 겉면처럼 곰보투성이다. 오늘은 문이 닫혀 있어 내부 관람을 하지 못하고 겉모습만 봤다.

성당의 지붕이 주황색 기와로 되어 있다. 유럽에 속하는 국가들의 대부분 지역의 마을 풍경을 보면 지붕의 색깔이 주황색으로 된 것을 볼 수 있다. 그 이유는 옛날에 전쟁이 많았는데 주황색 지붕은 그냥 순수한 주민이 살고 있는 마을이니 공격하지 말라는 뜻이라고 한다. 그래서 주황색 기와를 올려 지은 성당 및 주요 건축물들이 지금까지 잘 보존될 수 있었다는 믿거나 말거나 전해지는 이야기다.

스페인 '피스테라'에서 마지막 순례자 메뉴로 점심 식사를 했다. 약 40여 일간 지겹도록 먹어 왔던 메뉴다. 순례자 메뉴는 퍼스트 샐러드, 세컨드 돼지 또는 치킨, 생선 중 그리고 와인 또는 아쿠아, 마지막 디저트로 커피나 아이스크림이다. 대개 10~15유로 가격이다.

식사를 마치고 포르투갈에서 두 번째로 큰 도시인 '포르투'로 4시간 동안 버스를 타고 이동했다. 버스는 대서양 해변 도로를 달렸다. 창밖

산티아고에 가면 누구나 행복해진다

으로는 푸른 바다가 시원하게 보였다.

식당들이 있는 해변가 마을

~ 다시 걷는다

들판을 가로질러서

새벽안개 헤치며

길 떠나는

가벼운 발걸음이다

흙 속의 새순이

숨 트이며 일어나듯

다시 서쪽 땅끝에서

모든 걸 잊고

이제부터 새로운

인생길

다시 시작하는

이게 내 뒷모습이다

약 40일간의 산티아고 순례길을 마감하면서 회상해 본다. 그중에서도 프랑스길 초반 대도시 '로그로뇨'로부터 '나헤라'로 향하는 구간의 담벼락에 적힌 시(詩)를 다시 한번 생각하게 된다.

벌써 30년 넘게 '나헤라' 초입에서 순례자를 맞이하는 이 시를 누가 썼는지 여전히 많은 순례자가 궁금해한다. 시(詩) 말미에 적힌 E. G. B.의 정체를 묻는 질문이 여전히 등장하는 이유다.

이 시는 가까운 마을의 주임 사제였던 E. G. B.(Eugenio Garibay Barios) 신부가 쓴 것이다. 2018년 4월, 86세의 나이로 숨진 E. G. B. 신부가 남긴 이 시는 오늘도 카미노 길을 걷는 순례자에게 순례의 진정한 의미가 무엇인지를 묻고 있다.

카미노 데 산티아고

먼지, 진흙, 햇빛 그리고 비
이것이 카미노 데 산티아고
무수히 많은 순례자가 있었다

오랜 세월 동안
순례자여, 누가 당신을 불렀는가?
어떤 신비한 힘이 당신을 이끌었는가?

들판의 별들도 아니고
웅장한 성당도 아니다
용맹스러운 나바란 사람도 아니고
리오하 사람들의 포도주도 아니다

갈리시아의 해산물도 아니고
카스티야의 시골도 아니다

순례자여, 누가 당신을 불렀는가?
어떤 신비스러운 힘이 당신을 이끌었는가?

카미노 길의 사람들도 아니고
시골의 풍습도 아니다
역사와 문화도 아니고
라 칼사다의 마을의 수탉도 아니다

가우디의 왕궁도 아니고
폰페라다의 성채도 아니다

지나가면서 보는 모든 것
모든 것을 보는 그것이 기쁨이다

나를 부르는 목소리보다
더 깊이 느껴지는 그것

나를 밀어내는 힘
나를 이끄시는 힘

나는 그것을 설명하는 법을 알지 못한다
오직 위에 계신 그분만이 아실 뿐

　　　　　　 – 나헤라 가는 길에 쓰여 있는 시구(Ali Cho 번역/의역)

　　　　산티아고에 가면 누구나 행복해진다

제38일 6월 1일 토요일

—

포루투칼 포르투 → 프랑크푸르트 → 인천공항

~카미노 길에서 진정 원하는 것을 찾으려면

카미노 길을 걸으면서 대부분 사람들은 무언가 찾으려고 하는데, 진정으로 원하는 것을 찾으려면 다음 5가지 기본을 충실하게 지키면 된다.

첫째, 길을 걷는 데 충실해라.

길을 걸으면서 무언가 얻기를 기대하기보다 우선 안전하고 건강하게 걷는 데에 충실해야 한다. 발이나 무릎 등이 아프지 않아야 하고 배탈, 설사 등에 주의해서 항상 건강한 컨디션을 유지하는 게 중요하다.

둘째, 길을 걸으면서 소소한 것에 행복을 느껴라.

하루에 짧게는 20㎞, 길게는 30㎞를 걷게 되는데 지루한 밀밭길, 야생화길, 숲길, 자갈길, 흙길 등 다양한 길을 걸어간다. 편한 길도 있지만 힘들고 어려운 길도 있다. 이런 모든 길을 걷는 가운데서도 소소한 행복을 느낄 수 있도록 하라.

셋째, 진정으로 당신이 필요한 것을 찾아라.

이 길을 걸으면서 무엇이 당신에게 우선적으로 중요한 것인지, 꼭 필요한 것인지 생각해 보라. 물론 시간이 오래 걸릴 수도 있다. 그리고 순례길을 걷게 되면 모든 게 다 이루어지는 마법이라고 생각하면 안 된다.

넷째, 10년 후 어떻게 달라져 있을지를 생각해라.

이 길을 걷는 게 끝나면 당신은 분명히 달라질 것이다. 그런데 1년 후가 아닌 10년 이후의 바라는 삶을 기대하고 변해야 한다. 그러기 위해서는 바로 어떻게, 어떤 방식으로 변해야 하는지 걸으면서 생각하라.

다섯째, 같은 길을 걷는 사람들에게서 찾아보라.

포르트 공항에서

산티아고에 가면 누구나 행복해진다

자신에게서 보지 못한 부분을 같은 카미노 길을 걸어가는 그 사람들의 사고와 행동에서도 찾을 수 있다. 또 그들은 당신이 보지 못한 것을 가르쳐 줄 수도 있다.

마지막으로 한마디 덧붙이면, "순례길이 끝나고 나서 변화해야 하는 것이 아니라, 길을 걸으면서도 변화해야 할 것이 있다면 그 즉시 그 상황에 적응하고 변화해야 할 것이다."

포르투 호텔에서 본 시내 전경

제39일 6월 2일 토요일

—

인천국제공항 도착

~ 산티아고 순례길을 정리하며

허리가 아프기 시작하고 마음은 지겹다고 느껴지도록 비행기를 타고 이제야 서울로 돌아왔다. 4월에 떠나 6월에 돌아왔으니 떠날 때의 계절과 차이를 느낀다.

프랑스에서 출발해서 스페인 땅을 횡단한 후 포르투갈의 포르투에서 하루 머문 뒤 다시 비행기를 타서 독일 프랑크푸르트에서 환승했으니 4개국을 경유하거나 다녔던 것이다.

아무튼 끝없이 펼쳐진 평원의 순례길 800㎞, 돌아와 생각해 보면 아쉬움이 크다. 하지만 평범한 일상에서 무언가 위로받기 위해 찾은 이곳 산티아고 순례길에서 나는 나의 자존감을 찾았다고 생각하며 그 아쉬움을 달랜다.

산티아고로 떠나기 전에는, 산티아고 길 위를 걷고 있으면 무조건 행복할 줄 알았다. 그러나 실제 그 길을 걸으면 걸을수록 생각은 복잡해졌다. 그동안 너무나 산티아고를 환상적으로만 생각했다. 산티아고 순례길을 걸으면 모든 고민이 해결되고, 좋은 일만 있을 거라는 막연한 생각을 해 왔던 것이다.

또 나는 이 길을 걸어가면서 무한의 어떤 감동을 느끼고 싶었다. 그리고 온전히 마음을 다하여 몰두할 어떤 대상을 찾았던 것 같았다. 하지만 걸을 때는 몰랐었는데 지금껏 걸어온 길을 돌아보며 생각해 보니, 나는 그동안 이 길을 걸으면서 온몸과 마음을 다하지 못하며 걸었던 것이다.

물론 이번 산티아고 순례를 통해서 얻은 것도 많았다. 낯선 곳을 걸으며, 좋은 날씨에 아름다운 풍경을 보면서 새로운 시각으로 새로운 일상을 맞이하고 적응하면서 행복한 시간을 가졌다.

건강한 몸으로 돌아올 수 있어 감사하고, 건강한 생각을 갖게 되어 감사하다.

산티아고 순례길은 '요구하는 것이 아니라 매사에 감사하면서 걸어가는 길'이라는 생각을 가지며 순례길을 마감한다.

순례길 마감하며

다시 비워야겠다

묵은 찌꺼기를 비워 내듯

하얀 백지에 처음부터
다시 시작해야겠다

욕심과 게으름을 내려놓고
성실과 열정으로

실천할 수 있는
목표를 다시 세우고

한 걸음씩 차근차근 실행하는
계기가 되면 좋겠다

가끔 길을 잃기도 했지만
다시 방향을 잡는다

눈 감고 마음속 깊이
소망을 빌어 보는 이 순간

지금의 소박한 소원들이 모여
더 큰 꿈 이루어지도록

마음속 깊이 빌어 보며

순례길을 마친다

순례길에 만나는 아름다운 풍경

별첨

산티아고 순례길 참가자 준비물

① 배낭: 35~45ℓ(배낭 레인커버 확인)

② 침낭: 부피가 작고 가벼운 것이 좋음(다운 800g 이내)

③ 신발: 무겁지 않은 등산화 혹은 트레킹화&가벼운 숙소용 슬리퍼
(부피, 무게 고려 요망)

④ 양말: 등산양말 2~3족

⑤ 우의/점퍼: 판초 우의가 편리함, 방풍 점퍼(얇은 기능성 오버트라
우저)

⑥ 의복: 기능성 반팔 티셔츠 1장, 반바지 1장, 긴팔, 긴바지 2벌

⑦ 오리털점퍼: 가벼운 패딩(구기면 아주 작아지는 것으로 준비, 부
피, 무게 고려 요망)

⑧ 식료품: 한국에서만 구할 수 있는 것들(라면 수프, 믹스커피, 튜브
고추장, 행동식, 단백질 포 등)

⑨ 세면도구(최소화)/ 손수건(수건으로 대체)

⑩ 개인 의약품(개인적으로 필요한 약 - 비염, 천식, 당뇨, 알레르기 등)

⑪ 선글라스/ 선크림/ 개인물통(1ℓ 이하)/ 워킹스틱(선택)

⑫ 손전등 또는 헤드랜턴(필수)

⑬ 귀마개(알베르게에서 코골이 만나면 필요함)/ 눈가리개(선택)/ 전
대(복대)

⑭ 필기도구/ 수첩/ 가이드북/ 스마트폰 배터리

⑮ 개인 용돈(음료비, 간식비, 행동식 구입비, 개인 교통비 등)

⑯ 등산용 스틱(개인적으로 요긴하게 사용했음)

※ 잊지 말고 여권을 꼭 챙겨야 한다. 또 여권 사진 2매도 준비해야 한다. 여권 분실 및 증명서 발급 등에 사용될 수 있다.

산티아고에 가면
누구나 행복해진다

ⓒ 이장화, 2020

초판 1쇄 발행   2020년 1월 3일
    2쇄 발행   2020년 9월 9일

지은이   이장화
펴낸이   이기봉
편집   좋은땅 편집팀
펴낸곳   도서출판 좋은땅
주소   서울 마포구 성지길 25 보광빌딩 2층
전화   02)374-8616~7
팩스   02)374-8614
이메일   gworldbook@naver.com
홈페이지   www.g-world.co.kr

ISBN   979-11-6536-027-6 (03810)

이 도서의 국립중앙도서관 출판예정도서목록(CIP)은 서지정보유통지원시스템 홈페이지(http://seoji.nl.go.kr)와 국가
자료공동목록시스템(http://www.nl.go.kr/kolisnet)에서 이용하실 수 있습니다. (CIP제어번호: CIP2019053050)